高校事変 VI

松岡圭祐

角川文庫
22089

中身のない青春は惨《みじ》めだ

――アバイ・クナンバイウル（１８４５―１９０４）

1

十五歳の少女、仲村琉那《なかむらるな》にとってこの部屋は、慣れ親しんだ生活の場だった。居間であり、フトンを敷けば寝室にもなり、台所と食堂も兼ねている。老朽化した鉄筋コンクリート造の平屋のなか、風通しが悪くじめじめした環境であっても、沖縄生まれには特に不快でもなかった。

いまはとても耐えられるものではない。悪夢のなかに放りこまれたかのようだ。

琉那の両手首はそれぞれ、椅子の左右の肘掛《ひじか》けに縛りつけられていた。縄ではなく針金が肌に食いこんでいる。めくれかかったスカートの裾《すそ》を直すことさえできない。両足首もやはり椅子の脚に針金で固定されていた。

近くに立つ開襟シャツの男は、三十代後半、日焼けした顔に垂れ目、口髭《くちひげ》をたくわえている。源甲斐《げんかい》功児《こうじ》に親近感をおぼえたことはない。琉那が物心ついてからずっと、源甲斐さんといえば家族が畏怖《いふ》する存在だった。

床に落ちた電気コードを、源甲斐がまた拾いあげた。プラグを壁のコンセントに近づける。琉那は恐怖に凍りついた。制止を呼びかけようにも、ガムテープで口をふさがれ喋《しやべ》れない。必死で唸《うな》りながら首を横に振るしかなかった。

次の瞬間、強烈な痺《しび》れが全身を貫き、激痛にのけぞった。椅子に固定されているため、逃れることは不可能だった。

両親の絶叫もきこえていた。祖父の叫びも混ざっている。大人たちは口をふさがれていないからだ。針金はすべてつながっていて、いっせいに通電する。食卓を囲む椅子に、家族全員が縛りつけられていた。

口にガムテープを貼られ、悲鳴をあげられずにいるのは未成年者たちだった。ふたつ上の姉、愛菜《あいな》は顔を真っ赤にし、大粒の涙を滴らせる。隣りは愛菜の夫、十九歳の風間亮輔《かざまりようすけ》だった。亮輔も叫ぶ自由すらなく、幼児のごとく泣きじゃくる。

源甲斐がプラグを抜いた。大人たちの悲鳴がやんだ。激痛から解放され、琉那は脱力してうなだれた。視野が涙にぼやけだした。家族全員の荒い息づかいがきこえる。

姉の愛菜は十六で妊娠したが流産した。亮輔と結婚したのもそのころだった。近所では十代の母による出産もめずらしくなかった。鳶職《とびしよく》の亮輔はこの家に同居しているが、いつも不機嫌そうにし、愛菜に辛《つら》くあたる。それがいまはこのざまだった。

源甲斐の連れは、いつものようにふたりいた。うちひとり、二十代半ばで毛深い腕の釜塚《かまづか》が琉那の父、庸弘《つねひろ》に詰め寄った。「親父さん。いい加減に吐け」

庸弘が憔悴《しょうすい》しきった顔で釜塚を見上げた。「知らん。わからん」

「こっちから支給する三万以外に、臨時収入があったらすぐ報告する。義務だろ」

「ない。いや、あの、義務がないというんじゃなくて、臨時収入なんかなかった」

釜塚と同世代、角刈りで眼鏡をかけた蟹渕《かにぶち》が、亮輔の頭髪をつかんで揺さぶった。

「こいつが一緒に住んでるじゃねえか。稼ぎを家にいれてるといったぞ」

亮輔が救いを求めるような目を庸弘に向ける。庸弘は頬筋をひきつらせ口ごもった。

突如の感電にのけぞる。また全身が激痛に襲われた。脳髄をかき乱すほどの強烈な痺れに、琉那は歯を食いしばり必死に耐えた。

通電が途絶えた。両親と祖父の叫びが消え、全員の嗚咽《おえつ》が重なりあって耳に届く。

源甲斐が片手で電気コードを振りまわしながら、庸弘に向き直った。「仲村。たかが数万と思っちゃいねえか。俺らはおまえの家族が問題なく生活を送れるように心血を注いでる。セーフティネットがまるで機能してねえ地域だからな。俺らがいなきゃ、おまえらはそろって飢え死にだろうが」

横暴に振る舞う父の姿はここになかった。庸弘は怯《おび》えきった顔で、やたら切実な口調でいった。「感謝してます。権晟会《ごんじょうかい》さんには心から感謝してます」

「なら態度でしめせ。二万ちょっとが行方知れずだ。どこに隠した？」

ノックする音がした。流しの隣りにあるドアは玄関だった。足もとに狭い靴脱ぎ場があるだけで、部屋に直結している。返事もまたずドアが開いた。現れたのは外国人の男ふたりだった。Tシャツにデニム姿で、ひとりは髪を短く刈りあげた黒人、もうひとりは金髪の白人とわかった。いずれも年齢は二十代半ばから後半のようだ。

源甲斐が外国人を連れ近所の家を訪ねるのを、琉那はしばしば目にしてきた。素性や目的は知らない。在日米軍基地の関係者かもしれない。

蟹渕が鼻を鳴らした。「ハンゲイト、まだだよ。外でまってりゃいいのに」

ハンゲイトと呼ばれた黒人が、にやにやしながら英語でなにかを喋った。白人を指さして、ステリーといった気がする。彼の名だろうか。

白人のステリーがこちらを見た。琉那は目で助けをうったえたが、すぐに無駄だとわかった。ハンゲイトもステリーも、好奇に満ちたまなざしを琉那に向けてくる。

プラグをコンセントに挿す音がした。電流が内臓や骨までも震盪《しんとう》させる。またいっせいに叫び声があがった。口をふさがれている琉那は、愛菜や亮輔とともに呻《うめ》くしかない。ハンゲイトとステリーは初見のせいか、手を叩《たた》いて笑った。

プラグを抜く音がした。痺れがおさまっても、吐き気をもたらすような脱力感に見舞われる。琉那は息苦しくなり、鼻孔のみで必死に呼吸した。

祖父の幸賢《こうけん》が皺《しわ》だらけの顔をあげた。震える声で幸賢は吐き捨てた。「もう辛抱できん。庸弘。おまえが飲んじまっただけだろ」

庸弘が憤然と幸賢を見かえした。「馬鹿いうな」

幸賢は母方の祖父だった。白髪頭をくしゃくしゃにし、目を真っ赤に染めながら、幸賢が怒鳴った。「自分がいちばんよくわかっとるだろう。おまえが娘や孫に暴力を振るうから、いままでいわんかったが、もうたくさんだ。有希恵《ゆきえ》、こんなのとは縁を切れ。琉那と愛菜を連れて、ここをでればいい」

琉那の母、有希恵はけっして庸弘に逆らったりしない。いまも涙ながらに首を横に振るばかりだった。

「おい」庸弘が怒りのいろを濃くした。「縁を切るだと？　あんたがいまさら有希恵をどうできるってんだ。どこでどうやって食ってくんだ」

「だまされるな」幸賢は声を張りあげた。「庸弘が情けないから、こんなことになっとるんだ。これは権晟会の横暴だ。生活保護費はうちが受給しとるはずだろう。なのに預金通帳も印鑑も権晟会が押さえとる。生活の面倒をみとるなんてでたらめだ」

源甲斐の目が険しくなった。電気コードを蟹渕に投げ渡す。蟹渕は幸賢の背後にまわると、コードを首に絡みつけ力ずくで絞めあげた。幸賢は目を剝《む》き苦しげにばたついた。両手両脚が針金で固定されている。祖父に抗《あらが》うすべはない。

有希恵が悲鳴に近い声を発した。「やめて！　お願いです、やめてください」

愛菜も亮輔も顔面を紅潮させながら呻いた。琉那も死にものぐるいで首を横に振り制止をうったえた。ただひとり庸弘だけが同調しない。父はひたすら目を泳がせるだけだった。

「ああ」源甲斐がつぶやいた。「そういえば幸賢じいさんは、互助会に友達がいるよな。死ねばそれなりに香典が集まる。それで補塡《ほてん》といこう」

幸賢の顔は真っ青になっていた。息も絶えだえになり、ときおり痙攣《けいれん》を起こす。

源甲斐が冷徹な表情で眺めた。「蟹渕、椎骨《ついこつ》動脈を圧迫しろ。もう気持ち上だ。でないと眼球に溢血《いっけつ》点がでる。吉川線《よしかわせん》がなくても首絞めだとばれる」

蟹渕がいっそう力をこめコードを絞めあげた。幸賢の顔面から血の気が引いていく。有希恵が泣き叫び、言葉にならない声でわめき散らした。釜塚が強引に有希恵の口を閉じさせ、ガムテープでふさいだ。

永遠にも思える時間が経過した。幸賢は瞬《まばた》きひとつしなくなった。瞳孔《どうこう》が開ききった状態で、力なくうなだれた。

琉那は愕然《がくぜん》とした。愛菜と亮輔が悲痛な顔で唸《うな》り声を発している。有希恵が泣きじゃくる。だが琉那はもう声すらあげられなかった。

祖父の命が絶たれた。目の前で殺された。人形のような祖父の抜け殻だけが残った。視界に映るすべてが信じられない。

またも突然の通電が、琉那の全身に激痛をもたらした。両親の悲鳴がきこえた。呻きながら痙攣するうち、琉那のなかに憤りの感情が湧きあがった。いつまでこんなふうに弄《もてあそ》ばれるばかりなのか。源甲斐らはただの人殺しだ。

痺《しび》れがやんだ。琉那は必死に鼻孔で呼吸しながら、源甲斐を睨みつけた。

源甲斐が平然と見かえした。「気にいられねえ目だ。いいか、俺たちはおまえらの家賃に食費、光熱費をやりくりしてる。残った金もおまえらに渡してる。きちんと管理してやらねえと、損をするのはおまえらだからな」

釜塚が冷蔵庫を開け、とりだしたウーロン茶のペットボトルを呷《あお》った。「源甲斐さん。ここにばっかり手間をかけてられねえ。香典で集金できるだろうが、そのためには葬式をやらねえと」

「だな」源甲斐は琉那を見つめたままだった。「だが娘がよけいなことを喋《しゃべ》ると困る」

蟹渕がふたりの外国人を指ししめした。「躾《しつ》けてもらっちゃどうだ？」

「そうだな」源甲斐が庸弘に目を移した。「取引先の客に玩具《おもちゃ》を貸してくれたら、とりあえずきょうのところは引き揚げてやる」

琉那にとって信じがたいことに、庸弘はうなずいた。愛菜が号泣しながら激しく首を横に振った。

源甲斐が英語でなにか喋った。ハンゲイトとステリーが顔を見あわせ、なにやら応じた。

すると源甲斐が苦笑した。「どっちがどっちを希望するかきいたんだがな。若くても人妻は嫌だってよ。しょうがねえな。おい仲村。次女にふたりつづけて相手するようにいえ」

思わず耳を疑った。琉那は父を見つめ、首を横に振り、唸り声でうったえた。

だが庸弘は声を荒らげた。「琉那、嫌がってんじゃねえ！　状況をわきまえろ」

琉那は息を呑み、母に視線を移した。有希恵は申しわけなさそうに見かえすと、すぐに顔を伏せた。

衝撃のあまり窒息しそうだった。釜塚と蟹渕が近づいてきて、琉那の椅子を斜め上方に傾けた。両足首の針金がほどかれる。琉那は自由になった二本の脚で、必死に空《くう》を蹴《け》った。だが無駄な抵抗でしかなかった。ふたりの男は琉那の両太股《りょうふともも》をつかみ、あらためて両膝《りょうひざ》に針金を巻きつけると、力ずくで左右の肘掛《ひじか》けに固定した。あられもない姿で身動きもとれなくなった。ハンゲイトが正面に立ち、スカートのなかに手を伸ばしてくる。肌を覆う布がずれていく感触があった。ハンゲイトはデニムを脱ぎ、脂ぎった顔を近づけた。荒い鼻息が吹きかかったとたん、琉那の下腹部に想像を絶する激痛が走った。

　涙が目に映るすべてを曖昧《あいまい》にさせる。死にたい。こんな屈辱から逃れられるなら、いますぐ死にたい。

2

　二月に修学旅行がある高校は多い。行き先が沖縄なのも定番だといわれる。オフシーズンで観光客が少なく、宿も安いからだろう。この季節でも気温は二十度弱、海には入れずとも、都内住まいからすれば過ごしやすいときく。

　生徒の第一希望は大阪ＵＳＪだったが、新型コロナウィルスの影響でしばらく閉園になってしまった。もうすぐ休校で、そのまま春休み突入がきまったものの、観光に大打撃を受けている沖縄は救うべきだと、校長が義憤に駆られたらしい。

目黒区《めぐろ》にある芳窪《よしくぼ》高校の二年A組、綿谷《わたや》蒼太《そうた》はおとなしい性格だった。小柄で痩せていて、しかも童顔のせいか、クラスメイトから下級生のようなあつかいを受けたりする。

二泊三日の旅程の初日。A組からD組の生徒らは羽田《はねだ》発の飛行機に乗り、離陸をまっていた。機内は全席エコノミーで、通路の左右はいずれも三つ並んだシートだったが、綿谷は優莉《ゆうり》結衣《ゆい》とふたりきりの横並びになった。

初めて結衣の隣りに座ったとたん、綿谷の胸は高鳴った。いいにおいがする。こうして距離が縮まると、結衣は上品で物静かな女子生徒という印象だった。モデルのような八頭身、長い黒髪に色白の小顔、つぶらな瞳。綿谷は話しかける機会をうかがったものの、結衣はただ虚空を眺めるばかりで、こちらに視線を向けてこない。

生徒や教師のほかにも一般の乗客が乗ってきた。ぞろぞろと通路を後方へと向かう。そのうちのひとり、だぶついた背広の男が、なぜか足をとめた。年齢は四十代、髪を短く刈っていた。奥目がじっと結衣を見つめる。結衣が見かえすと、男は立ち去った。

なんだろう、綿谷は疑問に思った。

全員の着席が完了した。旅客機が滑走路へと移動し、徐々に加速していく。やがて

機首が上向きになった。無事に離陸したとわかる。轟音《ごうおん》と振動が心臓に悪い。隣りの

結衣はけろりとしていた。

上空で水平飛行に移ると、籠《こ》もりがちな耳に、CAのアナウンスが届いた。「当機は九州から沖縄までの洋上、ワイファイのご利用ができません。あらかじめご了承ください」

前の席の背面にモニターがついていた。けさのニュースが文字情報で表示される。話すきっかけになるかもしれない、綿谷がそう思ったとき、記事が切り替わった。

九州と沖縄でセーラー服の盗難相次ぐ。そんな内容だった。よりによって触れづらいニュースだった。結衣はモニターを眺めていたが、やがて視線を外した。

綿谷は手持ち無沙汰《ぶさた》になり、学校から配布された小冊子をとりだした。「日程を見とかなきゃ。やっぱUFJがよかったな」

渾身《こんしん》のギャグに結衣がわずかに反応した。笑ってはいないものの、結衣は綿谷の手もとを眺めた。

小冊子の表紙。いかにも教師の手作りで、修学旅行のしおり、そう題されている。表紙の写真は、男女生徒らが輪になって両腕を伸ばし、みなで手と手を重ねあっている、そんな集団のありさまだった。

まさしく青春の一ページといわんばかりの画像。なんとなく押しつけがましくも感じる。綿谷はどんよりとした気分に浸った。いまの自分とまったく縁遠い世界だからだ。結衣も同じように思ったのか、また目を逸《そ》らしてしまった。

三時間ものフライトを経て、飛行機は無事、那覇《なは》空港に着いた。温暖な気候が全身を包んだ。

小ぶりな空港ロビーに、なぜか制服警官がふたり待機している。一緒にいるかりゆしウェアの中年男も刑事らしい。強面《こわもて》が結衣に近づくのを綿谷は見た。

一転して愛想のよさをしめしながら、刑事が口をきいた。「優莉結衣さん？　沖縄へようこそ。突然すみません、那覇警察署の比嘉《ひが》といいます」

生徒らがざわつきだした。男子生徒がひそひそといった。「警察だってよ」

比嘉は表情筋だけで笑顔を維持している。目は笑っていなかった。「変なふうに思わないでほしいんだが、いちおう私どもも立場上、あなたに会っておかなきゃいけなくてね。いや、なんの疑いも持ってないよ。沖縄も女子生徒の不登校や引きこもりが増えてるぐらいで、特に問題はなくてね。でも不案内な土地だろうし、なにかあったら相談に乗ろうと思って」

結衣は無表情に応じた。「ご親切にどうも」

親切心から会いにきたわけではないのだろう。警察は結衣の沖縄入りに備えていたようだ。

比嘉が名刺を差しだした。「困ったことがあったら、ここに電話を。ああ、そうだ。これもらってくれないかな」

手渡されたのはごく小さなサイズの巾着《きんちゃく》袋だった。青い布地に白と赤で絣《かすり》の柄が入っている。

「それは」比嘉が指さした。「琉球《りゅうきゅう》のお守りでね。旅行中なにごとも起きないように」

「どうも……」結衣が浮かない顔でおじぎをした。

比嘉は満足げにうなずくと、制服警官らを引き連れ、さっさと歩き去った。

二年生の一行はロータリーにでた。春と見まごうような陽光が、街路樹の太く逞《たくま》しい椰子《やし》の木々を、鮮やかな原色に染めあげている。綿谷はバスに乗りこんだ。

通路を進むと、綿谷の足もとにスポーツバッグが投げだされた。結衣が頭上の荷物棚に載せるたび、近くの生徒が立ちあがって引っぱりだし、通路に放りだす。そのうち結衣は小さくため息をつき、バッグを座席の下に押しこんだ。

同じ班の五人組によるいやがらせだった。五人はクラスのカースト上位でもある。

女子のなかで最もお洒落《しゃれ》で、明るく染めた巻き髪の加美川麻希《かみがわまき》。その彼氏で、K《ケー》ポップアーティストさながらの細マッチョこと黒磯升斗《くろいそしょうと》。麻希の連れでまつげのエクステが派手な飯森詩津香《いいもりしづか》。肥満体だが持ち前の明るさだけでグループに加わる仁沢傳治《にさわでんじ》。逆に痩《や》せ型、バンドのギタリストとして文化祭で人気を博した舘原笙《たちはらしょう》。

飛行機につづき、このバスでも綿谷の席は結衣の隣りのはずだった。なのに黒磯が勝手に座っている。担任の岩田《いわた》が見まわりにくると、黒磯はふてくされた顔で立ちあがり、ひとつ前の窓側に移った。ようやく綿谷は結衣と並んで着席できた。

岩田友和《ともかず》は四十代のどこか頼りなげな教師だ。修学旅行においても空気を読まず、好きな者どうし七人ずつのグループを作れと命じた。あぶれていた結衣と綿谷を、あろうことかいじわる五人組と一緒にした。

バスが出発した直後、今度は頭上からゴミが降ってきた。丸めた紙きれだった。綿谷が開いてみると、動画のひとコマがプリントアウトされている。刑事に蹴られ、半泣き顔になった結衣のアップだった。

綿谷が戸惑いを深めていると、結衣の手が伸びてきて、紙をつかみとった。握り潰《つぶ》しポケットに押しこむ。

また紙玉が落ちてきた。今度も動画の一部だった。結衣が土間に倒れ、ベルトで鞭《むち》打たれたとき、スカートがめくれ太股《ふともも》があらわになった。そんな瞬間を抜きだした画像だった。ほかにも胸倉《むなぐら》をつかまれた際、ブラウスの襟《えり》もとが大きく開いたり、頬を張られ顔が歪《ゆが》んだり、醜態《しゅうたい》に見える静止画ばかりがつづいた。結衣はその都度、無言で紙きれを回収した。

なにもかも動画配信がきっかけだった。それまで結衣を恐れていたクラスメイトらの態度が豹変《ひょうへん》し、軽蔑《けいべつ》と嘲笑《ちょうしょう》に転じた。とはいえほとんどの生徒は、結衣に直接手をだしたりはしなかった。露骨《ろこつ》ないやがらせをするのは五人組ときまっている。

綿谷は不快な気分を募らせながら背後を見上げた。

後ろの席の仁沢が身を乗りだし、にやにやしていたかと思うと、ふいに凄《すご》んできた。

「なにか文句あんのかよ」

黙って前を向かざるをえない。五人組はいつもこんな調子だ。

麻希と詩津香はメイクを教えるといい、黒板消しで結衣の顔をはたいた。仁沢と舘原のでぶ痩せコンビは、女子トイレにいる結衣を盗撮しようとした。結衣が反発して仁沢の手を払いのけると、デジカメが落下し壊れた。仁沢は岩田にいいつけ、結衣にデジカメを弁償させる始末だった。

Kポップ風のルックスで女子の人気を集める黒磯も、それだけでは満足できないのか、ことあるごとにちょっかいをだしたがる。結衣にべたべた触ったり、スカートをめくろうとしたり、セクハラまがいの言葉を投げかけたりする。黒磯とつきあっている麻希は、そのたび機嫌を損ね、結衣にいっそう辛くあたる。

そもそも黒磯は転校してきて間もないというのに、やたら尊大に振る舞いたがる男だった。学食で常に高額紙幣をだし、サイフが釣り銭で満杯になると、五円玉や十円玉を結衣に投げつける。貧乏人に恵んでやってんだ、感謝しろよなと黒磯はいう。結衣はいつも無言で立ち尽くし、綿谷は小銭を拾い集めた。放置すれば黒磯の逆鱗《げきりん》に触れるだけだ。

いまも結衣は黙って耐えている。綿谷も倣《なら》うしかなかった。車窓に青く輝く海原《うなばら》も、綿谷の目には澱《よど》んで映った。

バスは海岸線からまた内陸部に戻ったが、道がひどく渋滞していた。ずっとのろのろ運転で、遅々として進まない。

岩田が声を張った。「運転手さんによると、この辺りの幹線道路はここ一本だけで、いつもこんな調子らしい。十分ぐらいで抜けられるそうだ」

綿谷は窓の外を眺めた。道端のわずかに低くなった一帯に、小ぶりなコンクリートの平屋建てが密集する。倉庫のように思えたが、洗濯物が干してあった。どうやら住居らしい。建物の隙間に延びる路地は狭く、複雑に入り組んでいる。

　結衣の見つめる先、一軒の平屋建てに白黒の鯨幕がかかる。葬儀の最中のようだ。喪服姿の弔問客らが出入りしていた。

　その玄関先を、セーラー服姿の少女がひとり、うなだれながら歩く。なぜか足もとがおぼつかない。悲嘆に暮れ、ハンカチでしきりに目もとを拭《ぬぐ》う。

　手前の角にふたりの男が立ち、遠目に葬儀を見守っていた。どちらも半袖《はんそで》シャツだが、いかつい雰囲気を醸しだす。バスからは距離があるものの、いまどき都内では見かけない、いかにもそれっぽい風体のヤクザだとわかる。

　ふたりのうちひとりが、こちらを振りかえった。角刈りに眼鏡をかけている。どうやら優莉結衣に気づいたらしく、じっと見つめてきた。結衣は無反応だった。すると男は片手をあげ左右に振った。結衣が居住まいを正すと、男は鼻を鳴らすような仕草をみせ、また背を向けた。

　綿谷はきいた。「知り合い？」

「いえ」結衣は静かに応じた。

　バスは少しずつしか進まなかったが、男はもう振り向かなかった。結衣はスマホをとりだし操作した。画面に地図が表示されている。

数分が過ぎ、ようやく平屋の密集地帯が車窓から消えた。結衣は首をかしげながらスマホをしまいこんだ。

琉球村と斎場御嶽《せーふぁうたき》を見物するうち、陽が傾きだし、黄昏《たそがれ》どきを迎えた。今夜の宿は国際《こくさい》通り近くの古びたホテルだった。

綿谷は仁沢と舘原、黒磯と同室だった。仁沢が悪態をついた。「なんで俺らは四人なんだよ。窮屈じゃねえか」

舘原が綿谷のバッグを靴脱ぎ場に蹴《け》り落とした。「おまえはここに寝ろよ」

「さて」黒磯が伸びをしながら立ちあがった。「女の部屋に行くか」

「あ」仁沢が同調した。「俺も。舘原も行くだろ?」

「まて」舘原が綿谷を一瞥《いちべつ》した。「こいつひとり部屋に残していったんじゃ、俺らの荷物になにするかわからねえよ」

黒磯が見つめてきた。「おまえもこい」

女子部屋は二階にあった。なかから陽気な音楽がきこえる。アイポッドらしい。黒磯が真っ先に靴を脱いであがった。「飯の時間まで楽しく過ごすか」

麻希は畳の上に荷物を広げていた。「早いよ。まだ着いたばっかでなにも準備できてないのに」

部屋の隅に結衣がスポーツバッグを置いた。

「ちょっと」麻希が尖《とが》った目を結衣に向けた。「誰がそこに座っていいっていった？」

男子部屋と同じ様相を呈している。結衣は当惑ぎみに麻希を見かえすと、荷物を靴脱ぎ場近くに移動させた。夜間用のパーカーをとりだし立ちあがる。

部屋にはウォークインクローゼットがあった。結衣はその観音開きのドアに向かった。

結衣がなかに消えたとたん、麻希は駆け寄ってドアを叩《たた》きつけた。靴ベラを閂《かんぬき》がわりに把《と》っ手に滑りこませ、なかから開かないようにする。

ほどなく結衣がドアを開けようとしたが、ドアは一センチほど手前に張りだしただけだった。五人組が愉快そうに笑った。ドアは沈黙した。結衣はなかに閉じこめられたまま、それ以上なにもしなくなった。

麻希が結衣のバッグに近づき、ひっくりかえして中身をぶちまけた。「持ち物検査してやろうっと」

詩津香が嬉々《きき》としてひざまずいた。「貧乏人だから、ろくなもん持ってないんじゃね？」

「ウケる」麻希がポーチを拾いあげた。「メイク用品も百均のしかねえじゃん。これ透明マニキュアだよね？　トップコートしかねえでやんの。ベースコートは？」

「サイフあるじゃん」詩津香がその中身もまさぐった。錠剤の入った銀の包装シートをつまみだした。「これなんの薬？　ああ、金もいちおう二万あるよ」

黒磯は歩み寄ると紙幣をひったくった。「俺らで分けようぜ。グループ別行動だからな」

「ねえ」麻希が笑いながら生理用品を撒《ま》き散らした。「これ見てよ。ずいぶんたくさん」

仁沢が四つん這《ば》いになり、それらを拾いあげた。においを嗅《か》いでから包装を剥《は》がし、額や首筋の汗を拭《ふ》いた。「俺の体液が染みこんだ特別品にしてやる」

「やめてよ」麻希はなおも笑い声を発した。「気色悪い」

そのときウォークインクローゼットのドアが、いちどだけ音を立ててしなった。それっきりまた無音になった。アイポッドの奏でる楽曲のみが、室内に響き渡る。

舘原が眉《まゆ》をひそめた。「やめろっていってるのかな」

仁沢は立ちあがり、ドアに近づいた。「ほかに用事があるのかもよ。おい優莉。なにかいいたいことあんのか」

　しばし仁沢がドアに耳をそばだてた。「あん？　なに？　トイレ？」

　詩津香が甲高い声で笑った。「マジで？」

「マジだよ。トイレっていってる」仁沢が満面の笑いを浮かべた。「トイレ行きたいってよ」

　舘原がいったん廊下にでて、また戻ってきた。手に金属製のバケツを提げている。

「これのなかにさせろよ」

　仁沢が顔を輝かせた。「そりゃいい！　デジカメで撮ってやろ。優莉がくれたデジカメでよ」

　黒磯は腕組みをしながら苦笑した。「好きだねぇ、仁沢も」

　麻希も煽《あお》りだした。「どうせならスマホで撮って配信してやりゃいいじゃん」

「いや」仁沢はポケットからデジカメをとりだした。「高画質で保存してえんだよ」

　綿谷はずっと沈黙を守ってきた。だがもう限界だった。震える声を絞りだした。

「やめなよ」

　五人組が表情を凍りつかせた。侮蔑《ぶべつ》のまなざしをいっせいに向けてくる。黒磯が真顔できいた。「なにかいったか？」

今度こそ怖《お》じ気づいている場合ではない。綿谷は黒磯を見つめた。「やめろってんだよ。優莉さんになんの恨みがある？」

「はん」詩津香が鼻を鳴らした。「優等生」

仁沢が小馬鹿にしたような顔で綿谷を見かえした。デジカメを綿谷の目の前で振る。

「妨害したきゃとってみろよ、ほれ」

綿谷は仁沢の腕にしがみついた。仁沢が顔をしかめ、綿谷の手を振りほどこうと躍起になる。黒磯と舘原が加勢した。たちまち綿谷は仁沢から引き離されたうえ、乱暴に突き飛ばされた。背中を壁に打ちつけ、綿谷は畳の上に突っ伏した。痺《しび》れるような痛みがひろがる。

黒磯が不快そうな声でいった。「麻希、施錠しとけ。チクリ魔に逃げだされちゃかなわねえからな」

麻希は廊下に面したドアに向かい、つまみを回した。

詩津香がアイポッドの音量をあげた。物音を隣りにきかれないようにするためだろう。

仁沢はデジカメとバケツを手に、ウォークインクローゼットのドアの前に立った。

「おお、緊張するぜ。猛獣の檻《おり》に入るみてえだ」

舘原が微笑した。「心配ねえよ。ただのフカシ女だからな」

「俺が入ったら、また靴ベラで施錠しといてくれ。俺が呼びかけるまで開けるなよ、禁断の部屋だからな」

一同がまたどっと笑った。仁沢が靴ベラを引き抜き、ドアをわずかに開ける。なかに滑りこんだ。舘原が靴ベラを受けとった。ドアが閉まると、把っ手に靴ベラを差しこみ、ふたたび施錠した。

ドアの向こうでバケツを床に置く音がする。仁沢の声がきこえた。「優莉。ここでしろ。大でも小でも」

麻希と詩津香が手を叩いて笑うなか、綿谷のなかに憤怒がこみあげた。痛みを堪《こら》えながら立ちあがり、ウォークインクローゼットのドアに突き進んだ。

綿谷は靴ベラに手をかけた。だが引き抜く前に、背後から羽交い締めにされた。

黒磯がこぶしで殴りつけてきた。「なにしやがる！」

目の前に星が散るとは、この瞬間のことかもしれない。たしかに視野が一瞬だけ閃《ひらめ》き、鈍重な痛みが襲った。気づけば綿谷はばったりと倒れていた。

めまいと耳鳴りが同時に生じた。仰向《あおむ》けになると、見下ろす四人の顔があった。舘原が綿谷の腹を蹴《け》りこんだ。痙攣《けいれん》に見舞われ、綿谷は激しく咳《せ》きこんだ。

黒磯はしゃがみ、綿谷の顔をのぞきこんだ。「腰抜けがなめた真似をしてくれるな？　おまえあれか、もてなすぎて女なら誰でもいいってクチか。世間から相手にされてねえ死刑囚の娘ならワンチャンあるって？　無理だろ、おまえのツラじゃ」

　侮辱などどうでもいい。いまは臆《おく》している場合ではなかった。結衣のほうがずっと辛《つら》い立場にある。

　綿谷は黒磯の胸倉をつかんだ。黒磯が憤然とし、綿谷の顔面を殴りつけた。だが打撃も繰りかえされるうち慣れてくる。綿谷は手を放すまいと食い下がった。黒磯は激《げき》昂《こう》し、さらに何発も殴ってきた。

　麻希が不安げな声を発した。「ちょっと。さすがにやばくね？　なんの怪我か岩田がきいてきたら……」

　黒磯は綿谷の首をつかみ激しく揺すった。「転んだっていわせりゃいい。こいつには思い知らせねえとな。チクリ魔のクズがどんな目に遭うかを」

　詩津香がウォークインクローゼットのドアの前でいった。「ねえ。音がするよ」

　みないっせいに沈黙した。詩津香はアイポッドの音量を下げた。ドアの向こうで衣《きぬ》擦《ず》れの音がするのが、はっきりきこえた。

「おい」舘原がはしゃぐ反応をしめした。「脱いでやがる」

「嘘」麻希が身を乗りだした。「マジで？」

ほどなくきこえてきたのは、液体がバケツに注がれる音だった。

黒磯がひときわ高く嘲笑《ちょうしょう》の声を発した。「小便しやがった」

綿谷の胸倉をつかむ黒磯の手は、握力が緩みがちになっていた。綿谷は猛然と黒磯に挑みかかった。喧嘩《けんか》のやり方など知らない、どうすべきかはわからない。ただ無我夢中で黒磯の頬に爪を立て掻《か》きむしった。

「痛《いて》っ」黒磯が怒りに目を血走らせた。「このカス野郎！」

つづけざまに殴打され、綿谷は畳につんのめった。後頭部の髪をつかみあげられ、頭皮が剝《む》けそうになる。

黒磯の怒鳴り声が室内に反響した。「ボコボコにしてやらなきゃ気がすまねえ！」

麻希が黒磯に駆け寄った。「それぐらいにしときなよ。転んだだけじゃねえだろって勘ぐられるって」

喧噪《けんそう》をカモフラージュするためだろう、詩津香はあわてぎみにアイポッドの音量をあげた。「そうだよ。もう充分だって」

だが黒磯は聞く耳を持たないようすだった。「充分かどうかは俺がきめる」

なぜか妙な昂揚感が、綿谷の胸にこみあげた。まだ喧嘩は終わっていない。なら抗《あらが》える。綿谷は黒磯の襟もとをつかんだ。

黒磯の額に青筋が浮きあがった。「この……」

突然、部屋全体を揺さぶるような震動が襲った。ドアが騒音とともに、さっきとは比べものにならないほど、手前に大きく膨らんだ。衝撃が数回つづき、靴ベラが真っぷたつに折れるや、ドアが弾《はじ》けるように開け放たれた。バケツが飛びだしてきて、詩津香の目の前を横ぎった。反対側の壁にぶつかってひしゃげ、うつろな音とともに畳の上に転がった。詩津香は全身をひきつらせていた。

バケツの中身が畳にぶちまけられた。真っ赤に染まっている。液体の注ぐ音は流血だったのか。

詩津香が悲鳴を発した。ウォークインクローゼットからふらふらと現れたのは、顔じゅう血だらけになった仁沢だった。ワイシャツの前がはだけられ、ズボンも脱がされた状態で、おぼつかない足どりで前進してくる。額が割れたうえ、鼻と口からも出血していた。救いを求めるように両手を突きだすさまは、ゾンビそっくりだった。

その背後から黒い影が飛びだしてきた。瞬時に結衣だとわかった。スカートから繰りだされた長い脚が、仁沢の背を蹴り飛ばし、前方につんのめらせる。すかさず仁沢の肩をつかんで仰向けにさせ、結衣は馬乗りになった。振りあげた手にデジカメが握られていた。仁沢が恐怖の声を発した。だが結衣はためらうようすもなく、デジカメを凶器がわりに、仁沢の顔面をめった打ちにした。鮮血ばかりか肉片までが辺りに飛散する。

一同はすくみあがり、ひたすら凍りついていた。仁沢がぐったりして動かなくなると、結衣が立ちあがった。返り血を浴びた結衣の顔が、無表情に仁沢を見下ろす。

麻希があわてふためき逃げだそうとした。ドアに達する寸前、結衣は豹《ひょう》のごとく飛びかかった。綿谷の目が追いきれないほどの俊敏な動きだった。結衣は麻希の首をヘッドロックの体勢で抱えこむと、姿勢を低くしながら身体を半回転させ、後方に投げ技を放った。麻希の身体は宙を飛び、詩津香に勢いよく衝突した。ふたりは畳に叩《たた》きつけられた。

「おい」黒磯が焦燥をあらわにし、結衣を押しとどめようとした。「優莉。落ち着け。さっきのはただの悪ふざけ……」

結衣は接近するや黒磯の顎《あご》に掌《しょう》の突きを放った。黒磯の足は畳からわずかに浮きあがり、身体ごと落下した。尻餅《しりもち》をついた黒磯が怯《おび》えた目で結衣を見上げた。その脳天に結衣が肘《ひじ》を打ち下ろした。軽く跳躍しては、何度も打撃を加える。朦朧《もうろう》とした黒磯の口を、結衣の右手がしっかりとふさいだ。左手はこぶしに固め、黒磯の顔面を殴打した。

さっきウォークインクローゼットのなかで、仁沢がなぜひとことも発さずボコボコにされたのか、綿谷はようやく理解した。真っ先に口をふさがれたからだ。

黒磯が倒れこむと、結衣はローキックを繰りかえし浴びせた。水袋を蹴るような音がこだまする。黒磯は血の混ざった胃液を嘔吐《おうと》した。結衣は動きをとめた。そっと手を伸ばし、黒磯の胸ポケットから、奪われた二万円をつまみとった。

舘原は部屋の隅でたじろぐばかりだったが、結衣が背を向けた瞬間を見計らい、飛びかからんとする素振りをしめした。

綿谷は思わず怒鳴った。「後ろ！」

だが結衣は表情ひとつ変えず、身体を反転させながら、ブレザーの背からハンガーを引き抜いた。ウォークインクローゼットにあった物をしのばせていたらしい。結衣はハンガーの内側に人差し指を差しいれ、激しく回転させながら、舘原のこめかみをしたたかに打った。舘原の目の焦点が曖昧《あいまい》になり、脳震盪《のうしんとう》を起こしたがごとくふらつきだした。結衣はハンガーを縦にし、すべての指でしっかりグリップすると、舘原の顎を突きあげた。

結衣はハンガーをあたかも手慣れた武器のごとく使いこなした。回転の遠心力で水平打ちにし、グリップして突きを放つや、背後にまわって喉《のど》もとに這《は》わせ絞めあげる。血みどろになった舘原は、口をあんぐりと開けのけぞった。結衣はハンガーのフックを舘原の鼻孔にひっかけると、下方に引き倒した。舘原は突っ伏して動かなくなった。流血が畳を赤く染めていく。

詩津香がバッグに這っていき、スマホをとりだした。震える手で操作を試みる。結衣は足ばやに歩み寄り、スマホをひったくった。

「まって」詩津香が仰向《あおむ》けになり、悲痛な顔で泣き叫んだ。「通報なんかしない。だから許して」

結衣は耳を傾けるようすもなく、スマホを縦に保持し、詩津香の顔面に打ち下ろした。一撃で鼻血が飛び散ったが、結衣は手を休めず、打撃を反復しつづけた。結衣は詩津香の横っ腹を蹴《け》り、うつ伏せにさせると、その両手首を握った。詩津香の背を踏みつけながら、両腕を曲がるはずのない角度まで反らせた。骨折の音が響いた。詩津香が断末魔に似た絶叫を発した。

壁ぎわに麻希がへたりこんでいた。両手を突きだし震えながらうったえた。「お願い。こないでよ。謝るから。なんでもあげるから」

だが結衣は詰め寄っていき、床に散らばった生理用品をつかみとると、麻希の口に押しこんだ。タンポンは鼻の両穴に詰めこむ。麻希は窒息しかけたのか、ひどく苦しげに暴れ、手を口もとに伸ばそうとした。結衣はその隙をあたえず、麻希の鼻柱をこぶしで殴った。鼻孔をふさぐタンポンが赤く染まりだした。さらに連続して殴打する。麻希の顔に突っこまれた生理用品すべてが、おびただしい量の鮮血を吸いこみ、真っ赤になった。麻希は意識を喪失したらしい。背が壁からずり落ちていき、畳の上に仰向けになった。だが結衣はなおも麻希の腹を踏みにじった。白目を剝いた麻希の口、歯と生理用品の隙間から、血に濁った胃液があふれだした。

綿谷は立ちあがれずにいた。腰を抜かしたというべきかもしれない。アイポッドの演奏だけが陽気につづくなか、五人組が赤い水たまりに横たわっている。

結衣が歩み寄ってきた。返り血を浴びた顔が、仏頂面で綿谷を見下ろす。結衣はポケットからハンカチをとりだし、黙って差しだした。綿谷は戸惑いとともに見かえした。

「鼻血」結衣がささやいた。「拭《ふ》いたほうがいい」

自覚はまるでなかった。受けとったハンカチで鼻を押さえてみると、赤いものがこびりついた。

結衣はバッグからウェットティッシュを拾いあげた。制服に付着した返り血をつまみとるように拭《ぬぐ》う。慣れた手つきだった。

一分足らずで作業を終えると、結衣はなぜか裁縫道具をとりだした。サイフとスマホ、透明マニキュアの小瓶、ポリ袋をポケットにおさめる。靴脱ぎ場の靴を拾ってから窓辺に引きかえした。サッシを開け、外を見下ろす。なにやらクレセント錠をいじっていたが、やがて綿谷を振りかえり、無言で手招きした。

綿谷は全身の痛みを堪《こら》えながら、なんとか立ちあがった。窓辺に歩み寄ったとき、結衣がいきなりサッシの外に身を躍らせた。

驚いて眼下に目を向ける。ここは二階だった。結衣は外壁に這っている。エアコンの室外機や換気扇カバー、雨樋《あまどい》に手足をかけ、巧みに下っていく。ホテルの裏手だけにひとけはない。椰子《やし》の木立だけが周りを囲む。

地面に降り立つと、結衣が見上げてきた。下りてくるよう手で合図すると、もう視線を別のところに向けている。

結衣の人づきあいはスパルタ式のようだった。綿谷は靴を拾ってきて、あわてて履いた。意を決し、サッシ窓の枠に上り、外壁に身体を這わせる。結衣の動作を参考に、突起物を足がかりに下りようとした。

すると結衣の声がささやいてきた。「窓を閉めて」

片手を放すだけでも怖い。それでも手を伸ばし、窓をスライドさせた。なんとか閉めきった。

結衣の声がつづいた。「窓枠から糸がでてるでしょ。引っぱって」

サッシの隙間から糸が突きだしている。それをつかんで引くと、クレセント錠が半回転し、内部から施錠された。すでに錠から外れた糸が、綿谷の手のなかにぶら下がっている。

綿谷は息を呑《の》んだ。こんな細工をどこで……。

「早く下りて」結衣が告げてきた。有無をいわせぬ口調だった。

雨樋にしがみつきながら、綿谷はほとんどずり落ちるも同然に、少しずつ下降していった。やがて足が地面についた。綿谷は心底ほっとした。

結衣が黙って左手を差し伸べてきた。どういう意味かわからず、綿谷も右手を突きだした。握手かと思ったが、結衣の手が指をひろげているため、綿谷は指のあいだに指を絡め握りかけた。

「ちがう」結衣は手をひっこめた。綿谷の左手を見つめてくる。糸を渡すよう目がうったえている。

「あ」綿谷は糸を結衣に手渡した。「ごめん……」

綿谷は自分の失態を呪った。まさかの恋人つなぎを求めてしまった。

結衣がポリ袋を差しだした。なかに小銭が複数入っている。

「これは？」綿谷はきいた。

「ホテルの玄関にまわって、ロビーの自販機で飲み物を買って」

「飲み物？」

「それを持って先生のところに行って。パシリを命じられたけど部屋から閉めだされたっていえばいい」

動揺とともに当惑がひろがる。綿谷は結衣を見つめた。「まってよ。先生はきっとホテルの従業員に声をかけて、一緒にドアを開けに行くよ。なかには血まみれの五人が……」

「死んでないからだいじょうぶ」

「そういう意味じゃなくて、いや、それも気になってたけど」綿谷は冷静になろうと躍起になった。「ねえ。優莉さん。どうしてあんなことを？」

結衣の顔に翳《かげ》がさした。「びっくりしたよね」

「したけど、でもそのう、あんなことってのは、さっきじゃなくて、それより前の話だよ。うまくいえないけど、なんでずっと我慢してた？」

なぜ問いかけたのだろう。純粋に答えを知りたいからだ、綿谷はそう思った。ふしぎなものだ、結衣の過去など気にならない。たしかに彼女が暴力を振るうのは初めてではあるまい。ひょっとしたら悪い噂が事実だったのかもしれない。けれどもいまはどうでもよかった。ただ結衣の身を案じていた。

結衣は無表情に見かえした。「本当にトイレ行きたいわけじゃなかった」

「ちがう。我慢してたってのは、そのことじゃなくてさ」綿谷はあわてぎみに付け足した。「なんでずっとあいつらに抵抗しなかったのかって、そこをききたかった」

「ああ」結衣の視線がわずかにおちた。「たぶん綿谷君と同じ」

「同じって……」

「波風立てたくなかった。噂も落ち着いたし、これからは静かに暮らそうって」

自分を責めているような口ぶりにきこえる。綿谷は穏やかにいった。「優莉さんは、そのう、悪い人じゃないよ」

結衣はじっと見つめてきた。「ごめんね」

「え？」

「わたしがなにもしなかったせいで、綿谷君が怪我した」

「心配しなくていいよ。勝手にやったことだし」

　こんな一面もあるのか。結衣は綿谷を気遣ってくれている。顔が火照《ほて》るのを感じ、綿谷は結衣に背を向けた。二階の窓を見上げながらいった。「あいつらきっと、優莉さんに暴力を振るわれたっていいだすよね。その後はどうすれば……」

　静寂がかえってきた。ふと不穏な空気を感じ、綿谷は振りかえった。

　結衣の姿はどこにもなかった。ほんのわずかのうちに、幻のように消えてしまった。暗がりのなか、椰子の葉が微風にざわめく。もの音もそれだけだった。

3

　結衣は国際通りの歩道にでて、観光客の人混みにまぎれた。椰子の木立に縁どられた上下の車線は、いずれも渋滞している。左右の商業施設には、色彩豊かながら落ち着いた光量のネオンが浮かび、どことなく異国情緒を醸しだす。ホテル以外に背の高い建物はない。沖縄料理のでる飲食店はどこも満席のようだった。

　五人組を叩《たた》きのめしたことに罪悪感はない。結局こうなった、そんな空虚な気分だけがひろがる。ただ黒磯に関しては、Ｋポップ気どりの細マッチョが見かけ倒しでなく、本当に鍛えた肉体だとわかった。なのに黒磯は抵抗せず、結衣に殴られるにまかせた。あれが反省の片鱗《へんりん》なら、多少なりとも更生の余地がある。二度と関わりたくないが。

腕時計を眺めた。午後六時前。松尾《まつお》の交差点方面に向かいながら、スマホの電源を落とした。位置情報が携帯キャリアに伝わるのは避けたい。

沖縄にきたのは初めてではなかった。地理の知識はそれなりにある。けれどもいまは尾行や監視に注意を払わねばならない。

街頭防犯カメラの設置数は、東京にくらべればさほどでもなかった。視野の狭い型落ちばかりだと一見してわかる。顔が写らないよう歩くのにも難儀しない。

通り沿いは健全な店舗ばかりではないようだ。ロフトンというオレンジいろの看板を掲げる、怪しげな三階建てを見かけた。白人男が売春婦らしき女の肩を抱き、エントランスを入っていく。有名な連れこみホテルだった。過去に殺人事件が発生し、以後は犯罪の温床ともささやかれる。

路上駐車のセダンやワンボックスが列をなす。かりゆしウェア姿の中年らが歩道をうろついていた。派遣型風俗の関係者にちがいない。

金髪の四十男が、若い女を怒鳴りつけていた。「このクソアマ。甘ったれたことばっかいってんじゃねえぞ。さっさとどっか消えろ。うちの縄張りで商売すんなよ。

見かけたらぶっ殺すぞ」

女は泣きながら駆けていった。歩行者が何人か振りかえったものの、男が威嚇するように睨《にら》みつけると、誰もが逃げるように立ち去った。

ふいに注意が喚起された。結衣はとっさに足をとめ、土産物屋の店頭に向き直った。姿見に映りこんだ後方のようすを観察する。

路上を近づいてくるセダンは、トヨタのアリオンだった。助手席側のピラーにたるんだ配線がのぞく。捜査用覆面パトカーの可能性が高い。

運転席と助手席に、若い私服がふたり乗っている。後部座席から顔をだしたのは、見覚えのある刑事だった。空港ロビーで会った那覇署の比嘉だ。

やはり現れた。ホテルの近くに張りこんでいたにちがいない。ほんの数メートルの距離だが、あわてる必要はなかった。結衣の腰から下は売り台に隠れている。混雑のなかブレザーの背だけなら、さほど目は引かない。

比嘉は結衣に気づいたようすもなく、金髪の四十男に声をかけた。「千代鶴《ちよづる》」

千代鶴と呼ばれた男は、比嘉を見たとたんかしこまった。「こりゃどうも、旦那《だんな》。めずらしいですね、この時間に」

「おまえこそ」比嘉は覆面パトカーが停車するや、歩道に降り立った。「シャバに戻っても結局は復業か。未成年の家出娘を働かせたりしてねえだろうな」

会話は標準語に近いものの、沖縄特有のイントネーションで、かなりの早口だった。結衣はきき逃すまいと耳をそばだてた。千代鶴という男の態度から察するに、比嘉はマル暴、組織犯罪対策課のようだ。優莉匡太《きょうた》の子をマークするのは、あいかわらず半グレ集団の再結成を警戒してのことか。

「旦那」千代鶴がぎこちなく笑った。「真栄原《まえはら》やコザ吉原《よしわら》が盛況だった十年前とはちがうんですぜ。よくご承知でしょう」

「それであきらめて、こんな賑《にぎ》やかな界隈《かいわい》で客拾いか」

「うちは本番行為なしのデリヘルです。働いてるのもみんなベテランで」

「ふうん」比嘉は停めてあったセダンに歩み寄った。古びた日産《にっさん》シーマ、車体色は黒だった。「おまえのだな？　毎日ここにいるのか」

「まさか。あちこちに睨みをきかせてなきゃ、よそに縄張りを奪われちまいますよ。明日の晩は辻《つじ》です」

「そっか。今晩はどうせ朝までこの辺りにいるんだろ？　ちょっとこれ見てくれ。この女子高生だけどな……」

比嘉が写真をしめしながら、千代鶴とともに遠ざかった。結衣について情報網を広げようとしている。だがのんびりした会話から察するに、まだ結衣がホテルから失踪《しっそう》したとの連絡は受けていない。

覆面パトカーはとっくに走り去っている。結衣は歩道にでた。シーマの後方にしゃがむと、排気管の上のわずかな隙間にお守り袋を押しこんだ。

なかに小型GPS発信器が入っているのは、とっくに確認済みだった。那覇署としても、沖縄入りした優莉結衣の所在を押さえておきたかったのだろう。けれどもやり方が稚拙すぎる。

　結衣はホテルをでてから、すでに二百メートルほど移動している。なのに比嘉はまだ気づいていない。つまり二百メートルをGPSの誤差の範囲内ととらえている。準天頂衛星みちびきが存在しない二年前の感覚のままだった。モニター上で位置情報のずれが生じたため、いちおう確認にきてみた、それぐらいの思考なのだろう。せっかく正確な位置を把握できているのに、機械をまるで信用していない。

　歩道を転がり、通行人の足もとをすばやく抜けると、結衣は店舗の狭間《はざま》に飛びこんだ。裏通りを県庁方面へと引きかえす。

　バス停に路線バスが停車している。牧志《まきし》開南《かいなん》循環線。どこに向かおうとかまわない、ここを離れることが優先する。結衣はバスに乗った。車内は空《す》いていた。カメラに写りにくい右寄りの席に座る。アナウンスがきこえた。次は那覇高校前、那覇高校前です。

ぼんやりともの思いにふける。修学旅行にきたはずが、初日からひとり旅が始まった。こうなりたくないと願っていたのに、どこか運命だったような気もしてくる。

いまだ逮捕されないのは奇跡だった。とりわけ清墨《きよずみ》学園事件についてそう感じる。公安警察の梅田《うめだ》と綾野《あやの》は、結衣を匿《かくま》う意思をしめした。現場にいなかったと上に報告する、彼らはそんなふうにいった。結衣の毛髪や血液、汗、皮膚細胞が採取されようと、公安の証拠捏造《ねつぞう》だったかのように装う、ふたりで埃《ほこり》をかぶると主張した。

しかし疑問がある。たったそれだけで結衣は容疑を免れうるだろうか。公安だけでなく所轄が捜査したはずだ。むろん鑑識も校舎の隅々まで調べたにちがいない。結衣のいた痕跡は、捏造など不可能なレベルで大量に検出されただろう。なのに警察から接触がないとは不可解きわまりない。まさしく謎だった。

ふと凜香《りんか》の言葉が脳裏をよぎる。結衣姉ちゃんのほうこそ、将来どうする気？　支援団体が助けてくれるのも卒業まででしょ。それからは？　履歴書に優莉結衣って書いただけで落とされるよ。生活保護で細々と暮らすの？　また気まぐれに人を殺しながら。

結衣は虚空を眺めた。ＪＫブランドもあと一年少々か。

チャイムが鳴り響き、視野にバスの車内が戻ってきた。アナウンスがきこえた。

「次は三《み》原《はら》三丁目、三原三丁目です」

凜香といえば、麴町西《こうじまちにし》中学校を長いこと欠席している、人づたいにそうきいた。原《はら》宿《じゅく》を最後に会っていない。近況は田《た》代《しろ》勇次《ゆうじ》から教えられた。どこかで拷問《ごうもん》を受けているという。当初はいい薬になると思った。けれども日が経つにつれ、勇次の言葉が冗談であってほしい、そう願うようになった。ふしぎなものだ、殺したいほど憎らしい存在だったのに。

結衣はボタンを押し、ブザーを鳴らした。そろそろ降りよう。バスを乗り継ぎ、めざしたい場所がある。

浦添《うらそえ》市の郊外、騟原《ぜんぱら》町四丁目。昼間見かけた葬式。ヤクザとおぼしきふたりが監視していた。香典を狙っていたのだろう。

借金の取り立てならめずらしくもない。だがふたりのうち角刈りの眼鏡が、バスのなかの結衣に手を振ってきた。見覚えのない顔だった。いったい何者なのか。もうひとりの毛深い腕の男は、ずっと背を向けていた。

より問題なのは、路地を歩くセーラー服の少女だった。あのおぼつかない足どり。

結衣は幼少期、六本木《ろっぽんぎ》の路地裏で、同じ歩き方の女をよく目にした。処女が強姦《ごうかん》され裂傷を生じると、翌日にも痛みをひきずるせいで、爪先《つまさき》が外側を向く独特の歩調になる。合意のセックスならそこまで無理はしない。

結衣に合図を送ってきたヤクザと、レイプ被害に遭ったとおぼしき少女。自分なりの修学旅行の日程がきまった。

小冊子の表紙写真が目の前をちらついた。みんなで輪になって手と手を重ねあう。縁もゆかりもない世界だと結衣は思った。ひとりという最小単位が自分だった。それ以上でもそれ以下でもない。

4

騚原町四丁目には、生活保護受給者の住む借家が密集している。結衣は昼間スマホで検索し、そんな記事を読んだ。

実際に足を運んでみると、交通の便の悪さは想像以上だった。バスを三本乗り継いだうえ、二キロ近くも歩いた。女子高生のひとり歩きは、けっして推奨されない地域にちがいない。

途中で自販機に立ち寄った。ミニペットボトルの飲料水を買ったものの、蓋《ふた》を開けずポケットにおさめた。集落に着いたとき、すでに時刻は夜八時をまわっていた。

市街地の低層ビル群が見えていても、ここは陸の孤島に相違なかった。街路灯が極端に少なく、集落内はほの暗い。路地は狭く複雑に入り組み、区画整理も行き届いていない。

コンクリートの平屋はどれも同じ外観で、バスの車窓から見た印象より、さらに小ぶりに思えた。隣りの家との隙間もほとんどない。いちおう戸建てではあっても、生活のノイズは数軒先まで届くだろう。

いまも中年男のまくしたてる声がきこえる。同年代の女と、もっと若い女の声が罵りあっている。方言が強すぎるせいで、会話の内容は判然としない。

ドアがいきなり開いた。屋内の照明が辺りを照らす。瘦身《そうしん》のセーラー服が嗚咽《おえつ》とともに駆けだした。しきりに顔をぬぐい、小走りに路地を遠ざかる。もうひとり別の少女が戸口に立ち、早口に怒鳴った。今度もなにを喋《しゃべ》ったかわからない。母親らしき声が低く呼びかける。その少女は内側からドアを閉めた。外にでたのはセーラー服ひとりだけだった。

表札には仲村とある。ここが葬儀のおこなわれていた家だった。結衣は人影を追った。セーラー服の後ろ姿が歩を緩めた。街路灯から離れた暗がりで立ちどまり、両手で顔を覆った。容姿に見覚えがあった。昼間にもこんなふうにひとり泣いていた。

結衣はゆっくりと近づいた。靴音に気づいたらしい、少女がびくっとして振り向いた。怯《おび》えたささやきを静寂に響かせた。「誰ですか」

くっきりした二重は沖縄に多いが、少女も同様だった。まつげは長いものの、ひどく疲れた目をしている。泣き腫《は》らしたせいもあるだろう。素朴で純情そうなまなざしが、いまは恐怖にとらわれていた。少女の身に起きたことを考慮すれば、こんな反応にも納得がいく。

結衣は静かに声をかけた。「仲村さん？」

制服で女子高生とわかったからか、少女の表情はわずかに和らいだ。代わりに困惑のいろがひろがる。

自然な会話で情報を引きださねばならない。結衣はささやいた。「きょうお葬式があったよね」

「はい。あのう」少女はいくらか落ち着きをとり戻していた。「どちらさまでしょうか」

「わたしのことは、結衣って呼んでほしい」

「結衣さん？」

「だからあなたも、下の名前を教えてくれるとありがたいんだけど」

　少女は戸惑いを深めたようすだったが、結衣を見かえし答えた。「琉那」

「琉那さん。いい名前」

「なにかご用ですか」

「ええ。あなたにお悔やみをいいたくて」

「祖父とお知り合いでしょうか」

　亡くなったのはこの少女の祖父か。さっき両親らしき男女の声を耳にした。戸口にいたもうひとりの少女は、琉那より年上だが、顔はよく似ていた。姉にちがいない。琉那は両親と喧嘩《けんか》していた。しかし祖父を嫌っていなかったのは、昼間の悲嘆に暮れたようすからもあきらかだった。結衣はいった。「いいおじいさんだったよね」

「はい」琉那が力なくうなずいた。「祖母が亡くなってから、父の振る舞いを注意できるのは、自分しかいないといって……。父方の祖父母がいない埋め合わせをするって」

　母方の祖父ということらしい。父をたしなめる存在だったことが、琉那のなかで大きかったようだ。それだけ父が横暴なのだろう。母も父の暴力を恐れ、ふたりの娘を守りきれずにいる。そこまではだいたいわかった。「お父さんはあいつらに香典を渡した？」

結衣はあえて訳知りのような口調できいた。

琉那の表情がまたこわばった。「葬儀の片付けの最中に……。でも後から届くぶんもあるだろうから、今夜じゅうにまた来るって。結衣さんもこの近くに住んでるんですか？」

これは貧困ビジネスだ。昼間、路地にいたヤクザふたりは、囲い屋と呼ばれる存在だった。おそらく騙原町四丁目全域を、共通の囲い屋が支配している。だからこそ琉那は、香典の取り立てを知る結衣を、近所住まいだと考えたのだろう。

囲い屋の働きぶりなら幼少のころ間近に見た。かつて東京で最も広範囲に囲い屋を営んだのは、優莉匡太半グレ同盟の一組織、野放図《のほうず》だった。

貧困家庭への救済を謳《うた》うチラシや張り紙で、生活困窮者を募る。粗末な住居をあてがい、そこを住所として登記させることで、生活保護の申請を可能にする。

だが囲い屋はその後、受給者の預金通帳やキャッシュカードを奪い、銀行口座を手中におさめてしまう。家賃や食費、光熱費などを差し引いたといいながら、わずかな金だけを受給者に渡す。管理とは名ばかり、実態は人権無視の奴隷化による支配でしかない。セーフティネットの不充分な地域には囲い屋が蔓延《はびこ》る。収益は半グレや暴力団の資金源となる。

囲い屋はみずからを囲い屋とは称さない。ここでもいちおう正当な職務を装い、氏名を口にしているはずだ。結衣は琉那を見つめた。「誰が香典をとりにくるって？」

「源甲斐さんは忙しくて来られないから、釜塚さんか蟹渕さん……。結衣さん家《ち》の担当は誰ですか」

結衣に手を振ったのは、そのふたりのうちどちらかだろうか。「釜塚さんか蟹渕さんが来るのはまちがいない？」

「はい。昼間はふたりで来たから、今夜もたぶん……。権晟《ごんじょう》会さんのほかの人たちには馴染《なじ》みがなくて」

にわかに緊張が走った。結衣はきいた。「権晟会？」

琉那はふしぎそうな顔になった。「結衣さんの家も、権晟会さんのお世話になってるんでしょう？」

沖縄に暴力団はふたつか三つしかない。田代槙人《まきと》がらみの団体にでくわすのも、さほど突飛なことではなかった。

昭和の沖縄返還前から、在日米軍による銃器類の横流しはさかんにおこなわれていた。現地の暴力団、権晟会が取り仕切っているのは有名な話だった。結衣の父も何度か利用したはずだ。

与野木《よのき》農業高校の工場棟で、サリンプラントを警備する化学防護服らは、米軍の流出品とおぼしきＭＰ５Ｋを携えていた。あれにより田代槇人は、権晟会と取引があるとわかった。武蔵小杉高校事変でもジンの勢力は、型落ちのＨＫ４１６を使っていた。やはり米軍の装備だった。

当初は洋上瀬取りによる密輸を疑った。だがチュオニアン騒動ののち、海上保安庁が警備を強化してからも、田代傘下の半グレ集団の武装はつづいた。奴らの武器調達は権晟会に依存しているにちがいない。

銃器密輸の老舗《しにせ》として名を馳《は》せる権晟会。実態はよくわからない。指定暴力団にもなっていないとはふしぎだった。貧困家庭を食いものにする囲い屋など、潰《つぶ》れかけた暴力団のシノギでしかないはずだが、権晟会は儲《もう》かっていないのだろうか。

琉那が不安げに見つめてきた。「結衣さん。どうかしたんですか」

結衣は重苦しい気分とともにたずねた。「なぜ権晟会を頼ったか、親にきいた？」

「父は、病気で身体を悪くして、仕事を辞めざるをえなくて……。酒浸りになって、貯金もなくなって、住んでた家もなくなっちゃって」

囲い屋にとって格好の標的だった。結衣は琉那に問いかけた。「逃げようと思ったことは？」

「どこへ逃げるんですか。愛菜は十六で妊娠しちゃって、亮輔から逃げようとひとり暮らし始めたけど、すぐ見つかっちゃって。くるされちゃった」

くるされる。ボコボコにされるという意味の方言だ。離島のうえ、あちこちに親戚《しんせき》や知人がいるため、DVから逃れにくい。それが沖縄だときいた。愛菜というのはさっきの姉だろう。結衣はつぶやいた。「その亮輔ってのは、いまどこに？」

琉那は家を指さした。「同居してます」

囲い屋は底辺層のなかから標的をさらに絞りこむ。家父長制が根強く残っていながら、その大黒柱に自立する力が欠如している、そんな機能不全家族を選びだす。家庭内の不和を煽《あお》り、一家団結を防ぐと同時に、管理人である囲い屋に矛先が向かないようにする。結果、囲い屋と家族とのあいだに、傍目《はため》には異常とも思える主従関係が形成される。いわば情報弱者に狙いをさだめた洗脳的な支配だった。

三人にひとりが貧困といわれる沖縄の子供にとっては、学校も退避所《シェルター》になりえない。貧困層の通う公立の底辺校では、いまだに体罰が絶えない。教師らの愛情だという言いわけさえ、児童は額面どおりに受けとる。勘違いが身内の暴力まで肯定すべきものと錯覚させてしまう。

核心に触れるときがきたようだ。結衣は小声できいた。「琉那さん。病院へは行ってないよね。たぶん警察にも」

琉那が絶句する反応をしめした。打ちのめされたように下を向く。「なんで知ってるんですか」

歩き方でわかった、そんなふうには答えなかった。この界隈の住人だと信じさせておけばいい。結衣は琉那を見つめた。「あまり離れてないし、声がきこえたから」

「そう……」琉那の目が潤みだした。「怖かったので病院には、きょう夕方ぐらいに行きました。この近くの疋嶋《ひきじま》医院」

「それで？」

「受付で、保険証っていわれて……。ないっていったら、なんの用かってきかれて。だけど、なんていえばいいんですか。暴力振るわれたとか、曖昧《あいまい》なことを伝えたら、まず警察に通報するようにっていわれちゃって」

「通報したの？」

「いえ」琉那は声を震わせた。「できるわけない。権晟会さんに逆らうなんて。なにがあったかも話したくない」

状況は予想したとおりだった。琉那は医療検査を受けていない。

結衣はミニペットボトルを琉那に渡した。琉那は当惑顔で見かえした。手首に針金で縛られた痕《あと》があるのを、結衣は見てとった。暴行は壮絶を極めたにちがいない。

サイフから錠剤六つの入った包装シートをつまみだす。二錠と四錠に割った。四錠のほうのシートは、琉那のポケットに押しこんだ。

琉那がささやいた。「これって……」

「ピル」結衣は二錠のシートを琉那の手に握らせた。「緊急避妊薬ってやつ。受診してたら、医師が処方してくれたはず。乱暴されてから七十二時間以内に飲めば、妊娠を防げる」

「なんで結衣さんがこれを……」琉那はふとなにかに気づいたように口をつぐんだ。見つめるまなざしに悲哀のいろが漂う。

同じ被害に遭った、琉那はそう思ったのだろう。そのように解釈させておけばいい。むろん実際にはちがう。公安の刑事から殴る蹴《け》るの暴行を受けた、いやそう見せかけた動画がでまわったのち、結衣は救急外来に向かった。わざと医師の問いかけに無言を貫くことで、性暴力を受けたようにほのめかした。検査を勧められたが拒否するうち、薬の処方《しょほう》だけを受けられた。

ときおり不眠症をうったえて睡眠薬をコレクションしておくのと同じだった。処方箋《せん》が必要な薬を、状況を利用し入手しておく。緊急避妊薬もあって困らない。自分のためではない。これまで関わった事件でも、性暴力がやたら横行していた。薬を持ち歩いたのは、まさしくこんなときのためだった。

琉那がすすり泣いた。大粒の涙が滴下するのが見えた。「ありがとう。ずっと不安で」

「辛《つら》かったでしょ」

「怖くて……。痛くて、気持ち悪くて、腹立たしくて。なにも考えないようにして、やり過ごそうと思えば、また現実に引き戻される。その繰りかえし」

「相手は？　釜塚か蟹渕のどっち？」

琉那は首を横に振った。「源甲斐さんたちは見てただけ。ハンゲイトとステリーって人」

「外国人？」

「基地の人かも」

「軍の制服姿だった？」

「いえ。Tシャツを着てました」

なら断定はできない。公民の教科書に載っていたことだが、むかしとはちがい、基地の軍人による犯罪は減少している。地位協定はあっても、人権団体による長年の抗議が実を結び、米軍における規律の強化が進んだからだ。

もっとも権晟会は、軍の横流しの銃器類で商売している。どんな事情が潜んでいるかわかったものではない。ただし知らないままで終わらせるつもりもなかった。二泊三日の修学旅行中に片をつける。

結衣はいった。「いまここで二錠飲んで。あとは十二時間ごとに二錠ずつ」

琉那が錠剤をシートから押しだした。薬を口にいれると、ミニペットボトルの蓋《ふた》を開け、飲料水を一気に呷《あお》った。

目を閉じて飲み下すと、琉那は深くため息をついた。結衣はその手からミニペットボトルを受けとり、そっと地面に置いた。

「あのう」琉那が見つめてきた。「結衣さん。妊娠の心配はなくても、なにかほかのことが起きたら……」

「性病とかの検査は、どのみち受けなきゃいけない。あさって以降に病院へ行けばいい」

「え？　でもわたし、保険証が……」

「そのころには権晟会の支配を脱してる」

琉那が戸惑いの反応をしめしたとき、家のドアが開いた。屋内から漏れる明かりが、また一帯をおぼろに照らしだした。

現れたのはワンピース姿の姉、愛菜だった。ドアを閉じると、懐中電灯を片手に歩きだす。琉那を捜しにでかけようとしている。

しかし気配を感じたらしい。真っ白な光がこちらに向けられた。愛菜は驚きの声を発した。「琉那」

「お姉ちゃん」琉那が眩《まぶ》しそうに顔をそむけた。「消してよ」

愛菜は懐中電灯を消すと、あわてぎみに駆けてきた。「またお父さんに叱られるからさ、早く帰ってよ」

「お父さん、怒ってる？」

「いえ。ほら、今夜のうちに権晟会さんが来るでしょ？　だからおとなしくしてる」

琉那はほっとした表情を浮かべ、結衣に向き直った。「権晟会さんの訪問日は、父も暴力を振るわないんです。家族を殴ったとわかると、父が罰を受けるので」

「ねえ」愛菜が妙な顔になった。「この子、誰？　見かけない制服」

またドアが開いた。今度は半袖《はんそで》シャツを着た若い男が、ふらつきながらでてきた。

呂律《ろれつ》のまわらない物言いで、周囲の暗がりに呼びかけた。「おい！　愛菜！　戻ってこいよ。皿洗ってねえだろ。酌もしろ」

愛菜が声をひそめていった。「亮輔。静かにしてよ。うるさくしたら規則違反になるでしょ」

「なんだ？」亮輔は酔っぱらっているらしい。目を怒らせ、千鳥足で愛菜のもとに向かってきた。「ブス嫁。口答えすんなってあれほどいってるだろ。ぶっ殺すぞ」

亮輔がこぶしを振りあげた。愛菜は顔をしかめながらも、殴られるのを回避しようとしない。琉那も制止をあきらめている。ＤＶが蔓延《はびこ》る家庭においては、異常な習慣が日常と化す。家族が心理的支配の序列に逆らえない。

結衣はすばやく割って入った。亮輔のこぶしを手刀で撥《は》ね除《の》けた。

その気になれば、もう亮輔の命を奪えていた。だが結衣はそうしなかった。亮輔の手首にも針金で縛られた痕《あと》があった。愛菜にもだ。しかも三人そろって火傷《やけど》をともなっている。通電の拷問を受けたのだろう。

面食らったようすの亮輔が、酔っぱらい特有のうつろな目を瞬《しばたた》かせる。一発見舞ってやるとばかりに、また殴りかかってきた。結衣は軽く身を退いて躱《かわ》し、亮輔に足払いをかけ転倒させた。尻餅《しりもち》をついた亮輔の背にまわり、思いきり蹴《け》った。

亮輔が悲鳴をあげかけた。結衣はとっさに手を伸ばし、亮輔の口をふさいだ。まだ激痛が全身を駆けめぐっているだろう。結衣は淡々とささやいた。「亮輔。この手を放したら、いわれたとおりいって。わかった？　皿は自分で洗う」

すぐに手を放した。亮輔が悪態をついた。「てめえどこの馬の骨……」

結衣は亮輔の脇の下を強くつねった。神経の集中する局所を確実にとらえた。亮輔は天を仰ぎ、苦痛の叫びを発しかけた。結衣はまた手で亮輔の口をふさぎ黙らせた。

「いって」結衣はつぶやいた。「皿は自分で洗う」

手を放すと、亮輔が涙ぐんで指示に従った。「皿は自分で洗う」

「酌も自分でする」

「し、酌も自分でする」

「女に暴力は振るわない」

「なんでこんな……」

結衣は身体をひねり、亮輔の顔面に膝蹴《ひざげ》りを浴びせた。琉那と愛菜がすくみあがった。

亮輔が鼻血を滴らせながら、くぐもった声でいった。「女に暴力は振るわない」

「立って」結衣は亮輔の襟首をつかみあげた。「お義父《とう》さんに、権晟会が来るのは明日まで延びるかもしれない、そう伝えて」

「誰だよあんた」亮輔はさも痛そうに顔に手をやった。

「いい？　権晟会が香典をとりに来るのは、今晩かもしれないし、明晩になるかもしれない」

「わかった、わかったよ」亮輔は逃げるように駆けだした。「ちゃんと伝える」

足もとのおぼつかない亮輔を、琉那と愛菜が両側から支えた。ふたりで家に連れていく。琉那が振りかえり、困惑とともに見つめてくる。どういうことかと目でたずねている。結衣は素知らぬ顔をした。

権晟会がいつ現れるかと、琉那の父親がびくついているあいだは、暴力を振るうこともない。そんな状況が明日まで継続すれば充分だった。

三人がドアの向こうに消えていくのを見送った。琉那は最後まで顔をのぞかせていた。ありがとう、そうささやくのがきこえた。

集落に夜の静寂が戻った。結衣はポケットから透明マニキュアのトップコートをとりだした。指先に塗りながらぼんやりと思った。権晟会、田代一派に銃器を提供するクズども。やっと興味深い社会見学ができる。修学旅行らしくなってきた。

5

結衣は鞴原町四丁目集落の暗闇に、長いことたたずんだ。やがて路地の彼方《かなた》に、ふたつの人影が蠢《うごめ》くのが見えた。靴音が近づいてくる。

男の声が耳に届いた。「どっちだった？」

もうひとりの男の声が応じた。「こっちだ」

「そうか。暗《くれ》えといつもわからなくなる」

「こう似たような豚小屋ばかりじゃ当然だよな」

近づいてくると、ふたりとも開襟シャツ姿だと判明した。背格好は昼間のバスから眺めたとおりだった。仲村家の葬儀を監視していたヤクザたちだ。

毛だらけの太い腕が、闇のなかでもはっきり見てとれる。ひとりが結衣に気づいたようすで立ちどまった。「おい、蟹渕。この小娘は？」

角刈りの眼鏡が眉《まゆ》をひそめた。「知らねえ」

バスの結衣に手を振ったのはこの男、蟹渕だった。結衣はきいた。「ほんとに知らない？」

「なんだよ。どこの誰だよ」

釜塚が冷やかした。「おめえ隅に置けねえな」

蟹渕は目を泳がせながら、しきりに首をかしげた。結衣に向けられた顔は、どこか気まずそうでもあり、本当になにも知らなそうにも見える。あるいは釜塚に遠慮しているのだろうか。

優莉結衣だと気づかないこと自体は、さほど非常識でもない。地方へ行けば行くほどこうなる。都会の暴力団員も幹部クラスは即座に悟るが、下っ端のチンピラはいつも鈍感だった。いまはふたつの要因が重なりあっている。

結衣は毛深い腕の男に問いかけた。「釜塚さん？」

「おい」釜塚は妙なものを見る目で睨んできた。「俺も知ってんのか？　若《わけ》えな。本物の女子高生かよ。どこの家のもんだ？」

「仲村」結衣はささやいた。

「なに？」釜塚は面食らったようすだった。「嘘つくな」

「本当。愛菜と琉那のいとこ」

釜塚が蟹渕に向き直った。「あの家の娘に、いとこなんかいたか？」

「さあな」蟹渕が唸《うな》った。「あちこちの親戚《しんせき》から縁切られてたし、音信不通のとこは、いねえもんとして扱ってきたからな」

「ああ。保証人にもなりゃしねえ連中なんか、俺らの眼中にねえ」釜塚は結衣に目を戻した。「いとこがなんの用だよ」

「今晩のところは、わたしで我慢してくださいって、おじさんが」

「おじさんって、あの親父か」

蟹渕が頭をかいた。「あいつ親戚のガキを差しだすとか……」

「まてよ」釜塚が距離を詰めてきた。吐息に酒のにおいが漂う。ペンライトを灯《とも》し、結衣の顔に向けた。釜塚は口もとをゆがめた。「上玉じゃねえか。本当にいとこか？」

結衣は黙ってうなずいた。ふたりのようすを観察しつづける。釜塚は興奮ぎみだが、蟹渕は冷やかだった。結衣になにかいいたげにも感じられるが、気のせいかもしれない。本心のわかりにくい男だ。

釜塚が結衣に顔を近づけてきた。「おめえ、自分の立場わかってんのか。借金のカタに、ひと晩差しだされたんだぜ？」

予想どおりの質問だった。結衣はさっき琉那が落としていったゴミを、ポケットからとりだしてみせた。二錠ぶんの包装シート、すでに錠剤は使用済みだった。

「あ？」釜塚が包装シートをつまみとった。「なんの薬だよ」

蟹渕が面食らったようにいった。「ピルだぜ？」

「マジか」釜塚が蟹渕にきいた。

「まちがいねえよ。俺が真栄原新町《しんまち》の店をまかされてたの知ってるだろ」

「だな。蟹渕がいうんならまちがいねえ」

どうもわからない。蟹渕の真意が測りかねる。売春を仕切っていた過去があるようだ。ひょっとして結衣を誰かと見まちがえたのか。

ふと智沙子《ちさこ》のことが脳裏をよぎった。父を含め大人たちはみな、結衣と智沙子はそっくりだといった。

もっとも九歳までの記憶でしかない。まるで考えられない。確率的にも偶然がすぎる、ありえない。

釜塚がじっと見つめてきた。「いい覚悟だ。名前は？」

麻希か詩津香のどちらかを名乗る、そうきめていた。結衣はつぶやいた。「麻希」

「じゃ麻希、どきな。まず仲村の親父に会って、話をきくからよ」釜塚が結衣のわきを抜けていこうとした。

結衣は静かにいった。「でかけてる」

釜塚が立ちどまり振り向いた。「でかけてるだと？　どこへ？」

「知らない。でも飲んじゃったぶんのお金、そろえてくるって」

ふたりの男が顔を見合わせた。蟹渕がにやりとした。「いったろ。やっぱりあの親父、酒に有り金をはたいちまったんだ」

「で？」釜塚が結衣に詰め寄ってきた。「親父はいつまでに金をそろえるって？」

「朝九時」

蟹渕が口をはさんだ。「釜塚。仲村はわざわざ借金のカタを置いてったんだぜ？　しかも明朝までのよ」

釜塚は真顔で蟹渕を見かえした。「どっちにしろ、朝までまつのなら……」

「だろ？　ひと晩だけの話だ。楽しんどきゃいい」

半グレでなく厳格な暴力団であれば、取り立て屋もいっさいルールを崩さない。だが沖縄は元来、任侠《にんきょう》道の伝統がない離島だと父がいっていた。暴力団の看板を掲げてはいても、組織形態としては半グレに近い。

釜塚は腕組みをして蟹渕にきいた。「クルマのなかでやるか？」

「狭《せめ》えのは変わらずだな。邪魔は入らねえが」蟹渕がふと閃《ひらめ》いた顔になった。「壺井《つぼい》たちのいるプールは？」

「よく思いついた！　マワすにゃ最高じゃねえか」

「行こうぜ」蟹渕が踵《きびす》をかえした。「みんな遊びたくてうずうずしてる」

「麻希」釜塚も上機嫌そうに歩きだした。「ついてきな」

結衣は無言で歩きだした。周りの平屋は窓明かりも消え、静寂ばかりがひろがっている。権晟会による支配体制は刑務所も同然だった。

集落の入り組んだ路地を抜け、それなりの道幅を有する車道に達した。路肩にワンボックスカーが停まっていた。トヨタのアルファードだった。

運転席の二十代前半が顔をのぞかせた。髪は長めで、目も切れ長、頬がこけている。ほっそりしていて、ひ弱そうな印象がある。青年は結衣を見ると妙な表情になった。

「そいつは？」

釜塚が助手席に向かった。「麻希だ。朝まで借金のカタにもらっとく。庄市《しょういち》、壺井に連絡しろ。玩具《おもちゃ》を連れてくからみんなでマワそうぜってな」

蟹渕がスライドドアを開け放った。結衣は車内に乗りこみ、後部座席におさまった。タバコのにおいが充満している。蟹渕が隣りに座った。途中で逃げようなんて思うなよ、態度でそんなふうに威嚇してくる。

結衣は蟹渕のようすをうかがった。蟹渕は鼻歌を口ずさみながらシートベルトを締めている。釜塚の目を盗んで結衣と内緒話する気はないようだ。

　クルマが走りだした。運転席の庄市がハンズフリーで連絡している。小さく見えるナビ画面によれば、宜野《ぎの》湾《わん》市方面をめざしていた。

　運転する庄市の目が、バックミラーに映りこんでいる。ときおり当惑がちに結衣を眺めた。

　庄市が釜塚につぶやいた。「ほんとに連れてくのか？」

「女の話か？　ああ」

「ひとりじゃ大変じゃないか」

「奪いあいになるって？　だから面白《おもしれ》えんじゃねえか。なんできく？」

「壺井の兄貴は……。ちょっと乱暴だろ。前にも女を……」

「やったあと殺して捨てちまったって？　おめえが気にすることじゃねえ」

　車内に沈黙がひろがった。庄市の目がまたちらと結衣を見た。結衣は気づかないふりをした。

　ほどなくクルマが幹線道路から外れた。明かりひとつない暗がりを、うねうねと曲がりながら走っていく。民家と雑木林が混在する殺風景な一帯に入った。

　クルマは学校に似た施設の敷地内に乗りいれた。駐車場に停まり、スライドドアが開く。外気が吹きこんできた。鉄筋コンクリート造の体育館のような建物がそびえている。市営プールらしい。エントランスの階段に、十人ほどの男たちがたむろしていた。一見してチンピラとわかる。

　蟹渕が結衣の手首をつかみ、引っぱって車外に連れだした。建物に近づくと、ガラの悪い集団が口笛で囃《はや》し立てた。結衣は包囲された。全員が酒くさい。庄市が階段を上っていき、エントランスのドアを開けた。

　結衣は身体が浮きあがるのを感じた。チンピラたちが胴上げも同然に、結衣を水平にして神輿《みこし》のごとく担ぎ、建物のなかに踏みいっていく。

　内部は消灯し暗かったが、塩素の香りが漂う。屋内プールだった。二十五メートルの競泳用プールが波立ち、闇のなかにかすかな煌《きら》めきを放つ。

　結衣はプールサイドに放りだされた。受け身をとろうとしたとき、ふいに足が滑った。手を床につくと、異様なぬめりの感触があった。摩擦がまるで生じず、結衣は激しくつんのめった。勢いあまって数メートルほど滑っていった。チンピラたちがげらげらと笑った。

　突っ伏した姿勢から起きあがろうとしたが、やはり肘《ひじ》も膝《ひざ》も立たない。強引に身体を仰向《あおむ》けにすると、べちゃっと音がきこえた。制服が粘着性のある半固形の液体にまみれていた。髪の毛も同じありさまだった。ローションが一帯に撒《ま》かれているとわかった。

　チンピラたちが靴を脱ぎ、裸足《はだし》で近づいてくる。やはり滑りやすいようだ。ふらつきながら慎重に歩を進める。全員が下品な笑いを浮かべている。

　施錠する音が響いた。庄市が内側から鍵《かぎ》をかけたようだ。ひとり浮かない顔で壁ぎわにたたずんだ。群れに加わる意思もしめさない。

　釜塚は先頭集団の一員だった。結衣を見下ろしながら興奮ぎみにつぶやいた。「よさそうだろ、壺井？　めっけもんだぜ、こんな美人はよ」

　隣りにいる馬面の巨漢が壺井らしい。鼻息を荒くしながら応じた。「おお。ナイチャーっぽいな。真っ先に一発やらせてもらうぜ」

「あせんな。みんなブツは持ってるな？」

　全員がポケットをまさぐり、それぞれに道具をとりだした。ほとんどは折り畳みナイフか洋裁バサミだった。結衣の服を切るつもりだろう。

　敵は総勢十一人とわかった。いつもなら悠然としているところだ。だがいまは多少、焦燥に駆られざるをえなかった。チンピラの群れがずいぶん接近しているというのに、結衣はまだ床に横たわったままだった。

　ローションまみれになり立ちあがれない。あわてて力をこめようとするたび、手足が滑り、じたばたとするだけに終わる。これはまずい。床一面のローションのなかでの戦い方など、父から教わらなかった。

「どけ！」蟹渕が最前線に姿を現した。手にはバケツを持っている。結衣に向けバケツの中身をぶちまけた。

さらにおびただしい量のローションが降り注いだ。結衣は息もできないありさまになった。チンピラたちは歓喜の声をあげたが、足を滑らせる者も何人かいた。だがそいつらも四つん這《ば》いになってふたたび接近してくる。

結衣は苛立《いらだ》ちをおぼえた。これではナイフを奪おうにも手が滑ってしまうだろう。

そのとき、ひとりの男の声が甲高く反響した。「まてまて。こういう場合は、まず俺の出番だろうが」

「よっ」別の男がいった。「縄師の和利《かずとし》。得意技の菱縄《ひしなわ》縛りを頼むぜ」

「まかせとけ」丸眼鏡をかけた痩《や》せ男が躍りでた。長いロープの束をほどき、両手のなかに垂れさせる。「まずは後手縛りからだ」

和利なる男が前のめりに顔を近づけてきた。たるんだロープが結衣の胸に触れた。

結衣は和利を見かえした。冷ややかに低くつぶやいた。「バカめ」

システマのロープファイティングの動作で、結衣は垂れ下がったロープを和利の首に巻き、強く締めつけた。和利が目を剝《む》き硬直すると、結衣は自分の両手にロープを何重にも巻きつけ、それぞれの長さを和利の首まで約五十センチに調整した。両腕をまっすぐ伸ばし、床と平行に大きく回転させる。首を絞めた和利の身体を、ローションの表層に滑らせ水平方向へと振りまわし、至近の男たちの足をすくって薙《な》ぎ倒した。滑りやすい床にあって、ロープの先に和利という錘《おもり》を得た。遠心力を利用し、結衣は両手のロープを引き寄せることで、みずからの身体を起きあがらせた。フィギュアスケートのペア技、デススパイラルと同じだった。脚が立った。和利をプールのほうへ滑らせながら、左腕をさっき首絞めに巻いたのと反対方向に回す。首からロープが外れた。和利は仰向けのまま、わめきながらプールに落下した。水柱が高々とあがった。

　結衣は両手にロープをさらに巻きつけ、間隔を約七十センチに保った。蟹渕が必死の形相で裁縫バサミを突きだしてくる。瞬時に結衣はロープを反時計回りに、蟹渕の両手首に巻きつけた。斜め上方から襲ってきたナイフに対し、ロープを水平に張って手首をインターセプトすると、背後にまわりながら弾《はじ》く。敵ひとりの胴体にロープを巻きつけ、両腕を固定した。滑りがちな床に対し、いまや二点以上で支えられている。

　ほかの敵は続々と突進してくるものの、あわてぎみのせいか足を滑らせてばかりいる。たとえ抱きつかれても、結衣が身を退くとするりと抜けだせる。足払いをかければ敵を転倒させられる。

結衣はロープをつかんだ状態で軽く跳躍し、両脚を振りあげた。両太股《りょうふともも》で釜塚の首を挟み、強く絞めあげる。肌がぬめっているぶん、技もするりと深く入った。釜塚は苦痛の呻《うめ》きを発したが、すでに梃子《てこ》の力が加えられる体勢になっていた。左右の大内転筋をわずかにずらした状態で、斜めに体重をかけると、骨折の音が響いた。釜塚は呼吸を失い、脱力してくずおれた。

両手のあいだのロープを緩め時計回りに振ると、蟹渕が支えを失って転倒した。もうひとり胴体を巻かれた男が倒れこんで床を滑った。それが新たな遠心力を生み、結衣の身体を集団から遠ざけた。

ただちに両手からロープを外した。スケートの要領で、滑っている足で床を蹴《け》っては、反対の足で滑る。敵の群れは追いきれず、転んだり起きあがったりを繰りかえしている。

ただひとり追いあげてくる人影を視界の端にとらえた。庄市だった。壁ぎわを猛然と走っていた。彼はローションの水たまりにけっして足を踏みいれない。

結衣は短い階段に達した。その先には頑丈そうなドアがある。把《と》っ手をつかむと開いた。

なかに駆けこむや機械室だとわかった。結衣はわざと一瞬だけ立ちどまった。背後から庄市が飛びかかってきた。抱きつかれた状態で機械室の床に倒れこんだ。しかし全身がローションにまみれているため、庄市を蹴ると容易に抜けだせた。結衣は滑りがちな手足で這《は》いながら、開放されたままのドアに急いだ。チンピラの群れが階段を上ってくる。間一髪ドアを叩《たた》きつけ、内側から施錠した。

振りかえり床を見下ろした。庄市がさも痛そうな顔で、起きあがろうと試みている。しかしローションが身体じゅうに付着したため、思うようにならないらしい。

だしぬけにガラスに硬い物が打ちつけた。機械室とプールとを隔てる窓に、チンピラたちが体当たりを食らわせてくる。防水仕様で容易には割れない強度のようだが、すでに亀裂が走っていた。

庄市が上半身を起こした。「みろ。ここには出口なんかねえ。兄貴たちに謝るならいまのうちだ」

戯言《たわごと》に耳を傾ける気などなかった。結衣は機械室の中央、高さ一メートルほどの円柱型タンクの蓋《ふた》を外した。近くの角張ったポリ容器を持ちあげる。ラベルにポリ塩化アルミニウムとあった。なかの液体をたっぷり注ぎこみ、ただちに蓋を戻し密閉した。

　このタンクは循環式浄化設備に直結している。プールの消毒に用いられる次亜塩素酸ナトリウム専用だった。

　ガラスの向こうに霧が立ちこめだした。暗がりでも黄緑いろの気体が充満しているとわかる。チンピラたちがむせて激しく咳《せ》きこんだ。蟹渕が苦しげに喘《あえ》ぎながらガラスに張りつき、こぶしで叩きつづける。あきらかに力が弱まりつつあった。蟹渕は階段に両膝《りょうひざ》をついた。壺井も近くで卒倒している。ほかの連中はエントランスに逃げようとするものの、足が滑って起きあがれない。

　愕然《がくぜん》とする庄市を、結衣は力ずくで引き立たせ、ガラスに押しつけた。庄市は青ざめた顔でプールのようすを眺めた。

　あれだけの量の薬剤をいちどに混ぜれば、きわめて高濃度の塩素ガスが発生する。換気機能がオフになっているのは確認済みだった。呼吸器や中枢神経に異常をきたし、誰ひとり助からない。現にばたばたと倒れていく。プールに落ち、激しく水柱をあげたのち、うつ伏せに浮かぶ姿もあった。

　庄市が涙を滲《にじ》ませながら吐き捨てた。「ひでえ！　こんなのありかよ」

　結衣は庄市から手を放さなかった。「ああなりたくなかったら連れてって」

「どこへだよ」

「まずこれからの時間もやってるコインランドリー。洗濯中の着替えもいる」

「ふざけんな。誰がいうことなんかきくか」

「いいの？　みんな死んで、ひとりで事務所に戻って、無事にすむ？」

　庄市の顔からいっそう血の気が引いた。泡を食ったようにまくしたてた。「俺は兄貴に誘われただけだ。まだ正式に権晟会に入ったわけじゃねえ」

「だからって今晩の唯一の生き残りを、権晟会がほっとくわけないでしょ」

「おまえのことを話すだけだ」

「沖縄の暴力団でも、落とし前をつけさせる慣《なら》わしはあるってきいた」

　衝撃を受けたようすの庄市が、にわかにすがりついてきた。「頼むよ。どこに行ったって見つかっちまう。殺しあいになんかに加わる気なかった。金ねえし、親も小遣いくれねえし、兄貴らにいわれちゃ断れねえし、しょうがなかったんだって」

「警察に駆けこんだら？」

「捕まっちまうじゃねえか。やだよ。こんなことというのもなんだけど、お袋を悲しませたくねえ」

　結衣はガラスの向こうを眺めた。蟹渕がずっとドアを掻《か》きむしっている。

　やがて蟹渕の瞳孔《どうこう》が開ききり、後方に倒れるや、階段を転げ落ちていった。大の字になったまま、ローションのせいで床を滑り、ほかの死体にぶつかって静止した。

蟹渕から本心をききだしたかったがやむをえない。だがなにか結衣にうったえたいことがあったなら、ガラス越しにアピールしてきてもおかしくない。蟹渕は終始、輪《りん》姦《かん》に浮かれて死んだ馬鹿のひとりにしか見えなかった。あまり深く考える必要はないのかもしれない。

ここにいたやつらは、ひとりも拳銃《けんじゅう》を携えていなかった。当然のことだろう。貧困ビジネスごときに銃を持ちだしたのでは、費用対効果が疑われる。とはいえ長いこと銃器の密輸で名を馳《は》せた権晟会だ。チンピラの武装がナイフと裁縫バサミだけとは、どこか奇妙ではある。

結衣は庄市から手を放し、ぶらりと離れた。

庄市がガラス越しにプールを見つめる。絶望のいろを浮かべていた。無理もない。いまや屍《しかばね》が累々と横たわるばかりだった。

「鬼かよ！」庄市がたまりかねたように叫んだ。「なんでこんなことした」

結衣は事務机に寄りかかり、視線すら合わせなかった。「強姦された子の辛《つら》さがわからない？」

「殺すほどのことはねえだろが」

醒《さ》めた気分ばかりがひろがる。結衣はつぶやいた。「そんな認識だから死んだ」

プールの換気装置をオンにし、塩素ガスを排気しきったのち、結衣は庄市とともに機械室をでた。

庄市がたちまち滑って転んだ。結衣はまたスケートの要領で移動し、蟹渕の死体に近づいた。ポケットをまさぐりスマホをとりだす。古い機種で指紋認証式だった。死体の親指を押しつけロックを解除する。

蟹渕が結衣に手を振った理由を知りたい。だが電話の履歴が残らない設定にしてあった。メールも画像も記録がない。

スマホをプールに放りこんだのち、釜塚の死体もあたってみる。こちらのスマホは顔認証式だった。死体の目を強引に開かせ、スマホを向けると、すぐに操作可能になった。

釜塚のスマホには、午後九時台のメールが二通、かろうじて残っていた。ひとつは受信したメール、もうひとつは送信済みの保存。これらも間もなく消されるところだったのだろう。受信メールのほうは英文だった。

The morning after tomorrow. Coin locker at Akamine Station. The key is in a potted plant behind a monument. 2 guns, early Glock 17, and the bullets.

次いで送信済みメールを表示してみる。受信メールの日本語訳だった。

明後日の朝　赤嶺《あかみね》駅コインロッカー　鍵《かぎ》は記念碑裏の鉢植え

拳銃二丁の種類や弾については訳していない。顧客が指定して注文した物なのだから、わざわざ伝える必要もなかったのだろう。

庄市がよろよろと近寄ってきた。「泥棒もすんのかよ」

結衣はスマホを見せた。「これなんだかわかる？」

「さあな。赤嶺駅コインロッカー？」

「銃の密売。卸元の外国人が納品場所をきめて、釜塚が顧客に伝えてる」

「おい。銃器って、拳銃とか？　貧乏人から小銭せしめてシノギ削ってるのに、そんな大それた商売してるわけねえよ。事務所見たことあるか？　雑居ビルの一室だぜ？　新型ウィルス騒動に便乗して買い占めたマスクぐらいしかありゃしねえ」

下っ端だから知らないのか、それとも本当に縁がないのか。結衣はふたたびスマホをいじった。送受信いずれも、三十分限定のフリーメールのドメインだった。もうどちらのメアドも使用できない。

結衣は庄市にきいた。「源甲斐ってやっと連絡がつく？」

「幹部だろ。俺みたいな三下《さんした》が口きけるわけねえよ」

「洗濯が終わったら事務所へ行く」

「死にてえのかよ。無理いうな」

「クルマの運転だけはできるでしょ」

「このナイチャーめ。いわせときゃ好き勝手なことばっか……」庄市はバランスを崩し、あたふたと両手を振りまわすと、仰向《あおむ》けに勢いよく倒れた。

結衣はスマホをプールに投げこむと、蟹渕の死体を振りかえった。結衣を誰かと見まちがえたのか、あるいは釜塚の前でしらばっくれる必要があったのか、結局わからずじまいだった。だが銃器密売の事実はつかんだ。権晟会あってこそ、田代槇人傘下の半グレ集団は武装を可能にする。このまま放置できるはずもない。

6

夜十一時をまわった。結衣は浦添市宮城《みやぎ》、小《こ》湾川《わんがわ》の近くにあるコインランドリーにいた。

外は真っ暗でひとけはない。道路を往来するクルマひとつ見えなかった。店内には洗濯乾燥機の作動音だけが響く。

結衣は壁ぎわのパイプ椅子に腰かけていた。少し離れた場所で、庄市がやはり壁を背にし、ベンチに小さく座っている。

いま結衣が身につけているのはＴシャツと膝丈《ひざたけ》ズボンだった。アルファードに積んであった庄市の服だ。結衣の着替え中、庄市は運転席におさまり、背後のカーテンを閉めていた。思いのほか紳士的なところがある。

コインランドリーに入ってからずっと、庄市はスマホをいじっていた。「あんたさ、どこかで見たおぼえがあると思ったさ。優莉匡太の娘さー」

結衣は黙っていた。すると庄市がスマホの画面を向けてきた。結衣は横目で眺めた。例の動画が映っている。

庄市が鼻を鳴らし、スマホをひっこめた。「これプロレスかよ。刑事にくるされるなんて、くさい芝居もいいとこさ」

「評価欄のグッドでも押しといてよ」

「気づいたのはさっきのプールさ。銀座《ぎんざ》のデパートにサリンが撒《ま》かれたって事件、俺が中一のころだった。兄貴たちがばたばた死ぬのを見て、あのニュースが頭に浮かんだ。もしやと思って検索したら、これがでてきた」

事件当時に中一。すると庄市は四つ年上か。いまは二十一だ。

結衣はうつむいた。「庄市って下の名前でしょ。苗字《みょうじ》は？」

「金城《きんじょう》」

「沖縄によくある苗字。ヤクザには似合わない」

「あんたは優莉結衣だよな？　動画のコメ欄にそう書いてある」庄市は嫌気がさしたように、スマホをポケットにしまいこんだ。「父親譲りの残忍さってことだな。権晟会に喧嘩《けんか》売ってる時点で、ただの女子高生のわけねえけど。あんなことしちゃ、あんたも捕まって死刑だぜ」

結衣はささやいた。「庄市」

「呼び捨てにすんな」庄市が力なく抵抗した。「年下だろ。シージャーとウットゥをわきまえろよ」

シージャーとウットゥ。先輩と後輩という意味だった。シージャーを絶対とみなす文化が沖縄にはある。特に不良のあいだでは、先輩から殴られ金を奪われようと、後輩は耐えるしかない。やがて自分が先輩になったとき、後輩に同じことをする。優劣を絶えず意識し、いったん弱い立場に置かれたと自覚すると、従属するしかないと思いこむ。狭い島暮らしゆえに育った倣《なら》わしか。いま庄市が結衣のもとから逃げださないのも、そんな不良ならではの習性に思えた。

「庄市」結衣はかまわず呼び捨てにした。「ハンゲイトとステリーってやつ、クルマに乗せた？」

「おい」庄市が怒ったように見つめてきた。「俺はただの運転手じゃねえ。ほかにもシノギがある」

結衣は見かえした。「暴行に加わることがあるの？」

とたんに庄市は弱腰になり、また床に視線をおとした。「いや……。ない。ほんとだ。たしかに俺はハンドルを握ってることが多い。でもあとで家を訪ねる。娘がいる家を」

「どういう意味？」

「仲村ってとこも、二日ほどしたら俺が行くことになってた。いつもそうさ。兄貴たちが外人客を連れてって、娘とやらせるのは、家に対する脅しのためだけじゃねえ。しばらくして俺が仕事を紹介しにいくから、その土壌づくりも兼ねてる」

「ああ。庄市は風俗か売春のスカウトなわけ」

「シノギだよ。みんなそこから出発する」庄市の声が小さくなった。「感謝してる女も多い」

反感が募ってくる。結衣はため息まじりにいった。「そんなわけない」

強姦《ごうかん》の被害に遭ったのち、捨て鉢な性交渉を繰りかえす女こそ多い。恐怖の記憶を薄らげるため、さほど深刻な事態ではなかったと思いこもうとするからだ。

チンピラが貧困家庭の娘をレイプし、家主を脅す材料としたのち、庄市が娘に仕事を斡旋《あっせん》する。娘は金を稼ぐ必要に迫られているうえ、辛《つら》い記憶を消したくて仕事を受ける。売上のほとんどをピンハネされ、その金は権晟会の資金源となる。身体がぼろぼろになっても辞められないだろう。家は囲い屋の支配下に置かれ、家族にも職場にも逆らえない。沖縄のどこへ行こうが知人ばかりで、すぐに居場所が発覚してしまう。

結衣は物憂げな気分にとらわれた。「女たちが自発的に売春を望んだっていいたい？」

「背中を押してやったさ、多少はな。それがスカウトってもんだ」庄市がサイフをとりだし、ディズニーのギフトカードの束を見せた。「こいつが決め手さ。ディズニーリゾートで使える金券。中高生はみんなほしがる。くれてやったうえで、でも千葉への旅費は自分で稼ぎなっていうと、みんなその気になる」

「あこぎ」

「まだいうか？　なら」庄市はサイフをしまい、代わりにスマホの画面を向けてきた。静止画を次々とスクロールさせる。「見ろよ。俺が幸せにしてやった女たちだ。彼女は絵茉《えま》。父親はゴミだったし、つきあった男もどうしようもないクズでさ。ＤＶの無料相談を頼ったけど、入籍してなきゃ保護もできねえって追いかえされた。なにもしてくれねえって泣いてたさ」

結衣は画像を眺めた。得意げな庄市と並んで、ショートカットの丸顔の少女が映っている。素朴を絵に描いたような可愛らしい童顔に、ごく自然な笑みが浮かんでいた。ただしどう見ても中学生か、高一そこそこに思える。

「何歳？」結衣はきいた。

「十五……。いや、常識ってやつで非難しないでくれるか。沖縄の極貧家庭じゃ、中学からの売春もそんなにめずらしくねえ」

「権晟会の貧困ビジネスに追いこまれた結果でしょ」

「絵茉が俺にくれた手紙に、ありがとうって書いてあったんだぜ？　持ってくりゃよかったな。すげえ性格のいい子なんだよ。母親が病弱でよ。早くから自分が稼がなきゃいけねえって、頑張り屋さんさ。俺に心から感謝してるって」

　少女の無邪気な笑顔を眺めるうち、胸が痛くなった。結衣は目を逸《そ》らした。「本人が気づいてないだけで、別の地獄に堕《お》ちてる」

「おい、そんな言い方ってあるか。絵茉はな、DV男の暴力から逃れるために、おかしくなったふりまでしてたんだぞ。いいかえすとDV男も逆上しちまう。だから奇声を発したり、自分で自分を殴ったりすれば、DV男もドン引きするってのをおぼえた」

　めずらしくもなかった。結衣の妹や弟の何人かが、虐待されるうち身につけたわざだ。結衣はつぶやいた。「毎日を生きてくのに必要だったんでしょ」

「そうとも。逃げりゃいいなんて、そんな生やさしいもんじゃねえ。沖縄じゃどこにも逃げられねえ。逃げるなんて思いつき自体、頭に浮かばねえ。俺たちだってそうさ。家にいたってなんにもならねえ。それで兄貴らの誘いに乗ったさ」

　何者かになりたいと思った、ヤクザへの入り口はそんな漠然とした欲求でしかない。結衣はきいた。「外国人の客、基地に迎えにいくの？」

「いかねえよ、基地なんか。兄貴らが外人を連れてくときには、たいていコザにクルマをまわして拾うだけ。事前にどんな約束があったかわかりゃしねえ」

「源甲斐がなにか話してるのをきかなかった？」

「幹部が俺の運転するクルマに乗ってくれるかよ。源甲斐さんはいつも別のクルマさ。専用の運転手つきで」

「ハンゲイトとステリー。ほんとに素性を知らない？」

「名前さえ知らねえって。これまで何人も乗せた外人のうちふたりだろ」

ふだん暴行現場には立ち会わないらしい。運転手とスカウトだけをシノギとする新米、庄市は本当にそんな存在でしかないようだ。

「なあ」庄市が話しかけてきた。「あんたさっき、プールの機械室に駆けこもうとして、俺をまったよな」

意図的に殺戮《さつりく》の対象から外したかどうか、庄市はたずねたがっている。結衣は黙りこんだ。答える気にならない。

ふいにスマホが鳴りだした。庄市がびくっと反応した。手もとのスマホを眺める。震える指先で画面をタップした。

スマホを耳にあて、庄市がうわずった声で応じた。「はい。……はい、あのう」

権晟会の人間にちがいない、結衣はそう思った。チンピラの誰とも連絡がつかない以上、唯一の生き残りに連絡があって当然だった。

庄市が血相を変えていった。「はい。……いまからですか？　いえ、無理じゃありません。行きます。それじゃ」

通話を切ったのち、庄市が悄然《しょうぜん》とした表情でうなだれた。「源甲斐さんだ。俺がここにいるのを知ってた」

結衣は驚かなかった。「スマホの位置情報、オンになってるんじゃなくて？　クルマにもGPS発信器が付いてたか、ナビが電波をだす設定だったかも」

「なんでそんなに落ち着いてられるんだよ。あんただってやばいさー。警察がプールを捜索したら、あんたも逮捕される」

そうはならない。目撃者がいない以上、警察より先に権晟会が現場を訪ねる。香典の回収に向かったふたりが、なんの連絡も寄越《よこ》さない以上、源甲斐もほうっておくはずがない。

源甲斐に差し向けられた別のチンピラ集団が、プールから死体を搬出して処分する。ローションを落とすため、プールサイドから機械室の床まで、徹底的に洗浄するだろう。のちに鑑識が調べようとも、結衣の汗や血液、皮膚細胞は発見されない。

結衣はきいた。「源甲斐はどこ？」

「チブル。普天間《ふてんま》の高級レストランで深夜営業。この時間なら、たいてい源甲斐さんの貸し切りさ」

「なんでわたしが一緒にいるっていわなかった？」

庄市は当惑をしめしたものの、同時にじれったさをあらわにした。立ちあがりながら吐き捨てた。「呼ばれたのは俺ひとりさ」

ドアに向かいかけた庄市に、結衣は声をかけた。「移動するならスマホの電源ぐらい切って」

沈黙が生じた。庄市が硬い顔でスマホをとりだし、電源をオフにする。無言でドアを押し開け、外にでていった。結衣はガラス越しに眺めた。庄市が路上駐車したアルファードに向かう。

店内にビープ音が響き渡った。洗濯乾燥機が停止した。残り時間の表示も〇《ぜろ》分になっている。制服がきれいになった。これでやっと動きだせる。

7

庄市はアルファードのステアリングを切り、宜野湾市普天間の繁華街を駆け抜けた。ダッシュボードの時計を一瞥《いちべつ》する。午後十一時三十七分。

繁華街といっても、切れかかったネオンが点在するだけの、うら寂しい眺めばかりがつづく。平屋か二階建ての古びた鉄筋コンクリートが軒を連ねる。外観だけを見れば洋風の洒落《しゃれ》たデザインも多い。米軍が幅をきかせていたころは賑《にぎ》やかだったと母からきいた。だがいまは不似合いな居酒屋やもんじゃ焼き、いか汁の看板を打ちつけられている。すずらん通りから万年通りに入ると、店頭の明かりも極端に少なくなった。スナックも軒並み閉店している。人の往来もほとんどない。

地元民がゴシャロと呼ぶ五叉路《ごさろ》を抜け、さらに直進しつづける。たちまち辺りは闇に覆われていった。活気のない繁華街からさらに離れた場所、椰子《やし》の木立のなか、大きめの平屋が建つ。やはり鉄筋コンクリート造だが、外壁の塗装は剝《は》げ落ちていた。チブルというネオン看板が見える。真んなかのブの発光が切れかかり、さかんに明滅していた。

店の前にはいつものように、黒塗りの大型セダンやワンボックスカーが連なる。どれも無人だった。玄関には見張りの開襟シャツがふたり立つ。

クルマごと接近する気になれない。庄市は店からやや距離を置いた路上に停車した。エンジンを切り、後方を振りかえる。結衣は制服姿に戻っていた。後部座席でシートベルトを外す。

庄市はきいた。「いつまで一緒にいる気だよ」

「足がなきゃ帰れないし」

「送っていけって？　どこに？」

「国際通りの近く。修学旅行中だから」

思わずため息が漏れた。庄市は運転席のドアを開けた。「いまはついてくるなよ。どこかへ消えたいのなら、どうぞご自由に」

結衣は視線を合わせなかった。庄市も返事をまたず、降車するやドアを叩《たた》きつけた。

チブルの店先へとひとりで向かう。小さな窓はすべて塞《ふさ》がれていた。重厚で風通しの悪い、戦跡のトーチカに似た建物。沖縄では住宅も店舗もすべてこんな造りだ。

開襟シャツのふたりはいずれも三十代、正規の構成員だった。庄市にとってあまり馴染《なじ》みはない。睨《にら》みつけられると及び腰になる。庄市は恐縮しながらいった。「金城庄市です。あのう、源甲斐さんに呼ばれました」

男たちが庄市をじろじろ見てから、ドアを開けにかかる。庄市は深々と頭をさげ、店のなかに入った。

ここにくるのは幹部のひとりの引退祝い以来だ。そのときも兄貴たちに誘われ、店内の隅でおとなしくしていた。いま薄明かりのフロア一帯には、開襟シャツの群れがひしめきあっている。テーブルにもつかず、そこかしこにたたずみながら、射るような目を庄市に向けてくる。

ふだんから幹部には護衛がつくが、これほど大勢ではない。プールでの騒ぎを受け、ただちに呼び集められたのだろう。ベテランの構成員ばかり、二十人ほどが顔をそろえる。チンピラは庄市ひとりだけのようだった。

奥にただひとつ、卓上のキャンドルが灯《とも》ったボックス席があった。澄まし顔のホステスがふたり、スーツ姿の幹部は三人。庄市にとっては名前だけを知る存在だった。夜というのにサングラスをかけているのが洞野《どうの》。小太りが詫磨《たくま》。とろんとした垂れ目に口髭《くちひげ》が源甲斐。テーブル上にはボトルとグラス、料理が並んでいた。

幹部たちは真剣な顔で話しこんでいたが、構成員のひとりが耳打ちすると、源甲斐が視線をあげた。

庄市は緊張とともに立ち尽くした。源甲斐にまっすぐ見つめられるのは、これが初めてだった。

「ああ」源甲斐がつぶやいた。「こいつがそうか」

構成員は黙ってうなずいた。

にわかに逃げだしたい衝動に駆られる。庄市は震える声でいった。「あのですね、あれはもうほんとに恐ろしい、事故でした」

「事故？」源甲斐がきいた。

「はい、事故です。なぜか知らないけど、兄貴らがばたばたと倒れちゃったんですよ。それでひとまず、クルマで遠ざかろうと」

「おまえ浦添市宮城のコインランドリーあたりにいただろ。なにしてた？」

冷や汗が背筋をつたう。やはりGPSで位置を把握していたらしい。庄市はあわてて弁解した。「とりあえず気を落ち着かせようと思って。夜中に明かりが点《つ》いてるとこは、ほんとなかなかなくて。コンビニじゃサツがくるかもしれないし」

「おい、金城だったな」源甲斐は立ちあがり歩み寄ってくると、庄市の肩に手をまわした。ふいに穏やかな口調に転じ、耳もとでささやいた。「冷静になれ。そんなにあせって、いったいどうしたってんだ」

震えがとまらない。庄市は必死でうなずいた。「はい」

「おまえのいうとおりだと思う。ありゃ事故だ。なにか毒になる気体が発生した疑いがある。みんな死んじまったが、おまえは生き残った。それだけでも、俺としちゃ嬉《うれ》しい」

「はい……」

「だがな、ローションがたっぷり撒《ま》かれてた。縄師がプールに浮かんでた。刺し傷こそなかったが、あちこちにナイフやらハサミやらが散らばってた。あれで事故だなんて、どう考えてもおかしくねえか」

恐怖に耐えかね、庄市は源甲斐を見つめた。「すみません。あの……」

それ以上は言葉にならなかった。源甲斐のこぶしが庄市の腹を抉《えぐ》ったからだった。

強烈な殴打を浴び、庄市は前のめりになり絶句した。

直後、源甲斐の振りあげたこぶしが、今度は庄市の頬を殴りつけた。庄市はもんどりうって床に転倒した。

残りふたりの幹部はテーブルについたまま、冷やかな目で庄市を眺めてくる。ホステスらも顔いろひとつ変えない。どうなるかあらかじめ承知していた、そんな態度を漂わせる。

庄市が激痛に耐えうずくまっていると、人影が周りを囲んだ。たちまち無数の蹴《け》りが襲った。靴の先が横っ腹にめりこむ。庄市は息苦しくなり咳《せ》きこんだ。

源甲斐の怒鳴り声がきこえた。「事故だと!?　ふざけろ。どこの勢力のチンピラ連中と抗争した？　ひとりだけ尻尾《しっぽ》巻いて逃げて音沙汰《おとさた》なしか。権晟会の面汚しが」

沖縄の暴力団はむかしから全面戦争がさかんだった。下っ端どうしの衝突であっても、敗北すれば看板に泥を塗ったことになる。狭い土地での縄張り争いには、敵と味方しかいない。中立は存在しない。いったん裏切り者とみなされれば、組織にとってもはや敵でしかなくなる。

視野がぼやけだした。涙はこの痛みのせいか、それとも怖くてたまらないからか。

予想どおり落とし前をつけるときがきた。もう逃れられない。

だがこれしか方法がなかった。朦朧《もうろう》としだした意識のなかで思った。ここに来なければ幹部は庄市の家に行く。母や姉、弟が犠牲になる。

呼吸が困難になったものの、咳《せき》ひとつでない。このまま蹴りを浴びつづけ、やがて内臓破裂に至る。経験したことはないが、そう思えてならない。もうこれまでか。

だしぬけに男の声が響き渡った。「源甲斐さん！　優莉匡太の娘ってのがきました」

ざわっとした驚きがひろがる。構成員らがいっせいに入口を振りかえった。左右に分かれたヤクザの群れの中央、制服姿の結衣がたたずんでいた。

ふたりの幹部があわてぎみに立ちあがった。洞野がサングラスを外した。「おい、なんてこった。たしかにニュースで見た顔だ。次女だぜ、優莉結衣だ」

詫磨が信じられないという面持ちできいた。「あの刑事にくるされてた動画のか？」

源甲斐も愕然《がくぜん》としていたが、刑事にくるされていた動画、そうきいたからだろう。どこか余裕を漂わせながら、入口のほうに指で合図した。構成員のひとりがドアを内側から施錠する。

庄市のぼやけがちな視界を、結衣がゆっくりと近づいてきた。目を疑う光景だった。なんて馬鹿な。せっかく庄市ひとりで店に入ったというのに。結衣はプールで大勢を殺害した。その事実を知られたら最期だ。

8

結衣は歩きながら構成員の人数をおおよそ把握した。だいたい二十人ぐらいか。ほかに客はいない。庄市のいったとおり貸し切りのようだ。

正面にはボックス席、左右の壁には同じアルミ製のスイングドアがある。ドアはどちらも裏の厨房《ちゅうぼう》につづいているらしい。取り乱したような声がかすかにきこえた。逃げろ、そういった。おそらく調理師の声だろう。

さっき構成員が名を呼んだため、誰が源甲斐か判明した。目尻《めじり》の下がった口髭の男だ。床に横たわる庄市の近くにたたずんでいる。源甲斐はボックス席を振りかえった。

「洞野、いいから座れ。詫磨も。ここは俺にまかせろ」

洞野と詫磨。ふたりも幹部にちがいなかった。結衣がなおも近づこうとすると、構成員のひとりが立ちふさがった。

「おいこら」構成員が凄《すご》んだ。「勝手に入ってくんな、クソガキ」

源甲斐が呼びかけた。「まあまて、雲地《くもじ》。そうか。ガキどもの争いにしちゃ、えらく派手にやってくれると思ったら、親の七光りが嚙《か》んでたか。優莉結衣、おまえ親父の跡継ぎでも気どって、沖縄でゴロツキを集めたわけか。二十人か、三十人ぐらいってとこか？　うちの下っ端を奇襲して、戦果を挙げたつもりか」

詫磨がグラスを呷《あお》った。「堂々とぶつかりあいもせず、毒ガスを発生させるなんて汚ねえ手を使いやがる。いかにも優莉匡太の子だ」

みな結衣に仲間がいると思いこんでいる。刑事にボコられる動画のせいで、結衣ひとりではなにもできないと信じて疑わない。好ましい状況だと結衣は思った。

源甲斐が入口のほうに声を張った。「外のようすは？」

構成員が応じた。「さっきまで張ってましたが、ほかには誰もいません」

「ふうん。烏合《うごう》の衆のゴロツキも、ここまでは同行しなかったか。優莉結衣、おまえひとりになっちまったらしいぞ。どうする？」

結衣は源甲斐を見つめた。「話しあう」

「なにを？」

「権晟会といえば銃器の密輸でしょ。父も世話になった」

洞野が素っ頓狂《とんきょう》な声を発した。「まさか、娘のおまえも銃を買いたいって？」

一同に下品な笑い声が渦巻いた。庄市は床にへたりこんだまま、ひたすら困惑のいろを浮かべている。顔は痣《あざ》だらけだが、かろうじて意識はあるようだ。

「立って」結衣は庄市にいった。

庄市がさも痛そうに顔をしかめた。「無理だよ」

「骨は折れてない。立って」

なおも辛《つら》そうな反応をしめしたものの、庄市はゆっくりと起きあがった。

源甲斐は片手をあげ、周りに静粛をうながした。黙って雲地に目を向ける。雲地はためらう素振りをしめしたものの、腰に手をまわした。シャツの裾《すそ》の下、ベルトに挟んであった拳銃《けんじゅう》を抜き、源甲斐に手渡した。

シグ・ザウエルP320、四・七インチのフルサイズ。田舎の暴力団には似合わない最新鋭のオートマチック拳銃だった。源甲斐は自慢げにかざしながらいった。「小娘に価値はわからんだろうが、うちのは高級品でな。援交で稼げる小遣いで手をだせるしろもんじゃねえ」

「田代槇人には売ってるのに？」

幹部たちの表情がいっせいに険しさを増した。洞野が身を乗りだした。「なんでその名を……」

「しっ」源甲斐が洞野を黙らせた。警戒心に満ちた目とともに、銃口を結衣に向けてきた。「あの人とどういう関係がある？」

結衣は平然と応じた。「次男と同じ学校だった」

「ああ、武蔵小杉高校か。いまはちがうんだろ？」

「権晟会がなくなれば、田代槇人がらみの半グレ集団は、どこも武装できなくなる」

源甲斐が噴きだした。とたんにまた構成員らが笑いだした。

「優莉結衣」源甲斐はひとしきり笑ってからいった。「亡き父親に敬意を表して、これだけは教えてやる。たしかにうちは銃器密輸の老舗《しにせ》として知られてきた。会長は優莉匡太とも取引した。だが時代が変わった。沖縄県警はなぜ俺たちをパクらない？どうして指定暴力団にならない？」

詫磨がソファの背に身をあずけた。「何度もガサいれに来たが、収穫なしだったからだよ。間抜けの泣き虫小娘」

源甲斐が鼻を鳴らした。「おおかた動画の刑事に復讐《ふくしゅう》したくて、拳銃がほしくてたまらないんだろ？　それで沖縄にきてゴロツキを集めた。あいにくだったな。下っ端のチンピラを殺されたぐれえで、俺らがびびるとでも思ったか」

ききたいのは結衣についてのくだらない憶測ではない。銃器密輸に関する詳細だった。こういう場合、大人のプライドを刺激するのが手っとり早い。結衣はからかうような口調でいった。「事務所は雑居ビルの一室。生活保護費を奪う囲い屋稼業でシノギを削ってる。どうせ拳銃なんか扱えるわけない」

にわかに空気が張り詰めた。静寂のなか、かすかに異臭が漂ってくる。鍋《なべ》の把《と》っ手に使われているフェノール樹脂が焦げるにおい。厨房で鍋が火にかけっぱなしになっている。ただし泡の音はきこえない。水でなく油だろう。油はなかなか沸騰しない。

源甲斐が拳銃を構え直した。「弾を食らわなきゃわからねえか。小娘、時代が変わったといったろ。俺らのもとにいちいち銃器を卸す必要はねえんだ」

洞野がうんざりした顔になった。「老舗の看板さえありゃ注文がくる。俺たちは仲介に徹してマージンを受けとる。あとは密輸元が直接クライアントに商品を渡す。密輸元にとっちゃ、国内の客との商談だけは苦手だ。日本語がわからねえし、足がつくから嫌がる。そこだけ俺らが肩代わりする。ビジネスってのは、そうやってうまくまわってんだよ」

結衣は鵜呑《うの》みにしなかった。「米軍がそんなことする？」

「小娘」洞野が醒《さ》めたまなざしを向けてきた。「ガキのぶんざいで、米軍のなにがわかるってんだ」

源甲斐が渋い表情になった。「なあ優莉結衣。女子高生の頭じゃ理解できんだろうが、軍ってのはこのところ変化が顕著でな。おまえが生まれたころから、対テロ戦争がさかんになり、軍事業務の民間委託が進んだ。いわゆるＰＭＳＣ、民間軍事会社ってやつだ。バージニア州フェアファックス郡に本社があるラングフォード・インターナショナルが、すべての銃器類を密輸してる」

詫磨がぎょっとした。「源甲斐。そうあっさりと……」

「かまやしねえ」源甲斐は結衣に銃口を向けたままだった。「ここから情報を持ちだせやしねえからな」

結衣は黙っていた。民間軍事会社《PMSC》だったか。父からきいた。在日米軍基地には、アメリカのPMSCが軍属として招かれている。一企業でありながら、社員は正規の軍人と同等の扱いを受ける。地位協定における優位も保証されている。

銃の所持が許されない日本国内では、民間軍事会社など成立しようがない。一方アメリカにおいては、警備会社が民間軍事会社に発展した例が多い。もともと要人警護で国家の依頼を受ける立場だったのが、対テロ戦争を機に軍の人手不足を補うようになり、しだいに重要な役割を担うようになった。中東での活動も広く報道された。

しかし民間軍事会社には、正規軍のような規律がない。そのため無法状態がつづき、殺人や虐待、密輸などの不祥事を起こしてきたとされる。

米軍の軍属として、沖縄基地に堂々と籍を置くラングフォード・インターナショナルなる会社なら、たしかに銃器の大規模密輸に適している。民間軍事会社は銃器類の移送も請け負う。新興勢力だけに、基地におけるスタンスもいまだ曖昧《あいまい》で、あるていど活動の自由もある。

「ああ」結衣は納得とともにつぶやいた。「そういうこと」

洞野が小馬鹿にしたようにきいた。「なにを理解できたってんだ?」

「銃器密輸で大儲《おおもう》けしてるはずなのに、なぜ囲い屋なんかやってるか、やっとわかった。むしろいまはもう、権晟会を支えてるのは貧困ビジネスだけ」

「なんだと？」

暴対法の強化により、権晟会は銃器密輸をとっくに廃業した。いまでは老舗としての評判を担保に、ラングフォード社から受注業務代行のみ委託されている。ようするに下請けでしかない。古くからの顧客名簿をもとに営業をかけられるのが唯一の長所だった。むろん取り分はほんのわずかだろう。

軽蔑《けいべつ》とともに結衣はつぶやいた。「権晟会の看板を存続させたくて、国内の闇社会に向け見栄を張りつづける。悲しい暴力団の性《さが》ってやつ」

雲地が憤りをあらわに詰め寄ってきた。「このクソ娘。きいたふうなことを……」

「まて」源甲斐が雲地を下がらせた。結衣を銃口で威嚇しながら、源甲斐はつぶやいた。「見栄とかいったな。ならこれはなんだ？」

結衣は動じなかった。「仲介のよしみで、商品を何割引きかで買えるんでしょ。田舎暴力団じゃ数丁が限度だろうけど。ここにいる構成員の腰の膨らみを見ても、拳銃持ってるのは二、三人ってとこ」

源甲斐の表情が変わった。ただのヤンキー女子高生ではないかもしれない、ようやくそんな可能性を悟ったらしい。結衣の胸倉をつかみ、こめかみに銃口を突きつけてきた。「俺たちを本気で怒らす気か。半グレの娘ごときに極道のなにがわかる」

いまだ銃を縦に保持している。それが致命的なミスなのを、源甲斐はどうやら気づいていない。

源甲斐の血走った目に怒りの炎が燃えあがった。「マワしてから殺したりはしねえ。殺してからマワしてやる」

「本当の貧困を知ってる？」結衣は静かにつぶやいた。「経験しなきゃわかりゃしない」

結衣は瞬時に左手で源甲斐の前腕を押しこんだ。目の前で銃火が閃《ひらめ》き、轟音《ごうおん》に等しい銃声が轟《とどろ》く。弾は結衣の顔をかすめ飛んだ。傍らで構成員のひとりが、血飛沫《ちしぶき》をあげ倒れこんだ。

上腕骨と橈骨《とうこつ》、尺骨からなる肘《ひじ》の関節は、銃を縦に持ったのでは、手前側へと容易に曲げられる。防ぐには銃を水平に持つべきだが、動画で暴行されていた女子高生が相手だからだろう、源甲斐は注意を怠った。

目を剝《む》いた源甲斐が結衣の手を振りほどこうと暴れた。しっかり握られた拳銃《けんじゅう》は奪えない、結衣は最初からそんな狙いなど持たなかった。源甲斐に足払いをかけ、大きく体勢を崩させると、ただちに飛び退いた。

結衣は庄市を突き飛ばした。「走って！」

庄市が火事場から逃げだすがごとく、全身の痛みも忘れたように駆けだした。

構成員らが行く手に立ちふさがる。だが間もなく全員が床に突っ伏す。

後方で源甲斐が怒鳴った。「どいてろ！」

とたんに構成員らがひるんだように伏せる。思ったとおりだった。源甲斐が拳銃で狙おうとしている。庄市まで腰を抜かしかけた。

結衣は庄市がしゃがみこまないよう、腰のベルトをつかんで支えると、耳もとに怒鳴った。「そのドアに入って！」

ふたりで飛びこんだ。六畳ほどの広さの厨房《ちゅうぼう》、火にかけっぱなしの大きな鍋《なべ》、中身はやはり油だとわかる。従業員や調理師の姿はない。勝手口から逃げたようだ。

銃声が数発こだました。庄市は勝手口に向かおうとしたが、構成員らが駆けこんできた。結衣は庄市の腕をつかみ、調理テーブルの陰に身を潜めた。手近に巨大な冷蔵庫がある。

床に小さなワサビのチューブが落ちていた。結衣はそれを拾ってポケットにいれた。

ワサビは湿布薬がわりになる。どうせ今後、怪我も増える。あって困ることはない。

さらに銃撃が矢継ぎ早に浴びせられた。すさまじい銃声の反響に鼓膜が破れそうだった。

庄市が両手で耳をふさいだ。「死んじまう。撃たれる」

そうではない。ここにきたのは計算のうちだった。結衣は聴覚を研ぎ澄まし、靴音だけをきいていた。構成員らがどんどん突入し、厨房内にひしめきあう。群れが押し寄せてくる。じきに先頭が調理テーブルに到達する。十三人、十四人、十五人。結衣は冷蔵庫の最下段、引き出し式の冷凍庫を開けた。凍りついた肉の塊がいくつもある。フットボール大のひとつをつかみだした。十六人、十七人。敵のほとんどが厨房に入った。

結衣は跳躍も同然に伸びあがり、肉の塊を鍋に投げいれた。

蒸気機関車の排気音に似た甲高いノイズが、厨房に響き渡った。直後、突きあげるような震動が襲った。煮えたぎった油のなかで、凍った肉の塊が瞬間的に解凍され、凄絶な水蒸気爆発を引き起こした。熱湯が四方八方に飛び散り、視野は一瞬にして白煙に覆われた。構成員らの姿は見えなくなり、わめき声が飛び交うなか、銃火だけがあちこちに閃いた。もはや狙いなどつけられない。

だが結衣は勝手口に走ったりはしなかった。ふたたび調理テーブルの陰に伏せた。本当の惨劇はこれからだった。

水蒸気爆発から数秒、油に引火し、突如として巨大な火球が厨房いっぱいにひろがった。太陽が落ちてきたかのようだった。この世の終わりのような爆発音が耳をつんざいた。真っ赤に染まった視界のなか、熱風が嵐も同然に吹き荒れ、あらゆる物質を焼き尽くしていく。無数の食材が宙を飛び交い、瞬時に粉砕され消し飛んだ。

火柱は渦巻きながら換気口に吸いこまれていった。なおも真っ白な蒸気が辺りを覆いつづける。結衣は身体を起こした。悪臭が鼻をつく。厨房は黒く煤《すす》けていた。あちこちに火がくすぶる。調理器具が散乱するなか、焼け焦げた人体がいくつも横たわっていた。

調理テーブルの上に拳銃が一丁投げだされている。Ｐ３２０。結衣はすぐ手を伸ばしたりはしなかった。冷蔵庫を開け、ミネラルウォーターを拳銃に注ぐ。拳銃は炒《いた》め物のような音を立て、白煙を噴きあげた。冷やした拳銃を左手に握る。フルサイズのせいでややグリップが太い。コンパクトのほうが好ましいが、贅沢《ぜいたく》はいえない。

ドアの近く、床から立ちあがろうとする人影を目にした。結衣はすかさず銃口を向け、トリガーを引き絞った。弾《はじ》けるような銃声が響く。結衣の顔の前に、排出された薬莢《やっきょう》が舞った。短母指外転筋に反動を感じるだけでなく、手首にまで発射の負担がかかる。やはり結衣の手には大きすぎる。それでも構成員の頭を撃ち抜くのに問題はなかった。

ドアから店内に踏みだす。白煙は濃霧のごとく充満していた。あわてぎみに襲いかかってくる人影が三つあった。グリップが太くても、拳銃の中心線と手首の真んなかがまっすぐになるよう、正確に保持する。片手撃ちでも指先の延長のように狙いを定める。連続して三回トリガーを引き、三発で敵を仕留めた。

ボックス席に歩み寄ろうとしたとき、目の前に新たな影が飛びだした。顔の半分が焼けただれているが、雲地だとわかった。肉切り包丁を高々と振りあげ、叫びながら斬りかかってきた。結衣は動揺せず、雲地の眉間《みけん》に銃弾を撃ちこんだ。白煙のなかに閃く銃火は雲放電に似ていた。飛び散った血液が顔に降りかかる。雲地は仰向《あおむ》けに倒れた。

その向こうのボックス席で、洞野と詫磨がすくみあがっていた。なにを思ったのかふたりとも、女を盾にしようと必死だった。女たちは顔をひきつらせ、羽交い締めにされまいと必死で抗《あらが》っている。

だがこの至近距離では、片手撃ちですら外すとは思えない。さらに数歩近づいたうえで、結衣は二発を連続発射した。銃声と閃光《せんこう》が二回、男ふたりが頭部を破裂させ、テーブルにつんのめった。女のひとりはけたたましい悲鳴をあげ、もうひとりは失神したらしくのけぞった。

源甲斐は床にうずくまっている。右手に拳銃、左手はスマホを耳にあて、うわずった声を発していた。「わからないんですか、退避です。警察の手入れじゃありません。もっとやばいんです。すぐ事務所にクルマをまわしてください。資金もなにもかも持ちだしてPGに……」

結衣は歩み寄り、源甲斐の側頭部を蹴《け》った。苦痛の呻《うめ》き声を発し、源甲斐の手からスマホが飛んだ。あわてた源甲斐が拳銃をかまえようとする。結衣は源甲斐の右肩を撃ち抜いた。

激痛に悶絶《もんぜつ》の叫びをあげ、源甲斐は仰向《あおむ》けにのたうちまわった。「なんの真似だ！　半グレの小娘が、俺たち相手に戦争か」

「誰に電話してた？」結衣はきいた。

「この女。まさかおまえひとりだったのかよ。仲間のゴロツキはいねえのか」

「弱すぎ」

「おいまて、撃つな！　なんのためにこんなことをする。貧困家庭のやつらのためか？」

「殺したでしょ。琉那さんのおじいさんとか、ほかにも大勢」

「よせ!」源甲斐が必死の形相でまくしたてた。「こんなことをして、死んだ人間が喜ぶとでも思ってるのか」

「喜ぶ」結衣はトリガーを引き絞った。

銃撃音が店内に反響する。銃火が濃霧に閃光を走らせた。店内が明るくなった瞬間、源甲斐の胸もとに血飛沫《ちしぶき》があがった。目を剝《む》き、口をだらしなく開けたまま、源甲斐は絶命した。

厨房のドアに物音がした。うっすらと浮かぶ人影がある。構成員ではなかった。

庄市が啞然《あぜん》とした面持ちで、ふらふらと歩み寄ってくる。床に横たわる死体につまずき、つんのめりそうになった。

結衣は拳銃《けんじゅう》を投げだし、代わりに源甲斐のスマホを拾った。すでに通話は切れていた。タッチパネルの操作も受けつけない。

だが源甲斐の額を撃たなかったのはこのためだった。画面を源甲斐に向けた。顔認証で解除された。通話履歴をたしかめると、杭瀬《くぜ》会長、そう表示されていた。リダイヤルボタンを押したが、女性の声が告げた。電波の届かないところにおられるか、電源が入っていないためかかりません。

「庄市」結衣はつぶやいた。「杭瀬会長って……」

「権晟会のトップだよ」庄市が顔をひきつらせた。「やべえさー。構成員はもうそんなにいないけど、会長怒らせたら逃げらんねえ」

サイレンがかすかにきこえる。繁華街から離れているとはいえ、闇夜に銃声は遠方まで届く。さっき換気口から炎も激しく立ち上った。遠目に確認できて当然だった。

結衣は源甲斐のスマホを放り投げ、ボックス席に歩み寄った。気絶していた女が、もうひとりの女による介抱で、ようやく我にかえったところだった。ふたりは結衣を見るなりすくみあがった。

「でて」結衣はいった。「なにがあったか、誰にも喋《しゃべ》らないでよ」

女たちはしきりにうなずきながら、ボックス席を抜けだし、ドアへと走った。あわただしく解錠し、外に消えていく。結衣はキャンドルを手にとった。火をテーブルクロスの端に燃え移らせる。たちまち炎がボックス席をなめていった。ほどなく店内全域に延焼しそうな勢いだった。

結衣は入口に踵《きびす》をかえした。「事務所へ連れてって」

「やめろよ」庄市が情けない声を発した。「フッ軽《かる》にもほどがあるぜ。なんでそう危ねえとこに自分から行こうとするんだよ。今度こそ殺されるさ」

「資金を持ちだそうとしてる。囲い屋の儲《もう》けでしょ。銃器密輸も根絶やしにする」

「銃器って、そっちはただの窓口代行だったんだろ？　どうせ新しい代行業者がでてきて、仕事を引き継いじまうよ」

「だから」結衣は足ばやに歩きだした。「もとを絶つ。民間軍事会社ってのを」

9

宜野湾市と嘉手納《かでな》町の中間にある北谷町《ちゃたんちょう》は、たしか明日、修学旅行で訪ねることになっていた。アメリカンビレッジという観光地があるからだ。移動中も闇夜に浮かぶ観覧車を見かけた。

結衣はアルファードの助手席におさまっていた。うまく路上駐車の列にまぎれ、路肩に停まっている。東京とはちがい、街路灯も極端に少なく、辺りはかなり暗かった。事務所のクルマであっても、容易に構成員らの目にとまるとは思えない。

往来の途絶えた道路、反対側にも車列が連なる。そこには複数の男たちが駆けずりまわっていた。

北谷町殿貝《とのがい》一丁目にある権晟会本部。三階建て雑居ビルの二階に看板がでている。たしかに規模はごく小さい。構成員らが外階段を上り下りし、事務所から荷物を持ちだしている。総勢十人足らず、うち半分は幹部のようだった。庄市によれば、チブルにいた二十人余りを併せ、これで権晟会のほぼ全員だという。

　運転席で庄市がそわそわとしながらいった。「よくねえよ。チブルの死体はみんな権晟会だってすぐばれる。じきにここにもパトカーがくるさ」

　結衣はうろたえなかった。「だからあいつらも急いでるんでしょ」

「俺たちも早く退散しねえと……」

「しっ」結衣は庄市を制した。「あれは？」

　黒塗りの大型セダンが近づいてくる。年代物のトヨタセンチュリーだとわかった。ビルの前にはレクサスのセダンが二台と、日産のワンボックスカーが一台停まっている。センチュリーはその前に滑りこんだ。

　後部のサイドウィンドウが下りた。白髪をオールバックにした皺《しわ》だらけの顔が、近くに立つ構成員らに声をかける。周りはそろってかしこまった。

　庄市がびくつく反応をしめした。「会長の杭瀬宏節《ひろふし》。年齢は七十二だったかな。本人にまちがいないさ。前に遠くから眺めただけでしかねえけど」

　車体のわきで頭を垂れる男も、かなりの高齢者だった。杭瀬とその男は光沢のあるスーツを着ている。結衣はきいた。「もうひとりは誰？」

「若頭の植条忠正《うえじょうただまさ》。会長より何歳か下さ。肩書きは若頭っていうけど、そんなに若くもねえ」

植条の後ろに、黒シャツに黒ジャケットを羽織った中年男がいる。結衣は指さした。

「あいつがたぶん若頭補佐でしょ」

「そう。讃岐《さぬき》谷《や》高乗《たかのり》。嫌なやつ。威張りくさりやがって」

構成員らが大きめのジュラルミンケースを手に、外階段を下りてくる。ケースはかなりの重さのようだった。ふたりがかりでセンチュリーのトランクにおさめる。

結衣はため息をついた。「完全に夜逃げ」

「マジかよ」庄市が面食らったようすでいった。「大勢死んだからって、原因も突きとめずに、尻尾《しっぽ》巻いて逃げだすのか？　天下の権晟会が」

当然だった。弱小と化した権晟会が抗争に耐えられるはずがない。警察の手入れが必至のいま、会長らは逃亡する構えだった。

けれどもジュラルミンケースの大きさから察するに、現金の蓄えはかなりあるようだ。結衣は唸《うな》った。「いまどき暴力団は銀行口座も持てない。だからお金は事務所に隠してた。わざわざ危険を冒してまで立ち寄ってる」

「よほどの大金ってことか。いや、でも」庄市が顔をしかめた。「俺はいらねえ。関わりたくねえよ。会長らが逃げちまうんなら、もう権晟会は終わりさ。みんな死んじまったからな。俺は自由の身さー」

そのときヘッドライトの光が走った。アメ車らしきクーペが徐行してきて、センチュリーの前に停車した。コルベットだとわかる。降り立ったのは白人の男ふたりで、髪は短め、年齢は三十代後半。どちらもＴシャツから太い二の腕がのぞいている。

結衣は庄市にきいた。「知ってる顔？」

「いや。初めて見る。会長の知り合いみたいだ」

ふたりはセンチュリーの後部ドアに愛想よく声をかけた。植条や讃岐谷とも談笑している。緊迫した空気がふいに和んだように見えた。

結衣のなかで確信が深まった。「夜逃げ先は外国」

「高飛びかよ」庄市が驚きのいろを浮かべた。「まさか。こんな時間にどうやって？」

「ＰＧでしょ」

「なんのことだ？　ガンプラのパーフェクトグレードじゃねえよな？」

「源甲斐がＰＧといってた。たぶんプルーヴィング・グラウンド。兵器試験場のこと」

「兵器……」

「ラングフォードって民間軍事会社が、米軍兵器の移送やメンテを請け負ってるなら、基地の敷地の一部を兵器試験場として借りてる。かなり広いはず」

「会長たちがそこへ逃げこむってのか？」

「民間軍事会社の兵器試験場でも、基地の一部である以上、地位協定の対象になる。明朝、警察はチブルの事件について会長たちに事情をきこうとするだろうけど、行方は絶対につかめない。たとえ兵器試験場にいるとわかっても手だしできない」

「でもその兵器試験場なんて、どこにあるんだよ」

「さあね。基地のどこか。場所は極秘かもしれないし」

「そこから海外に飛べるのかよ？」

高校生にわかるはずもない。けれども日産元会長のフランス人が、関西《かんさい》空港からプライベートジェットで国外脱出を果たせたのは、民間軍事会社の支援があったからだと報じられている。海外の特殊部隊出身の軍人が、民間軍事会社には多く勤める。フランス人は楽器ケースのなかに隠れ、巧みな工作によりX線検査を逃れた。プロの作戦指揮があればこそだった。杭瀬らもラングフォード社の世話になる以上、海外渡航は充分にありうるだろう。

庄市が納得いかないという顔になった。「会長たちは、銃器密輸の受注代行でしかなかったんだろ？　ラングフォード社が国内下請けレベルに、わざわざ逃亡の手助けをしてくれるかよ」

「無料《ただ》じゃないんでしょ。長年にわたり業務提携してきた関係だから、お金さえ積めば無理もきいてもらえる」

地獄の沙汰《さた》も金次第だった。日産元会長の国外脱出用の経費は約十五億円とされる。ジュラルミンケースがラングフォード社への前払いぶんだとすれば、取引としては充分に成立しうる。

ふたりの白人はラングフォードの社員で、兵器試験場への水先案内人と考えられた。だがなぜか一行は出発しない。構成員らがなおも外階段を上下し、段ボール箱をビルの前に積みあげていく。

庄市がやれやれという態度をしめした。「銃器密輸の窓口は、どうせ別の暴力団に替わるだけさ。でも権晟会の囲い屋は全滅。おめでとう」

結衣は首を横に振った。「東京でも野放図が解散したのち、ただちに別の団体が貧困ビジネスを引き継いだ」

「あー。食い物にされてきた連中にしたって、囲い屋の世話にならなきゃ生きてけねえもんな。権晟会のカモリストがどこかに譲渡されたら、そこが同じように儲《もう》けるだろうな」

「リストは引き継がせない」

「おい……。またどうするつもりだよ。あいつら兵器試験場に逃げこんじまうんだろ？　もう追いかけるのは無理さ」庄市が頭を掻《か》きむしった。「半グレの娘の考えにゃついていけねえ。暴力団より無謀さー」

　そのときまたヘッドライトが辺りを照らした。二トントラックが車列の最後尾についた。ドライバーが降り立ち、荷台のバックドアを開ける。構成員らが段ボール箱を積みこんでいく。

　若頭補佐の讃岐谷が呼んだ。構成員らが会長のもとに集う。段ボール箱の積みこみが中断した。バックドアは開きっぱなしだった。

　助手席のドアを開けながら、結衣は庄市にささやいた。「もう帰って」

「おい」庄市が結衣の腕をつかんできた。「どこへ行こうってんだ」

「いいから放してよ」

「あのトラックの荷台に潜りこもうってんじゃねえよな？」

「なんで？」

「バカかよ。ゲートで調べられて見つかるだろ」

「見つからない。高飛び目的の権晟会を、ラングフォード社がこっそり迎えいれるのに、荷物検査なんかしない。ラングフォード社も共犯なんだから」

「だからって兵器試験場に入ってどうする？　孤立無援じゃねえか」

「修学旅行でも同じ。なら行きたいほうへ行く」結衣は庄市の手を振りほどき、暗がりのなかを駆けだした。

　まてよ。庄市のささやきを耳にしたものの、結衣はかまわず道路を横ぎった。構成員らの円陣から距離を置く。結衣はトラックの後方にまわり、荷台のなかに乗りこんだ。

　真っ暗だったが、手探りでスペースを見つけるしかない。段ボール箱の隙間に身体をねじこむ。積み荷の谷間に生じたごく狭い空間に、結衣は座りこんだ。

　米軍の敷地内に潜入するなど、さすがに正気の沙汰とは思えない。今度こそ生きて帰れる心地がしない。けれども躊躇《ちゅうちょ》はなかった。武蔵小杉高校の生徒らを殺したのは、ラングフォード社が密輸した銃器にちがいないのだから。

　闇のなかにじっと身を潜めていると、だしぬけに物音がした。人影が迫ってきた。結衣は息を呑《の》んで身構えた。

　庄市の声がごく近くできこえた。「しっ。俺だよ」

結衣のなかに苛立《いらだ》ちと焦燥がこみあげた。「降りてよ。なんできたの」

「ほうっておけねえさ」

「助けなんか必要ない」

「兵器試験場って広いんだろ？　クルマの運転が必要になったら？」

当惑とともに言葉を失う。庄市が身を寄せるように横に座った。

「離れてよ」結衣はささやいた。

「無理さー。ほとんど隙間はねえし」

抗議しようとしたが、また物音が響いた。段ボール箱の積みこみが再開された。結衣は全身を硬直させた。

やがてバックドアが閉じた。庄市も固唾《かたず》を呑んでいる。車外を靴音が前方に向かう。軽い振動とともにエンジンがかかった。

闇に目が慣れてきた。トラックはゆっくりと動きだした。うっすらと見える庄市に、結衣は静かにいった。「人殺しとふたりきりになるのを選ぶなんて」

「なあ結衣。結衣って呼んでいいよな？　あんたも庄市って呼び捨てにしてるし」

外からサイレンの音がきこえ、結衣は口をつぐんだ。パトカーとすれちがったらしい。

結衣は半ばあきらめて黙りこんだ。庄市の震えがつたわってくる。やはり強がりでしかない。だが自分でも判然としない感情が胸のうちにひろがる。ひとりでなくてよかった、そんな思いがこみあげてくる。おそらく気の迷いにちがいない。

10

那覇署の組織犯罪対策課、比嘉は深夜の那覇赤十字《せきじゅうじ》病院にきていた。壁の時計に目を向ける。午前零時をとっくに過ぎていた。

緊急搬送された五人は、救急救命室に入りきらないため、同じフロアにある入院病棟に集められていた。薄明かりのなか、五つのベッドに横たわる少年少女を、比嘉は眺め渡した。どのベッドのわきにも点滴スタンドがあった。心電図の奏でる電子音が静寂に響く。

同僚の張本《はりもと》が開放されたドアから入ってきた。「比嘉。副院長からだいたいのことはきけた。五人とも意識ははっきりしてたが、いまは薬で寝かせてる。全員が身動きできないほどの重傷だからな」

「命に別状は……」

「ないそうだ。致命傷は受けてない。手慣れたヤクザの喧嘩《けんか》を思わせるよ。さんざん痛めつけて、死の苦しみを味わわせておきながら、けっして再起不能にはしない」

「眠る前に、五人はなにかいったか」

「優莉結衣にやられたって証言した」

「五人全員か？」

「ああ。全員だ」

「左利きの犯行を立証できそうか？」

張本が首を横に振った。「右側に殴った痕《あと》があれば、左からの打撃とわかるんだが、どれも正面近い。そこも手慣れてるように思えてならない」

やれやれだ。まさかとは思ったが、やはり懸念したような事態が発生した。

看護師が入室してきた。面会謝絶だと目でうながしてくる。比嘉は張本とともに廊下にでた。

夜の病院は極端に静かだった。蛍光灯の明かりもほの暗く感じる。比嘉は歩きながらいった。「五人の保護者に連絡はついたか」

「明朝の便で飛んでくるそうだ。厄介なことに、優莉結衣の弁護士も」

「顧問弁護士がいるのか」

「いや。人権支援団体がらみだよ。優莉匡太の子って理由だけで差別するなとか……」

「ああ。そういう手合いか」

「あの生徒五人、優莉結衣と同じ班だったんだろ？　彼女はどこだ」

「消えた。居場所は追ってる」

「どうやって？」

「きくなよ」比嘉はそういったものの、張本にも方法は伝わったはずだった。対象にGPS発信器をしのばせるぐらい、刑事なら誰でもやっている。

　優莉結衣は国際通りとその周辺を行ったり来たりしていた。移動時の速度から察するにクルマのようだ。結衣自身は運転できないだろうから、誰かのクルマに便乗しているのか。

　そろそろ現地に赴き、身柄を確保する頃合いだった。未成年者なのだから、この時間の保護も理にかなっている。

　同期の同僚、矢崎《やざき》が廊下を足ばやに向かってきた。比嘉が空港で会った担任教師、岩田を連れている。

　矢崎が足をとめた。「担任の先生だ」

「知ってる」比嘉は岩田におじぎした。「昼間はどうも。このたびは災難でしたね」

　岩田が疲弊しきった顔で応じた。「生徒の動揺を鎮めるのが大変でした。いちおう明日も予定どおりですが」

「いつごろ発生したんですか」

「ホテルに着いてすぐです。五人と同じ班の綿谷という生徒が、いったんでかけて部屋に戻ったところ、なかに入れないというんです。ノックしても誰も開けてくれないと。五人のスマホに電話しても応答なしでした。だからホテルの従業員に鍵《かぎ》を開けてもらったら、あんなありさまで」

「部屋の鍵は室内にあったんですね？」

「はい。オートロックじゃなく、ちゃんと内側から施錠してありました。従業員によると、窓にも鍵がかかってたと」

「たしかですか？」

「私はうろたえてしまい、よく見ていなかったんですが、従業員がそういってました」

張本が耳打ちしてきた。「いちおう部屋は鑑識が調べた。サッシ窓を外から施錠した可能性も否定できないそうだ。断定はできんが」

スマホの着信音が鳴った。矢崎が応答しながら遠ざかった。「はい。……普天間ですか？　なにがあったんですか」

比嘉は岩田に向き直った。「その綿谷という生徒ですが、話をきけますか」

「いまは別の部屋で寝てます。夜も遅いですし、生徒らを刺激するのはちょっと」

「もちろん明朝以降でかまいません」

「そうですか」岩田がため息まじりに応じた。「では本人に伝えておきます」

矢崎が小走りに戻ってきた。「課長からだ。宜野湾署から連絡が入ったらしい。普天間のチブルって店な。うちの捜査一課も急行してる」

ふいに緊迫感が漲《みなぎ》りだした。矢崎が詳細を伝えないのは、この場に岩田がいるからだろう。だが事態の大きさは理解できた。比嘉は駆けだした。「先にでる。岩田先生を送ってくれ」

廊下を急ぎながら、比嘉はスマホを操作した。捜査一課の同僚にかける。

馴染《なじ》みの新垣《あらがき》の声が応答した。「比嘉か？」

「新垣。チブルってのはゴシャロのはずれの店だよな。権晟会が入り浸ってた……」

「その権晟会だ。無残だよ。大勢が黒焦げになってる」

「たしかなのか？」

「ああ。身元確認はこれからだが、知ってる顔もいくつか確認できた。厨房《ちゅうぼう》で爆発が起きたらしくてな。ただ店内に別の火元があったとも考えられる」

「火事なのか？」

「死因は焼死ばかりじゃないんだ。銃創だらけさ。かなり離れたところにまで銃声が届いた。複数の一一〇番通報があった」

「目撃者はいないのか」

「調理師がふたり逃げおおせて、交番に駆けこんだ。なにがあったか詳しくはわからんとさ」

「鑑識がきてるんだろ？」

「期待薄さー。店内は全焼に等しくてな。遺留物には期待できんよ」

ホシの汗や毛髪、血液の採取は困難か。指紋も難しいかもしれない。比嘉は通話を切った。

張本が追いかけてきた。「俺も行く」

「急ごう」比嘉は外に飛びだした。駐車場に停めてある覆面パトカーに向かう。

十七歳の女子高生を内地から迎えたとたん、このありさまだ。GPSの位置情報によれば、結衣は普天間になど立ち寄っていない。だが見過ごせなかった。放置すれば明朝までに、あと何十人死ぬかわかったものではない。

11

結衣はトラックの荷台で暗がりに身を潜めていた。強い振動が襲うたび、隣りで庄市がびくつく反応をしめす。ときおり崩れかかった段ボール箱に押し潰《つぶ》されそうになる。そのたびふたりで伸びあがって押し戻した。

もう二十分ほど走っている。窓もなく、方角もわからない。この時間では街のノイズもほとんどきこえなかった。夜間も賑《にぎ》わうごく限られた区域も、極力避けて走っているにちがいない。

庄市がささやいた。「どこまで行く気かな」

予想できるはずもない。結衣は小声で応じた。「嘉手納ならそんなに遠くない」

「北部訓練場だったら、もっと延々走るさ」

「海外に高飛びするには、滑走路を備えた基地に隣接してなきゃ。嘉手納には滑走路だけじゃなく、弾薬庫地区もあるから、兵器試験場の併設にも向いてると思う」

「あんたはすげえな。俺には無理さ。とても冷静じゃいられねえ。びびっちまう」

「ならなんできたの」

「ひとりで行かせられるかよ。ああ、せめてスマホの地図で場所を確認できりゃ……」

「電源いれないで」

「位置情報はオフにするよ」

「それでも携帯キャリアは電波で位置を把握する。裁判所命令がないと開示されないけど、居場所の証拠は残る」

トラックが減速した。徐行しながらも大きな縦揺れが生じた。バンプを乗り越えたのがわかる。

沖縄の公道にある設備とは思えない。米軍基地の敷地に入ったようだ。そう思ったときトラックが停車した。ベルが短く鳴った。

周りに靴音がきこえる。男の声が英語で問いかけた。「これが最後尾の車両か？《イズ・ディス・ジ・エンド・オブ・ライン》」

別の声が応じた。「ラングフォード社のゲスト諸氏と、事前に届け出済みの荷物です。《ゲスツ・フロム・ザ・ラングフォード・アンド・レジスタード・パッケージズ》ぜんぶ規定にしたがってます《オール・フォロー・ザ・レギュレーションズ》」

「行き先は？」

「ゲストは司令棟。荷物のほうは実験棟の倉庫C－6です」

「ふうん、書類にも問題ないな。あとは社員にまかせていいか」

「ええ。どうぞおまかせを」声が前方に移動した。「行っていいぞ」

またトラックが動きだした。いくつかバンプを乗り越えたのち、ふたたび速度があがっていく。揺れが激しい。道路ではなく荒れ地を走っている。

到着までの所要時間を考えるに、やはり嘉手納基地内のどこからしい。社員以外の警備がいたが、うまく丸めこんだようだ。振動が断続的につづくなか、結衣はゆっくりと立ちあがった。

庄市が不安げにきいた。「どうする気だよ」

「このまま乗ってると倉庫に連れてかれる。杭瀬たちの行き先とは別の場所」

「マジか」庄市が背後にすがってきた。「早まるなよ。まだ基地に入っただけで、兵器試験場とやらのゲートはこれからかもしれねえだろ」

「司令棟《コマンドビルディング》っていってた。基地の中枢に杭瀬たちを案内するとは思えない。もう兵器試験場の敷地内にいる」

「英語もわかるのかよ」

バックドアは外から施錠されているが、結衣はドア内側のロック機構に指先で触れ、さすりながら構造を理解した。胸ポケットからボールペンを引き抜き、なかに突っこむ。バックドアの外側レバーと、ラッチを連動する樹脂製の部品をずらす。籠《こ》もりぎみの金属音が響き、解錠されたとわかる。ドアを押してみると、わずかに開いた。

暗闇がひろがっている。辺りは広大な草地のようだった。闇の彼方《かなた》、局所的な照明に浮かぶゲートのみが、ぽつんと小さく見えている。さっき通り抜けたゲートだった。すでにかなり距離があるが、さらにどんどん離れていく。ゲートわきのフェンスを通じ、照らされた看板の字がかろうじて読める。“LANGFORD PROVING GROUNDS”とあった。その下に“UNITED STATES NAVY”“WEAPONS TESTING AND EVALUATION COMMAND”と記してある。

結衣はいった。「嘉手納は空軍基地でしょ。なのにラングフォードの兵器試験場は海軍の管轄みたい」

庄市が困惑ぎみにたずねてきた。「それがどうかしたか」

「横須《よこす》賀《か》にある海軍司令部に作戦指揮権はない。日本本土に米海軍の影響力はほとんどないから、海軍管理下の民間軍事会社なら、おそらく密輸もやりたい放題」

「あんた本当に女子高生かよ」

「飛び降りる準備をして」

「おいおい、今度はなにをいいだすんだ。見ろよ、かなりスピードがでてるさ」

「いまのうちに降りないと、見つかって殺される」

「なんてこった」庄市がおろおろと段ボール箱を眺めまわした。「なあ、なにか武器があるんじゃねえか？　持っていこうぜ」

「だめ。位置電波を発信するタグがついてると考えるべき」

「そんなこといってもよ。心細いじゃねえか」

結衣はじれったく思いながら、バックドアの内側を手でさすった。備え付けの発煙筒を取り外し、庄市に手渡す。「これで我慢して」

庄市が発煙筒を尻《しり》のポケットに押しこんだ。「先にどっちから行く？」

迷っている暇はなかった。結衣は庄市の腕をつかみ、バックドアを蹴《け》って大きく開けた。庄市が驚きの声を発したものの、結衣はかまわず突き飛ばした。闇のなかに庄市の身体が消えた。

バックドアにしがみつきながら、結衣は車外に身を這《は》わせた。後部バンパーに足をかけ、ドアを閉める。把《と》っ手をひねって施錠したのち、結衣も跳躍した。

空中で受け身の姿勢をとり、着地に備える。ほどなく地面に叩《たた》きつけられた。草むらのなかに転がるうち、痺《しび》れるような痛みが後追いしてくる。砂埃《すなぼこり》が立ちこめるなか、結衣は身体が回転するにまかせた。やがて失速し、ようやく静止に至る。結衣は地面に突っ伏した。めまいをこらえながら顔をあげた。

遠方に監視塔がいくつか見える。サーチライトの光が敷地内を滑っていく。だが警戒対象はフェンス沿いが中心のようだ。辺りは建物ひとつない雑草地帯にすぎない。

痛みが引いていくのをまち、結衣は立ちあがった。庄市が落下したほうに歩いていく。

ほどなく庄市の呻《うめ》き声がきこえた。闇に目を凝らすと、仰向《あおむ》けに倒れた庄市の姿が見てとれた。

「痛《いて》て」庄市も結衣に気づいたらしい。「ひでぇよ。いきなり突き飛ばすとか」

まだ距離があったが、結衣は歩を速めつつボールペンを握りしめた。庄市が妙な顔になった。猛然と近づく結衣に、庄市はあわてたようすで尻込みした。

「まて」庄市がうわずった声をあげた。「なにするんだ。考え直せ。俺なんか殺《や》ったところで……」

接近するや結衣は庄市の胸倉をつかんだ。だがそれは脅威から遠ざけるためだった。庄市を横方向に転がすと、結衣はボールペンを振りかざした。草むらのなかを這う、かすかに光るハブの身体、その頭部めがけ打ち下ろす。突き刺すのではない、ボールペンを水平に保持し、頭頂をしたたかに殴りつけた。

ハブは脳震盪《のうしんとう》を起こし、ぐったりと横たわった。かなりの太さと長さがある。結衣はハブを蹴って遠ざけた。

庄市がへたりこんだ状態で、なおも必死に後退しながらこぼした。「気づかなかった」

思わずため息が漏れる。結衣は庄市を見下ろした。「気づいてよ。沖縄生まれなら」

「まいったな」庄市が途方に暮れたように辺りを見まわした。「これからどうすりゃいいんだ」

「夜明けまでに監視塔からできるだけ離れる」

「のんびり散歩してる場合かよ。杭瀬会長たちは、どっか建物のなかにいるんだろ？さっさと基地の滑走路に移動しちまうかも」

そんなに早く準備はできない。ラングフォード社は権晟会から国外脱出を依頼されたばかりのはずだ。杭瀬らもとりあえずここに避難しただけにすぎない。いま航空機の離着陸する音は途絶えている。日中に飛ぶ機体に紛れこむつもりだろう。

この敷地内のどこに、どんな建物があるのか。空軍基地にどうやってアクセスする気か。細かいことはなにもわからない。建物を見つけたところで近づくのは難しい。暗視カメラやサーモグラフィーによる警戒網もあって当然だった。

陽が昇ったのち、遠目に動きを見張れる居場所を確保する。それが先決だった。結衣は歩きだした。「後ろをついてきて」

庄市がためらいがちに立ちあがった。「やっぱ正気じゃねえ」

百も承知だった。歯車がずれたまま戻らない。それでも回りつづけるからたちが悪い。結衣の人生はそんなものだった。

12

五十八歳のヘンリー・フィッツシモンズが、ラングフォード社の重役として沖縄に赴任して、もう十二年になる。軍属としての扱いを受け、妻子もキャンプ・バトラーの邸宅に居住する。

バージニア州フェアファックス郡の本社から、極東にある米軍基地内の兵器試験場への出向を命じられたのは、オバマが大統領選挙で圧勝したころだった。新興の民間軍事会社だったラングフォード社だが、アメリカ本土に近い基地での仕事は大手に奪われ、遠方を開拓せざるをえなかった。

家族とともに極東に飛ばされ、役員報酬だけでは不満だった。見返りが少ない、この仕事に就いていれば誰でも感じることだ。

軍にも頭があがらない。けさも海軍犯罪捜査局《NCIS》から抜き打ちの訪問を受けることになってしまった。

　まだ外の暗いうちから、フィッツシモンズは兵器試験場の司令棟にきた。執務室で来客を出迎える。訪問してきた白人の男女は元気そうだった。時差のせいで、いまが昼間も同然なのだろう。

　ふたりはＮＣＩＳの表記が入ったキャップを脱いだ。うちひとりは四十前後の男性、もうひとりはやけに若く、二十代半ばとおぼしき女性だった。金髪に縁どられた小顔、青い目は、軍の慰問にきたモデルのようでもある。

　男性のほうが手を差し伸べた。「朝早くからどうも。特別捜査官のコリン・キンケイドです。彼女はクレア・アシュバートン」

「どうも」フィッツシモンズはふたりと握手した。身分証の提示を受ける。キンケイドは上級捜査官、クレアのほうは下級捜査官。緊張しきったクレアの顔から察するに、新人にちがいない。

　フィッツシモンズは肘掛《ひじか》け椅子に座りながら、ふたりに椅子を勧めた。デスクの向こうで男女が着席した。ふたりとも黒のレザージャケットにスラックス姿だった。ＮＣＩＳは軍人でなく文官のため、軍服に袖《そで》を通さない。

　キンケイドがいった。「いま着いたばかりなんです。急遽《きゅうきょ》こっちに飛ぶようにいわれて、グアム経由で」

「そうですか」フィッツシモンズは事務的に応じた。「お出迎えすべきだったと思いますが、私どもが空軍基地滑走路のほうへ行くには、いちいち手続きが必要でして」

「お気遣いをどうも。ひととおり調べ終えたら引き揚げます。あのう、さっき通路で黒い粉の詰まったビンを多く見かけたんですが、あれはなんですか。まさか黒色火薬とか……」

「まさか」フィッツシモンズは一笑に付した。「危険物をそんなところには置きませんよ。あれは二酸化マンガンです。テスト用の空包を作るのに用います」

「ああ、二酸化マンガンね」

「酸化剤か染料、ガラスの着色に使われるだけのしろものです」

「いちおうあとで確かめてもいいですか？」

「もちろんです。いくらでもお持ちください」

「結構」キンケイドは神妙な面持ちになった。「じつは空軍基地から通報を受けましてね。この兵器試験場で、たびたび無許可の射撃があるようだと」

その件か。海軍にしてみればメンツのかかった問題なのだろう。フィッツシモンズは椅子の背に身をあずけた。「銃器のテストのため、常時発砲はあります。銃声も日の出の直後から、日の入りまでつづきます」

「空軍によれば、午後の小休止の時間帯にも、銃声がきこえることがあったとか」

「ああ。問いあわせは受けました」

「それで？」

「調査したんですが、そのような事実は認められず……」

　キンケイドが身を乗りだした。「三日前、業を煮やした空軍基地関係者が、警備を派遣しましたよね。監視塔にも上らせたとか」

「ええ、許可しました。うちは海軍の管轄ですが、軍属として基地の世話になってる身ですし、協力は惜しまない方針ですので」

「空軍の警備が監視塔を訪ねるようになって以来、不審な銃声も途絶えてるとか」

「私からも当直の社員らに伝達しておきました。銃声をきいたらただちに連絡するようにと。しかし取り越し苦労でした」

　クレアが見つめてきた。「ゆうべは空軍の人間を監視塔に上らせなかったそうですが」

　フィッツシモンズは言葉に詰まった。若い女のほうが指摘してくるとは予想外だった。しかしフィッツシモンズは表情を変えないよう努めた。「上らせなかったのではなく、うちの警備が一緒にフェンス沿いを巡回したんです。そのあいだ銃声は一発もきこえませんでした」

キンケイドが穏やかにいった。「お気を悪くなさらないでください。軍属として軍人と変わらない地位が保証されている以上、あなたがたにも軍と同等の責務が課せられます。そこは承知していただけますね？」

「もちろんです」

「モントルー文書により、民間軍事会社には人道主義と人権法に従う義務があるとされています。同文書は条約ではなく指針であり、批准国に対する法的拘束力を持ちませんが……」

「私たちの顧客は合衆国です。国家のために働いています。法的拘束力がなくても、義務である以上はしたがいます」

「安心しました」キンケイドがさばさばした態度でうなずいた。「銃声がきこえたといっても、空軍基地関係者がそういってるだけです。いちおう彼女をここに残しておきます。きょう一日、敷地内を調査し終えて問題がなければ、そのように報告しますので」

フィッツシモンズは面食らった。「彼女がうちの施設内を動きまわれるよう取り計らえと？」

「どうかご理解ください。例のフランス人が日本から不正出国して以来、民間軍事会社の内情を把握しておくべきだと、海軍省も方針を変えまして」

「人が入れるサイズの楽器ケースがあるかどうか、倉庫を隈《くま》なく調べていただきたいですな」

「イランとの関係悪化から、陸海空軍がそちらに兵力を集中させつつあります。極東はいっそう手薄になり、民間軍事会社に委《ゆだ》ねる業務の比率が増します。今後も御社との良好な関係を保つため、現段階で健全な企業体質を証明なさることは、けっして悪いことではないと思うのですが」

説得がうまい。フィッツシモンズは苦々しい気分でキンケイドを見かえした。「本来なら海軍憲兵が来ないかぎり、好き勝手に調査させることなどないんですが……」

「海軍憲兵が来ることになったら、それはもう軍法会議の準備段階ですよ。ＮＣＩＳはトラブルを防ぐために動くことがほとんどです。どうか協力していただけませんか」

クレアが不安そうな面持ちでこちらを見つめる。いかにも頼りなげな瞬きが、自信のなさを物語る。こんな新米の女ひとり、恐れるに足らないのかもしれない。

「わかりました」フィッツシモンズはいった。「秘書のエッカートに声をかけてください。手配しておきます」

「感謝します」キンケイドが立ちあがった。「あなたの協力で、なにもかもうまく運びそうです」

フィッツシモンズも腰を浮かせ、ふたりと握手を交わした。キンケイドが満足したようにドアに向かう。クレアはぎこちない笑みを浮かべながら退室した。去りぎわ、クレアが腰につけたホルスターが目に入った。キンケイドもクレアも拳《けん》銃《じゅう》を携帯している。空母や潜水艦内なら、NCISも武装できない場合があるようだが、軍属でしかない民間軍事会社はなめられたものだった。

憤然とした思いとともに、フィッツシモンズは奥のドアを開けた。

ドアのすぐ向こうに立っていたのは、権晟会の若頭補佐、讃岐谷だった。会話に耳をそばだてていたらしい。大仰に顔をしかめながら、讃岐谷は訛《なま》りの強い英語でつぶやいた。「NCISが一日動きまわるって《ハードNCISスヌープ・アラウンド・オール・デー》？」

フィッツシモンズは室内に踏みいった。「新人の女ひとりを置いていくだけだ。本気じゃないだろう」

ソファには会長の杭瀬と、若頭の植条がふんぞりかえっている。動じない態度を装っているが、ふたりのまなざしには不安が見え隠れする。幹部や構成員らは壁ぎわに整列していた。会長以下、全員で九人。これが残存する権晟会のすべてだった。まさに難民の受けいれに等しい。

アメリカでは銃器が毎日のように工場で生産される。自動車や家電と変わらない。フィッツシモンズは海軍からの発注に上乗せし、余剰分をかすめとることで、日本国内の非合法団体の需要に応《こた》えてきた。一時は暴対法の影響により販売数も激減したが、半グレ集団の台頭により持ち直した。

ここ数年の業績は堅調だった。収入も安定した。ロサンゼルスとハワイに別荘を建てたほどだ。ただし武蔵小杉高校事変や与野木農業高校事件で、米軍の銃器が使用されたときには、フィッツシモンズもさすがに肝を冷やした。だが権晟会の受注方法が巧みだったおかげで、取引は明るみにでず、ラングフォード社にも疑惑の目は向かなかった。

杭瀬らには長いこと世話になった。連中が高飛びの必要に迫られたときには、フィッツシモンズも手を貸す、そんな約束を交わしていた。

信頼関係で成り立つ仕事だ。新たな窓口代行を探すためにも、仁義を通してみせることは重要だった。権晟会を裏切ったとの噂が立てば、たちまち国内の闇社会が反発し、後任にどこも手を挙げなくなる。

ラングフォード社の内部統制統括部長、三十代半ばのアルフ・ステイプルドンもソファに座っていた。ステイプルドンはフィッツシモンズを見ると立ちあがった。

まずは懸念材料を遠ざける必要がある。フィッツシモンズはいった。「ステイプルドン。銃器管理課や警備課の問題児らに、NCISの女を引き合わせろ。もとはといえば奴らのせいだ、尻ぬぐいもあいつらにまかせる」

13

朝の陽射しが闇を退かせる。視野を一気にひろげていく。結衣は庄市とともに、雑草の生い茂る荒れ地を歩いていた。

沖縄といえど早朝は冷えこむ。制服に寒気が染みこんでくる。それでも東京ほどではなかった。空に目を転じると、雲がまだ赤みを帯びている。天気がいいぶんだけ遠くまで見通せる。敵方にとっても同じだろう。侵入者を発見しやすくなる。

三百六十度どの方角にも、監視塔が見えない場所まできた。建物らしきものもない。

庄市がしんどそうにいった。「兵器試験場って、いったいどれぐらいの広さなんだ」

結衣は考えを口にした。「海軍の民間軍事会社が、陸で運用してる試験場だから、小銃専門でしょ。七・六二ミリのNATO弾で最大五キロまで飛ぶし、だいたい三十平方キロってとこ」

「それって……」

「与那国《よなぐに》島か伊良部《いらぶ》島ぐらい」

「どっちも行ったことねえ。なあ、女子高生ならチャイボーグとかに興味ねえのか」

異臭がする。かすかに羽音もきこえる。結衣はふと足をとめた。

庄市がきいた。「なんだ？」

結衣は庄市を手で制し、慎重に歩いていった。雑草が一か所だけ伸びていない。いや薙《な》ぎ倒されているのだろう。こんな状況がつくりだされる理由はひとつだけだった。

草むらに分けいっていくと、予想どおりの光景をまのあたりにした。

女子中学生または高校生らしき死体が突っ伏している。セーラー服を着ていた。背中には無残な傷痕《きずあと》、おびただしい量の出血があったとみられるが、数日は経過している。血痕《けっこん》は乾ききって黒ずみ、肌も腐敗しかけていた。蠅がたかっているものの、それほど多くない。この時間、まだ低い気温のせいだろう。

庄市が雑草を掻《か》き分け、結衣に近づいてきた。地面を見下ろしたとたん、腰を抜かすも同然に尻餅《しりもち》をついた。「な、なんだよこれ」

結衣も姿勢を低くした。死体の顔が横を向いている。肌は青白さを保っていた。目が開きっぱなしになっている。口からも出血の痕があった。背中の傷は破裂に等しく、骨がのぞいている。

「撃たれてる」結衣はつぶやいた。「背中に一発。遠方からの狙撃《そげき》」

「狙撃って……。こりゃいったい誰だ？　沖縄じゃ見かけねえ制服さ」

肩にかかる長さの髪はしなやかさを保ち、微風のなかにそよいでいる。結衣は死体の手をとった。手首には縛られた痕がある。針金でなくロープのようだった。爪に皮膚片はない。加害者の顔を掻きむしったりはしていない。

足に目を向けた。右はサンダル、左は裸足《はだし》。靴下は履いていなかった。裸足の裏は血まみれで、皮膚が剝《む》けてしまっている。

結衣はいった。「後ろを向いて」

庄市が戸惑い顔できいた。「どうして？」

「いいから」結衣は語気を強めた。

「わかった、わかったよ」庄市があわてぎみに背を向けた。

死体はスカートのなかに、なにも穿《は》いていなかった。結衣はたしかめるべきものをたしかめた。裂傷。大勢に強姦《ごうかん》されている。しかも身体じゅうに打撲創や切り傷があった。

服をもとに戻し、結衣は庄市にささやいた。「もういい」

振りかえった庄市が、手で口を押さえた。吐き気をもよおしたらしい。「ゆうべから死体ばっかり見てる」

「逃げる途中で、サンダルの片方が脱げた。それでも走りつづけた。足の裏から察するに、二キロか三キロは走ってる。でもスナイパーライフルで狙撃された。弾は背中から胸にまっすぐ抜けてる。水平方向から撃った。倒れた向きを考慮すれば、狙撃したのは」結衣は死体の足が向くほうを指さした。「あっちから」

「やっぱ二キロか三キロ先から撃たれたのか？」

「いえ。そんな腕があったら世界記録。着弾まで六秒以上かかるし、風向きにも左右される。ふつう命中させられるのは一キロ以内」

「でも」庄市が腰を浮かせた。「一キロぐらいなら、ここからも見える距離だろ？　建物もなにもねえさ」

「そう。たぶんクルマで追いまわした」

「ひでえな……。でもこの子、どうしてここにいた？　迷いこんじまったのか？」

「だからって問答無用に狙撃したりしない」結衣は死体のポケットをまさぐったが、

なにも発見できなかった。「どの監視塔からも見えない場所で撃たれた。しかも死体が放置されてる」

「兵器試験場だけに、流れ弾に当たっちまって、気づかれないままとか……」

暴行を受けている以上、事故とは考えにくい。結衣は腑《ふ》に落ちないものを感じた。空が明るくなった直後、三十平方キロもの広大な土地で、いきなり死体にでくわした。こんな偶然がありうるだろうか。

そのとき遠雷に似た音が轟《とどろ》いた。音は断続的に響いたのち、さらにつづけざまにこだました。

庄市が両手で頭を抱えた。「撃ってきてる」

「ちがう」結衣は首を横に振った。「あれはスナイパーライフルじゃない。射程もそんなに長くない」

「どういうことだよ」

「ここの通常業務でしょ。兵器試験場。銃の性能をテストしてる」

「こんな朝っぱらから仕事熱心なこった」庄市は吐き捨てたものの、また不安な表情に転じた。「大勢繰りだしてきたら、たちまち見つかっちまう」

「いいえ。作戦行動の訓練場じゃないから、関係者の人数自体あまり多くないでしょ。

広く場所をとってあるのは、あくまで射程の長さを考慮してのことだろうし」

「だからって土地の真んなかにずっと隠れてるわけにもいかねえよな」

この少女を殺害した何者かは、なぜ死体を放置したのか。回収の行動をとるより、ほったらかしにしたほうが目につかない、そういう判断か。軍属として民間軍事会社に貸した土地について、米軍は監視を徹底しているわけではなさそうだった。大家もアパートの部屋のなかを、いちいち隅々までたしかめたりはしない。

結衣はいった。「庄市。発煙筒をだして」

「ああ」庄市が尻のポケットから円筒形のケースをとりだした。「なんに使う？」

「大家の関心を引く」結衣はケースの蓋《ふた》を外した。

火のないところに煙が立てば、アパートの管理人も無視できない。鍵《かぎ》を開けて踏みこまざるをえなくなる。

14

二十五歳のクレア・アシュバートンは、もとは法律家を志していた。けれどもエイリー女子大をでたのち、警察署に二年の勤務を経て、海軍犯罪捜査局《NCIS》に採用された。

無許可射撃についての調査、それが抜き打ち訪問の名目だが、この民間軍事会社にはきな臭い噂があった。武蔵小杉高校事変を筆頭とする、日本国内における凶悪犯罪に用いられた銃器は、ラングフォード社による横流し品ではないか。証拠はないが注意して観察すべし、海軍省からそんな指示が下っている。

まだ陽が昇ったばかりだというのに、派手な銃撃音が鳴り響いていた。司令棟のわきにある屋外射撃場《アウトドアレンジ》に、クレアは案内された。

警備課のバークリーというスキンヘッドの三十代が、先行しながら声を張った。

「新品を輸入した場合、まずここで射撃テストをおこないます。不具合が見つかったとき、メンテで直せる範囲ならうちでやり、そうでなければメーカーに返送です」

クレアも騒音に掻《か》き消されまいと大声でたずねた。「小銃のテストがほとんどですか？」

「ここでは兵士の陸戦を想定してます。艦載兵器は海軍が洋上でテストを……」

「そうじゃなくて、手榴弾《しゅりゅうだん》や対戦車兵器、迫撃砲の試射は？」

「ありますよ。でも朝のこの時間は、近距離の射撃だけです」

遠方に目を向けた。草むらの一部が切り開かれ、コンクリート敷のヘリポートが見えている。対戦車ヘリのアパッチＡＨ－64Ｅが二機並んでいた。機体側面に突きだした両翼に、ミサイルやロケットが装備されているようだ。クレアは指さした。「陸軍のアパッチ？」

「払い下げです」バークリーが応じた。「スティンガーの自動照準機能をテストするため、標的として飛ばします。もちろん地対空ミサイルの発射はしませんが」

「固定武装の三十ミリチェーンガン以外にも、いろいろ装備してるように見えるけど」

「いや」バークリーは笑った。「フェイクですよ。自動照準がいろんな機体形状や飛行パターンに狙いを定められるよう、ヘリを完全武装した外見に近づけてるんです」

　黒のＴシャツに迷彩ズボン、ブーツといういでたちの男たちが背を向け、標的に向け発砲しつづける。アサルトライフルが多く使用されている。Ｍ２３１ＦＰＷやＨＫ４１６がほとんどだった。

　ふと標的の向こうの草むらに注意を引かれた。彼方《かなた》に灰いろの煙がもうもうと立ち昇っている。

「あれは？」クレアはきいた。

「さあ」バークリーが妙な顔をした。「なんでしょう。確認してきます」

　バークリーは小走りに去っていった。何人かが射撃の手をとめ、煙に見いっている。ここで働く社員にとっても異変のようだった。

やがてバークリーが駆け戻ってきた。射撃場全体に呼びかける。「撃つな！　いったん銃を置け」

銃声がしだいに静まっていく。耳に甲高い響きを残しながら、辺りは静寂に包まれた。

近づいてきたバークリーが、どこかぎこちない笑いを浮かべた。「なんでもありません。発煙筒ですよ」

「発煙筒？」クレアはバークリーを見つめた。「なんのために？」

「スナイパーライフル用のスコープを調整するため、遠方に煙を焚《た》いたんです」

「朝は近距離の射撃だけじゃなかった？」

奇妙な沈黙があった。バークリーが口ごもった。狙撃《そげき》を中止した男たちが、ぞろぞろと周りに集まってくる。引き締まった身体つきが多い。民間軍事会社は軍出身の戦闘経験者を多く採用している。

バークリーが弁解じみた物言いで告げてきた。「スコープの調整です。スナイパーライフルの試射をするわけじゃありません」

スティンガーの電子ロックオンなら、テストに発射までは必要ないだろうが、スナイパーライフルの照準はちがう。実際に撃たないことには命中精度が計測できない。

クレアは問いかけた。「どこで調整してるんですか？」

「ええと……」バークリーがいっそう気まずそうな顔になった。「私もすべての部署を把握してるわけじゃないので」

どうも釈然としない。胸騒ぎもしてくる。男たちが包囲を狭めてくるせいだった。みな表情が硬かった。このぴりぴりした空気はなんだろう。

クレアはバークリーにいった。「煙を見に行きたい」

「だめですよ」

「なぜ？」

「フィールドを勝手に移動するのは……」

「NCISには敷地内を隈《くま》なくまわる権限があります。もともと海軍から借りてる土地でしょう？　横須賀の司令部に問いあわせますか？」

バークリーが苛立《いらだ》ちをのぞかせたように見えた。だがそれは一瞬のことで、すぐ澄まし顔になると周りを見渡した。「ベッセマー、ハンゲイト、ボウマン、ステリー、ガスター、グレンヴィル。クルマでアシュバートンさんを、煙が見えるところまでお送りしろ」

男たちのうち六人が反応した。誰が誰なのかはわからない。六人が歩きだした。うちふたりはいったん射台に戻り、試射していたアサルトライフルを携えた。なぜか防弾ベストを着こむ。ほかの四人にも防弾ベストが投げ渡された。彼らの腰のホルスターにはハンドガンがある。

誰ひとりクレアを案内してくれない。クレアはあわてて六人を追いかけた。屋外射撃場のわきにジープ・ラングラーが二台停まっている。四ドアの後ろは荷台になっていた。M16A4をスナイパーライフルに改造したSDM-Rが、備品とともに横たわっている。

男たちは三人ずつ二台に分乗した。ようやくひとりの黒人が助手席のドアを開けてくれた。クレアは礼をいって乗りこんだ。

ジープが発進する。二台のうちクレアの車両が先行した。ステアリングを握る屈強そうな男が、グレンヴィルだと自己紹介した。後部座席の黒人がハンゲイト、彼はアサルトライフルを手にしている。その隣りの白人はボウマン。それぞれあいさつを口にすると、以後はなにも喋《しゃべ》らなくなった。

戦場の偵察にでかけるのならともかく、兵器試験場を移動するだけにしては物々しい。あるいはほかに訓練でもあるのだろうか。

草むらは広大だった。緩やかな起伏がそこかしこにあるものの、ほとんど平地といえる。錆《さ》びついた中規模の艦船が、船底を土に埋めた状態で点在していた。なかはがらんどうだった。艦上の訓練に使うのだろう。

やがて大きめのコンクリート造の二階建てが見えてきた。前にバイクが停まっている。入口は西部劇のような木製のスイングドアだった。窓には鉄板が打ちつけてあって、なかのようすはわからない。

あれは倉庫ではないはずだ。クレアはきいた。「あの建物はなに？」

グレンヴィルが運転しながらいった。「首里城」

後ろでハンゲイトとボウマンが笑い声をあげた。グレンヴィルも口もとをゆがめた。

クレアは黙りこんだ。馬鹿にされているのはあきらかだった。

正面に煙が立ち昇る。かなり近づいた。ジープが減速し、やがて停車した。

納得できるはずもない。クレアはつぶやいた。「もっと近づいて」

「近づく？」グレンヴィルの眉間《みけん》に皺《しわ》が寄った。「見りゃわかるだろ。ただの発煙筒だ」

「いいから煙のでてる場所まで行って」

グレンヴィルがためらいがちにギアを入れ替える。後部座席のふたりは黙りこくっていた。車内に異様な空気が漂う。ジープはゆっくりと煙に接近していった。

たしかに発煙筒のようだ。目と鼻の先まできて、クレアは助手席のドアを開けた。ジープはまだ徐行していたが、クレアはかまわず飛び降りた。

雑草を掻《か》き分けながら、煙の発生源とおぼしき場所に接近する。発煙筒が地面に横たわっていた。煙の勢いは弱まり、じきに途絶えそうだった。なぜか異臭が立ちこめている。蠅も飛び交っていた。

においの原因を求め、さらに深く草むらに分けいった。ふいにクレアの全身を衝撃が駆け抜けた。

死体があった。それも腐敗していた。数日が経過している。水兵のような襟の少女。日本では複数の学校で採用されている女子生徒用の制服だった。背中に銃創らしき無残な傷痕《きずあと》がある。スナイパーライフルで遠方から狙撃されたにちがいない。

嘔吐《おうと》感が襲ったものの、それより悲哀の感情のほうが大きかった。なんて惨《むご》たらしい。無許可の銃声が最後にきこえたのは数日前。以後は監視塔に空軍基地の警備が上るようになった。ここは監視塔の視野に入らないが、社員が死体の回収に動けば、警備の目にとまる可能性があった。だから放置したと考えればつじつまが合う。

煙が辺りの見通しを悪くさせる。背丈より高く生い茂る雑草のせいで、より視界不良におちいる。目を凝らすと男たちが不穏な動きを見せていた。ひそひそと言葉を交わすふたりがいる。クレアを遠巻きに囲むがごとく分散しだした。ひとりがアサルトライフルをコッキングした。

脈拍が異常なほど亢進《こうしん》する。クレアは腰のホルスターに手を伸ばした。拳銃《けんじゅう》はシグ・ザウエルのコンパクト。グリップをしっかり握った。

草むらの向こうに立つ白人が目に入った。さっき名前と顔が結びついた三人以外、もう一台のジープに乗車していた男だ。拳銃のスライドを引いている。銃口は下に向けていた。先手を打てるのはこの男に対してのみ、それもいましかない。

クレアは拳銃を引き抜いた。両手で保持し、まっすぐ男の頭部を狙いながら、雑草を割って距離を詰めた。「銃を捨てて！　全員！」

瞬時に辺りは喧噪《けんそう》に包まれた。残る五人が怒鳴りながら銃口を向けてくる。誰もがクレアに対し、銃を下ろせとわめいていた。

きく耳など持てるはずがない。クレアは正面の男にいった。「銃を捨てて！　あなた名前は？」

「なんだよ！」その男だけは銃口を上げられず、かといって投げ捨てるようすもなく、ひたすらたじろぐばかりだった。「俺に銃を向けんな。なにをしようってんだ！」

「名前は？　きかれたことに答えて」

「ステリーだよ。俺の名はステリー」

「わかった、ステリー。さっさと銃を捨ててよ。周りにもそうするように……」

うなじに強烈な打撃を受けた。耳鳴りとともに平衡感覚が喪失した。視界が激しく回転し、天地がわからなくなる。クレアは雑草のなかに倒れこんだ。

拳銃のグリップで殴打された。グレンヴィルが油断なく見下ろしてくる。クレアの右手を踏みつけ、指を開かせると、すかさず蹴《け》った。感覚が麻痺《まひ》した指先からシグ・ザウエルが飛んだ。ボウマンがさらに遠くへと蹴り飛ばした。

ポケットをまさぐられた。クレアのスマートフォンが、いまやグレンヴィルの手のなかにあった。

六人がいっせいにクレアを見下ろしてきた。生気を失った不気味な目ばかりが凝視してくる。クレアは全身の血管が凍りつく気がした。

ステリーが低くつぶやいた。「きいたぜ。NCISがきたと知って、空軍基地の奴らも安心してる。けさはもう監視塔にちょっかいだして見張ったりしてねえ」

「そうか」グレンヴィルがうなずいた。「なら答えは簡単だ。いまのうちにこいつを殺して、ほかの死体ともども片付けちまおう」

クレアは震える声を絞りだした。「わたしが戻らなかったら大勢の捜査員がくる」

グレンヴィルは眉《まゆ》ひとつ上げなかった。「新米捜査官ひとりの事故死のほうが、あちこちから死体が見つかるよりましだろ。悪く思うな」

ボウマンが草むらに踏みいってきた。手にした拳銃はクレアと同じシグ・ザウエル、サイズだけはひとまわり大きかった。クレアの眉間に銃口を突きつけてくる。「死ねよ、新米」

心臓が張り裂けそうだった。このうえない恐怖が全身の皮膚を這《は》いまわる。身じろぎひとつできなかった。どうにもならない、撃たれる。

ふいに至近の草むらから黒い影が飛びだした。猛獣が躍りでたかのようだった。だが正体は動物ではなかった。ブレザーにブラウス、スカート姿の少女がボウマンに抱きついた。一瞬の無駄もない、突風のように素早い動作で、ボウマンのこめかみにボールペンを勢いよく突き立てた。

おぞましい絶叫が響き渡る。血飛沫《ちしぶき》が広範囲に撒《ま》き散らされたのは、少女がボウマンの身体を横回転させたからだった。元軍人の社員らの反応もさすがに迅速で、間髪をいれず銃撃を開始する。にわかに銃声が耳をつんざいた。だが少女はそれを予期していたらしく、身体の周りに死体を回しながら、防弾ベストを盾にしつづける。アサルトライフルや拳銃の発射のタイミング、角度を計算ずくのごとく、器用に死体と自分の位置を入れ替える。徐々に身を沈めていきながら、寄りかかる死体の手から拳銃を奪いとった。片膝《かたひざ》をつくほどの低姿勢に達すると、少女はなおも回りながら片手撃ちで発砲した。クレアが名を知らないひとりが、脳天を破裂させて倒れた。その手からアサルトライフルが投げだされ宙を舞った。ＨＫ４１６だった。

少女が死体の下から猛然と這いだし、地面に転がってアサルトライフルをキャッチした。グレンヴィルが血相を変え、拳銃を俯角《ふかく》に構え少女を追いまわす。

クレアは拾った拳銃でグレンヴィルの動きを追った。少女に狙いがさだまる寸前、クレアはトリガーを引き絞った。顔の前で銃火が閃《ひらめ》き、独特の反動が両腕に伝わる。弾丸はグレンヴィルの顎《あご》に命中した。肉片とともに歯が飛散したのを見てとった。グレンヴィルは両手を振りあげ、横っ飛びに草むらのなかに倒れた。

ぞっとするような寒気が全身を覆う。だが敵はまだ三人いて、周辺をばらばらに動きまわる。草むらから新たな人影がのぞいた。日本人の青年が身を乗りだした。青年は少女に日本語でなにか叫んだ。

敵の位置を伝えたらしい。少女は瞬時に前傾姿勢をとり、アサルトライフルの側面を左頬にあてた。肘《ひじ》を落とし脇は締める。横方向から迫った男を銃撃した。男は頭骨を粉砕させ、のけぞって仰向けに倒れた。

ハンゲイトがアサルトライフルを手に、青年に向け突進した。「てめえか！」

だが少女がアサルトライフルでハンゲイトを銃撃した。少女の判断は常に冷静だった。外すかもしれない頭部を狙わず、防弾ベストに命中させることで、ハンゲイトの体勢を崩させた。拳銃とちがい、アサルトライフルは至近の標的を狙いにくい。敵の命を奪うより青年を守るのを優先した。

草むらのなかに突っ伏したハンゲイトを、ステリーが引き起こした。降伏する気配はない。ステリーは姿勢を低くし、見えづらい雑草の根もとから発砲してくる。少女が後方に飛び退いた。クレアも伏せざるをえなかった。

ハンゲイトは致命傷をまぬがれたものの、防弾ベストに被弾したせいで、肋骨《ろっこつ》が折れたのかもしれない。痛そうに顔をしかめながら、片脚をひきずるように逃走していく。アサルトライフルはすでに手放していた。ステリーが援護射撃しながら一緒に遠ざかる。ジープの荷台にハンゲイトが転がりこむと、ステリーは運転席に姿を消した。エンジン音が響き、テールランプが点灯する。ジープは急発進し、砂埃《すなぼこり》を巻きあげながら走りだした。

少女は仁王立ちにアサルトライフルをかまえ、ジープの後部にフルオート掃射した。だがさすがの少女も対車両戦闘のプロではないらしい。ステリーはさかんに蛇行運転し、砂埃を煙幕がわりにしたうえで、車体が隠れる草むらに突入した。たぶんステリーは中東での戦闘経験があるのだろう。少女は位置を変えながら銃撃をつづけたが、ステリーのドライビングテクニックのほうがわずかに勝った。敵は逃げおおせた。フルオートは数秒で弾を撃ち尽くす。少女は無表情だったが、内心憤っているらしい。撃てなくなったアサルトライフルを地面に叩《たた》きつけた。

　静寂が辺りにひろがる。異常事態の発生を受けサイレンが鳴るはずが、なにもきこえない。聴覚を喪失しているわけではない、クレアはそう自覚した。ハンゲイトが投げだしていったアサルトライフルを少女が拾い、コッキングする音がはっきり耳に届いた。少女はほかの死体をめぐりだした。拳銃《けんじゅう》を拾ってはスカートベルトに挿している。

　クレアはようやく我にかえった。震える両手で拳銃を握り、慎重に少女のもとに近づく。

　青年がなぜか腰を低くしながら、クレアの前に立ちふさがった。両手を振りながら早口でまくしたてる。弁解もしくはクレアに対する説得、そう思えた。だが日本語は理解できない。

「どいて」クレアは青年にいった。少女は死体の近くにしゃがみ、新たな拳銃を拾いあげている。クレアは少女を見下ろす角度で拳銃を突きつけた。「武器を置いて」
すると少女は顔もあげず英語でつぶやいた。「姿勢を低くして《スティ・ロー》。狙撃される《ユール・ゲット・ショット》」
完璧《かんぺき》な発音に面食らう。クレアは怯《おび》えながら少女にたずねた。「なにを……」
ところがそのとき、遠方から銃声が轟《とどろ》いた。さっきまでの銃撃とは音《ね》いろが異なる。落雷のように大地を揺るがした。スナイパーライフルによる狙撃《そげき》。クレアは思わず悲鳴をあげ、草むらのなかに身をかがめた。さっき青年が姿勢を低くしていたのは、これを警戒してのことか。少女がそうするよう指示したのだろう。

少女の顔がすぐ近くにある。表情に恐怖のいろはなかった。水平方向を指さしながら、少女は落ち着いた声で告げてきた。「あっち。距離はだいたい九百メートル。SDM−Rだと思う」

SDM−R。さっきジープの荷台で見かけた。ハンゲイトが遠方から狙撃しているのか、それとも別のスナイパーが現れたのか。なんにせよ少女は状況を正確に把握している。

クレアはもう少女に銃口を向けることすら忘れていた。そのことに気づき、深くため息をつく。少女がクレアを襲うつもりなら、いままでが最大のチャンスだった。そうしなかった以上、少女を敵とみなすのは適切でない。

少女が死体のポケットをまさぐった。スマホが見つかったものの、少女は表情を曇らせた。無理もない。持ち主の顔が失われていては、顔認証は機能しない。だが防弾ベストを着用した敵に対し、頭部を狙うのは過ちではなかった。

スマホとともにとりだされたのは、ロウマッチの箱だった。海軍の支給品だとわかる。中身はマッチ数本のほか、オブラートの切片。苦い麻薬を経口摂取するときに使うのだろう。少女はそれもポケットにいれた。

さらに所持品を調べると社員証がでてきた。コーニーリアス・ベッセマー、警備課。クルマのスマートキーも見つかった。ＪＥＰのロゴが入っている。一緒におさめてあった紙が開かれた。Ａ４サイズ、地図のコピーだった。

地図に描かれた建物の配置に見覚えがあった。クレアはいった。「この兵器試験場の全図だと思う。これが司令棟、実験棟。途中で見かけた二階建て」

×印があちこちに書き加えられている。敷地の中央付近に集中し、十カ所ほどあった。少女がきいた。「これらは？」

「さあ。なにもない草地だと思うけど」クレアはふと注意を喚起された。「この×印、ここじゃない？」

まさにクレアたちがいる現在地を、×印のひとつがしめしているように思える。

　また銃声が轟いた。クレアはびくつき地面に伏せた。やはり狙撃のようだが、さっきより音が大きかった。クルマの走行音もかすかにきこえる。

　敵が接近してくる。少女も気づいたらしい、わずかに顔をあげ、スマートキーのボタンを押した。放置されているジープのハザードが明滅する。

　少女は青年にスマートキーを投げ、日本語でなにかいった。青年が不満そうに反論する。だが少女は語気を強め、同じ言葉を繰りかえした。青年は顔をしかめたものの、立ちあがってジープに駆けていった。

　死体から拾った拳銃を一丁、少女が差しだしてきた。「持ってて。シグ・ザウエルだけど、あなたのとはサイズがちがう」

　マガジンだけを抜いても予備には使えない、だから拳銃ごと持つしかない、そういう意味だった。クレアはそれをジャケットのポケットにおさめた。「わたしはクレア・アシュバートン、ＮＣＩＳの捜査官」

「ああ。海軍犯罪捜査局」

「知ってた？」

「ドラマで知った。マーク・ハーモンって俳優さん、あまりほかで見ないね」

「よくいわれる。わたしにいってもしょうがないのに」クレアは少女にきいた。「あなたの名前は？」

「優莉結衣」

「ユウリ？」クレアの脳裏をキョウタ・ユウリの名がかすめた。たしか銀座デパートサリン事件の主犯……。

「そう」結衣がクレアの心のなかを察したようにささやいた。「優莉匡太の娘」

衝撃を禁じえない。クレアは息を呑《の》んだ。「ここでなにをしてるの？」

「銃器を密売してる権晟会に、うちの父も世話になった。でも実際に密輸してたのはラングフォード社だった」

噂でなく事実として耳にするのは初めてだ。クレアはきいた。「証拠はあるの？」

「ない」

「父親の仕事の跡継ぎってわけでもないんでしょ？　なぜここにいるの？」

「わたしは父と関係ない。でもここにさらわれてきた」

「さっきの死体の子と同じね」クレアが深刻そうに唸《うな》った。「なんてこと」

ジープが滑りこんできた。青年が運転席の窓から怒鳴った。切羽詰まった表情が浮かんでいる。

理由はすぐに明白になった。だしぬけに別のエンジン音が響き渡った。四輪よりずっと軽い響きだった。草むらからモトクロスバイクが飛びだしてきた。フルフェイスヘルメットに防弾ベストを身につけた男が、バイクを操りながら、片手のサブマシンガンで銃撃してくる。ジープのボンネットに跳弾の火花が走った。青年がわめきながら前のめりに伏せた。

結衣がクレアに告げてきた。「援護する。後部ドアに走って」

返事もまたず結衣は飛びだしていった。スカートが翻ったのは、瞬時に向きを変えたからだった。ジープの前方にまわりこもうとするバイクの位置を、結衣は正確にとらえている。

アサルトライフルでしっかり狙い澄ました。フルオートの掃射音がこだまし、銃火が連続して閃《ひらめ》く。バイクは前輪を跳ねあげ、縦方向に回転した。砂埃《すなぼこり》が舞いあがるなか、仰向《あおむ》けに落下した男の頭頂に、バイクが直撃した。

直視に堪えない光景だが、実際のところクレアが見たのはそこまでだった。全力疾走でジープに駆け寄り、後部ドアを開けるや車内に飛びこんだ。身体を起こし、外にいる結衣を振りかえる。撃ち尽くしたらしくアサルトライフルを投げ捨てた。結衣が開いたままのドアに突入してきた。運転席の青年に日本語で怒鳴った。ただちにジープが走りだした。遠方からなおも狙撃の銃声が響いてくる。

クレアは激しいめまいに襲われた。結衣のいうことが本当だとして、銃器密輸が会社ぐるみなら、ここは敵地の真っ只《ただ》なかだった。四面楚歌《しめんそか》、生き延びられる可能性など万にひとつもない。

15

結衣はジープの後部座席に揺られていた。車外にきこえる音に注意を向ける。狙撃がつづいていた。地図を参照すれば司令棟の方角だった。距離を詰めるのは、いまは得策でない。

「庄市」結衣は身を乗りだし、地図を手渡した。×印のひとつを指さす。「ここがさっきいた場所。十時の方向、この×印をめざして」

「なんで？」庄市がステアリングを切りながらきいた。

「×印のなかで、ここからいちばん近い。でも狙撃《そげき》からは遠ざかれる」

「周りに建物もなにもねえのに、正確な場所なんてわからねえよ」

「あるていど勘で走って」

「自信ねえな」庄市の目がバックミラーを通じ、クレアを一瞥《いちべつ》した。「その人は？」

「捜査官のクレア・アシュバートンだって。銃器密輸にも心あたりがありそうだった」

クレアが英語でたずねてきた。「彼は誰？」

「チンピラにもなれなかった三下の庄市」

「おい」庄市が不満げに声を荒らげた。「チンピラとかサンシタとか日本語じゃねえか。きいてりゃわかるぞ」

結衣はクレアを見つめた。「捜査官はあなたひとり？」

「上官が一緒にきたけど、先に帰った。いまは空軍基地にいる」

「銃声に気づいて引きかえしてこない？」

「試射が許可されてる時間帯だから無理。午後三時までは」クレアはふと気づいたように、あわててシートベルトを締めにかかった。「結衣も」

結衣はシートベルトを締めながら腕時計に目を向けた。午前八時十七分。銃声がやむべき時刻ははるかに遠い。それまで兵器試験場はラングフォードの絶対支配下か。

クレアの顔は恐怖にこわばっていた。「重役のヘンリー・フィッツシモンズが、この責任者。さっき会った。なんの問題もないって話だったのに」

「ヤクザっぽい奴らは見かけなかった？　権晟会の杭瀬とか」

「権晟会？　さあ。ここにいるの？」

「ラングフォード社に便宜を図ってもらって、夜中に侵入してる。地位協定で日本の警察が手をだせないのをいいことに、海外に高飛びするつもり」

「まさか暴力団？」

「日本での銃器密売の受注代行」

「信じられない」クレアの表情がいっそう曇った。「でもおかしい。ここから空軍基地には移れない。移送される荷物もゲートで検査を受ける。高飛びなんて無理」

「ミスター・ビーンに似たフランス人に可能だったんだから、無理とはいいきれないでしょ。民間軍事会社が手を貸してるなら」

「通報しなきゃ。ああ、でもスマートフォンを壊されちゃった」クレアはすがるような目を向けてきた。「結衣。携帯電話を持ってない？」

「ない」結衣は嘘をついた。

「彼はどう？」

結衣は日本語で庄市につぶやいた。「スマホを持ってないかきかれた。ないことにして」

「どうして？」庄市がたずねた。

「いったでしょ。あなたやわたしのスマホに電源をいれたら、ここにいることがばれる。殺されようが生き延びようが犯罪者扱い」

「そりゃごめんだ。お袋が世間に顔向けできなくなる」

　クレアが結衣に問いかけてきた。「どう？」

「持ってない」

「ああ」クレアが両手で頭を抱え、泣きそうな顔で嘆いた。「もう駄目。けさは監視塔に空軍基地の警備も上ってない。社員に見つかりしだい銃撃される」

「まだ死んでない」

「励ましてくれてるの？　ありがとう」クレアは運転席の庄市に目を向けた。「彼もさらわれたの？」

「ええ。一緒に」

　また虚言を口にした。捜査官が相手では、みずから乗りこんだとは明かせない。

　結衣はクレアにきいた。「さっき逃げていったふたり、誰だかわかる？」

「黒人がハンゲイト。白人のほうはステリー」

　あいつらがハンゲイトとステリーか。結衣は日本語で庄市にささやきかけた。「さっきのやつら、知り合いでしょ」

「まあな」庄市が物憂げに応じた。「このあいだクルマに乗せた」

琉那を暴行したふたりだった。やはりラングフォードの社員か。ほかの連中も権晟会から同様の性接待を受けた可能性が高い。

ジープが減速した。庄市が辺りに視線を配りながらいった。「×印はこのあたりだぜ?」

結衣は窓の外を眺めた。やはり草むらばかりの荒れ地で、人工物はなにもない。クルマのタイヤ痕《こん》すら見当たらなかった。

そのときクレアが驚きの声を発した。「見て! あれ」

視線を追った。雑草のなかに横たわる下半身がのぞく。素足だった。庄市がジープをまわすと、ほぼ全身が見えるようになった。またもセーラー服姿だとわかった。さっきの少女とは学校がちがうのか、デザインが異なっているが、年齢は同じぐらいだった。腹部を撃ち抜かれている。スカートの裾《すそ》はまくれ、太股《ふともも》があらわになっていた。肌の変色ぐあいに、腐敗が進んでいるのも見てとれる。

庄市が唸《うな》った。「なんでまたセーラー服なんだよ」

セーラー服という日本語は、クレアにもききとれたらしい。深刻そうな顔でつぶやいた。「ひょっとして水兵……」

結衣は驚いた。「水兵?」

「民間軍事会社は軍の下請けで、いつも虐げられてる。とりわけラングフォード社は後発で、不人気の海軍や海兵隊の支援にまわされた。空軍や陸軍にくらべて過酷で、水兵による社員への高圧的な態度も、よく問題になってる」

「だからってセーラー服を憎む？」

「地位協定で守られてる軍属が性犯罪に走る。暴行が前提で、女子中学生や高校生がターゲットなら、憂さ晴らしにセーラー服を選ぶかも」

突飛な発想に思える。だがそもそもアメリカの犯罪についての分析だ。アメリカ人のクレアがそう直感したのなら、ありえない話ではない。水兵憎しが高じて、セーラー服の少女らを拉致《らち》し、性的暴行のうえ狙撃の的にした。異常性癖のひとつといえるのかもしれない。

結衣は日本語でいった。「庄市。沖縄にセーラー服の学校はいくつある？」

「セーラー服……。あまり見かけねえな。さっきのも今度のも、俺の知らねえ学校さ」

ならこの子たちはどこから連れてこられたのだろう。×印だけでも十か所ある。これらすべてが、未回収の死体が転がっている場所だとしたら。

道理でけさ兵器試験場の真んなかあたりに着いてすぐ、死体にぶつかったわけだ。どの監視塔からも見えない範囲のそこかしこに、少女の死体が転がっているらしい。

クレアが怪《け》訝《げん》そうな顔で結衣を見つめてきた。「でも変ね。あなたはセーラー服じゃないのに、ここに拉致されたんでしょ?」

「そう」結衣は真顔でとぼけた。「たしかにそこがふしぎ」

突如として閃《せん》光《こう》が走り、目の前に火柱があがった。車体に突きあげるような振動が襲う。轟《ごう》音《おん》が響き渡り、砂煙が視野を覆っていく。

庄市がステアリングにしがみついた。「なんだよ!」

結衣は声を張った。「迫撃砲。だして!」

ジープはまたも急発進した。後方を振りかえる。さっきまでいた場所に爆発が起きた。噴煙が放射状にひろがる。辺り一帯が地震のごとく揺れていた。周辺で断続的に火球が膨れあがる。サイドウィンドウに泥がぶちまけられた。クレアが悲鳴をあげた。迫撃砲の着弾がきわめて近い。庄市は必死にステアリングと格闘し、猛スピードで蛇行運転をつづける。

「やべえ」庄市がうわずった声でいった。「どこへ行きゃいいってんだ!」

結衣は身を乗りだし、地図を指さした。「この×印にできるだけ近づいて」

「やられるだろ」

「いいえ。もう少し進路を右。そのまままっすぐ走って」

「こんなとこで死にたかねえよ」

至近距離に爆発が起きた。爆風に車体が押され、わずかに浮きあがった。庄市がクルマの制御を失ったらしい、避けるべき隆起した地面に、まともに突っこんでいった。

衝撃が車体を貫く。シートベルトが強く締まったのがわかる。フロントガラスに無数の亀裂が走り、なにも見えなくなった。眼前にエアバッグが膨れあがり、視野を覆い尽くした。前のめりの運動エネルギーが吸収されるのをたしかに感じた。

エアバッグは数秒でしぼんでいった。目がちかちかする。クルマは静止していた。上り坂の斜面にのめりこみ、ボンネットも跳ねあがっている。結衣はシートベルトを外し、ドアを開けにかかった。歪曲《わいきょく》しているせいか開きにくい。強引に蹴《け》り開けると、クレアに目を向けた。

クレアの額から血が滴り落ちていた。シートベルトの留め金を外しながら、クレアが荒い呼吸とともにいった。「砲撃が途絶えてる」

「かぎられた区画に連続して撃ちこむと、砂煙でなにも見えなくなる。狙いも定められない」

「こうなるってわかってたの？」

予想はついていた。与野木農業高校の校庭で経験済みだった。ジープの車体にＧＰ

S発信器がついていれば、早々に命中しただろうが、それならそもそもスナイパーライフルによる狙撃《そげき》などなかった。ジープに乗ればひとまず逃げおおせられると確信していた。

結衣は運転席に呼びかけた。「庄市。無事？」

「なんとかな」庄市が呻《うめ》きに似た声で応じた。「でもまだ×印まで少しある」

「徒歩で向かえばいい」結衣は車外に降り立った。

煙はまだ晴れない。濃霧か砂嵐の様相を呈していた。敵に見つかりにくいのは幸いだが、こちらの視界も閉ざされている。音もよくきこえない。爆発が連続したせいで耳が遠くなっていた。いつものことだ。聴覚が正常に戻るまでしばらくかかる。

スカートベルトから拳銃《けんじゅう》を引き抜いた。両手で握り、辺りに警戒の目を配る。クレアも同じようにしていた。

庄市が話しかけてきた。「なあ。俺にもそれ、ひとつくれねえか」

「あとで」結衣は周囲を見渡しながらいった。「使い方を教えてから」

「習うより慣れろっていうさ」

「なにも知らずに構えたら、撃つより撃たれる確率のほうが高い。まず当たらない。ほぼまちがいなくスライドで手を切る」

「さっき教えてくれてりゃよかった」庄市は苦い顔で歩きだした。「×印はこっちさ」

「まって」結衣はクレアに英語できいた。「前に行く？」

「いえ。後ろを守る」クレアは臆《おく》したまなざしを周りに向けていた。「結衣。×印が死体の在処《ありか》なら、迫撃砲で吹っ飛ばそうとするんじゃなくて？」

「逆だと思う」結衣は歩きながら応じた。「砲撃で死体がばらばらになったら、回収は困難になる。そこいらじゅうに物理的な証拠が残る」

「ああ。死体はそのまま回収したほうが隠蔽《いんぺい》しやすいってことか。×印はむしろ安全地帯なわけね」クレアはしばらく黙りこんでから、静かに語りかけてきた。「結衣。なぜあなたがここに連れてこられたか、その理由を突きとめなきゃ。お父さんが暴力団から銃器を買ってたのと、やっぱり関係があると思う？」

「わからない」

　庄市が日本語で口をはさんだ。「俺の悪口か？」

「ちがう」結衣はいった。「自意識過剰」

「悪かったな。俺のことじゃねえんなら、かまわずつづけてくれ」

　クレアがいった。「その制服からすると高校生でしょ。何歳？」

「十七」

「銃の撃ち方はお父さんから習った？　人を殺すのにためらいがないのね」

「ない。悪いとも思わない」

「わたしも捜査官だから、そういう話は聞き捨てならない。どうせ結論はでない」

「独善的って言葉の意味ならさんざん考えた」

　庄市が地図を片手に周囲を見渡した。「まった。あそこに埋まってる錆《さ》びた船が、たぶんこれだろ。ならこの辺りさ。×印」

　結衣は足をとめた。さっきより雑草が多く生い茂る一帯だった。クレアが鼻をひくつかせた。たしかににおう、結衣はそう感じた。異臭はすぐ近くから漂っている。

　草むらに分けいった。蠅の羽音がよくきこえるようになった、そう思ったとき、またも死体が現れた。

　いっそう無残な眺めがそこにあった。うつ伏せているのは、やはりセーラー服姿の少女だが、下半身は裸だった。付近にスカートも靴下も見当たらない。足の裏は皮膚が剝《む》けているどころか、あるていど削れていた。白い肉がのぞいている。胸部を弾丸が貫通していた。腐敗ぐあいは前のふたりと大差ない。

　死体は顔を横に向けていた。丸顔で整った目鼻だち。崩れかかったいまも可愛いとわかる。悲しみに暮れたまま眠りについた、そんな表情にも見える。

ふと妙な気分にとらわれた。この顔は記憶に残っている。

いきなり庄市が甲高い声を発した。「ああ！　絵茉」

庄市が両膝《りょうひざ》をつきうずくまった。寝ている少女を起こそうとするように、繰りかえし呼びかける。「絵茉。絵茉、嘘だろ」

スマホに表示された画像を思いだした。庄市と並んで笑顔を浮かべていた、あの少女にちがいなかった。

クレアが結衣を見つめてきた。「どうしたの？」

結衣は動揺しないよう自制心を働かせた。「庄市が仕事を紹介した子」

「絵茉！」庄市の声が震え、嗚咽《おえつ》にまみれだした。庄市は泣きながらわめいた。「なんてこった！　こんなのってあるか。絵茉。冗談だろ。いまもちゃんと働いてるさ。金を稼いで、お母さんの生活を支えるっていってたさ」

ひとつの可能性が脳裏をよぎった。結衣は日本語で庄市にささやいた。「さっきの死体ふたつは、あんた以外のスカウトに誘われた子でしょ。権晟会がスカウトした子は、ここに連れてこられた」

「なんだって？」庄市が愕然《がくぜん》として見上げてきた。「全員かよ」

「全員かどうかは知らない。でもかなり大勢だと思う。数日前に見張りが強化され、片付けられなかった死体だけでも、十人ほどもいたんだし」

「どうしてこんな……。ありえねえよ」

「囲い屋の構成員たちが、支配下の貧困家庭にここの社員を連れていき、娘を強姦《ごうかん》させた。社員は品定めをしてた。気にいられた子のもとに、スカウトのあんたが差し向けられた」

「馬鹿いうな！　俺が絵茉をこんな目に遭わせたってのか。ほかの子もみんなそうだってのか。んなわけねえだろ。権晟会が娘を連れ去りたきゃ、最初からそうするはずだろが。いちいち俺を行かせる必要ねえだろ」

「囲い屋に洗脳された貧困家庭といっても、無理やり娘を連れ去れば被害者になる。娘が納得ずくで働く道を選んだことにすれば、親からも苦情はでない」

「絵茉は家に金をいれてた。ときどき帰らなきゃ、そんなこともできねえ」

「ちがう。権晟会は娘の稼ぎも含め、経費を天引きしたうえで一部の金だけ家族に渡す。たぶんどの家にもそう説明してる。娘を高額でラングフォードの社員に売っても、家族には依然として月三万がいいとこ」

「なんで殺す必要があるんだよ！」

結衣は黙るしかなかった。あまりに酷《むご》くて言葉にできない。だが答えははっきりしている。少女たちは権晟会からラングフォード社員への貢ぎ物にされた。嘉《か》島《しま》理《り》恵《え》が牛頭《ごず》組の犠牲になりかけた〝生け簀《す》〟ビジネスと同じだった。ハンゲイトとステリーは、姉の愛菜に目もくれず、妹の琉那ひとりだけを暴行した。品定めが目的だったからこそ未婚の琉那を選んだのだろう。

　那覇署の比嘉は、女子生徒の不登校や引きこもりが増えているといった。娘が売春している貧困家庭は行方不明者届をださない。よって警察も関知していなかった。だがこれが実態だった。

　庄市は絵茉の背に手を伸ばし、セーラー服の後ろ襟をつかんだ。「なんだよこりゃ。絵茉の学校の制服は、こんなんじゃねえぞ」

　クレアが気遣わしそうにきいた。「なにをいってるの？」

　結衣は英語で応じた。「この子が通ってた学校の制服と異なる。セーラー服はたぶん、ほかから盗んできたものでしょ。九州と沖縄でセーラー服の盗難が相次いでるし」

「少女たちに着せて、暴行して……」

「敷地内に逃がしてから殺す。狩りを楽しむために」

「なんてこと」クレアが頭を掻《か》きむしった。目にうっすらと涙が浮かんでいる。「ここは日本なの？　先進国じゃなかったの？」

最悪を下まわる最悪な家庭が、この世のなかにはある。逃げればいいとか、どこかにうったえればいいとか、とんだ絵空事でしかない。貧困と暴力、無気力や無抵抗の連鎖が、こんな悲劇を生む。

庄市はひたすら泣きわめきながら、絵茉の死体にすがりついた。たかる蝿に憤り、伸びあがって両手を振りかざした。ふたたび絵茉の背に突っ伏し、庄市は大声で叫んだ。「絵茉！　悪かったよ。許してくれよ。絵茉」

結衣は庄市に歩み寄ると、無言で拳銃を差しだした。グリップのほうを庄市に向け、受けとるよう目でうったえる。

庄市が茫然《ぼうぜん》と拳銃《けんじゅう》を眺めた。子供のように泣きじゃくった顔が、無言で結衣を見上げる。

結衣は静かにいった。「行こ。撃ち方は歩きながら教える」

風の音だけが耳に届く。庄市は潤みがちなまなざしを結衣に向けていた。やがてそっと手を伸ばし、拳銃のグリップを握りしめた。

16

　綿谷蒼太は会議室にひとりきり、パイプ椅子に座っていた。うつむきながら両手の指を絡みあわせる。互いの手の指のあいだに、指を絡めて握る。

　結衣は左利きだった。ちょうどこんな感じか。ラブつなぎ、恋人つなぎともいう。感触に特別なものを感じる。

　部屋のドアが乱暴に開け放たれた。綿谷はびくっとして立ちあがった。

　ここは那覇赤十字病院の一室だった。窓を覆うブラインドから陽光が射しこんでいる。真っ先に入室してきたのは、到着したばかりの保護者のひとりだ。黒磯そっくりな顔から父親とわかる。さも不機嫌そうに黒磯の父が看護師にいった。「ギプスは昔ながらの石膏《せっこう》にしてくれないか、治りが早いときいた」

「わかりました、先生に相談して善処します」

「病室も本当は個室がいい」黒磯の父が吐き捨てた。「これだからあの子と同じクラスは嫌だったんだ！　まして修学旅行で同じ班だなんて」

　ぞろぞろとつづく四人の大人たちは、みな子供と共通の面影がある。特に紹介されないうちから、詩津香の母と麻希の父、舘原の母を識別できた。仁沢の母はやはり太っていた。五人とも授業参観のような服を着ているが、どれも厚手の冬物だった。みな額に汗を滲《にじ》ませている。暑さのせいでより苛立《いらだ》っているようでもある。

長テーブルに横一列に腰かけながら、五人はそれぞれ不満を口にした。詩津香の母は涙ぐんでいった。「うちの子はやさしくて、おとなしくて、人見知りなぐらいなんです。横暴なクラスメイトがいたら、きっとなにもいえず、抵抗もできないでしょう。だからってあんな目に遭わせるなんて」

舘原の母もうなずいた。「うちもですよ。ギターだけが趣味の寡黙な子です。黒磯君が仲よくしてくれるからって、修学旅行にも喜んででかけたのに」

担任の岩田が別の長テーブルにつき、無言でうなだれている。けさ飛んできた教頭の古屋《ふるや》も、皺《しわ》だらけの顔の眉間《みけん》にいっそう深い縦皺を刻みつつ、岩田と並んで着席した。

古屋は綿谷に目を向けてきた。座るよう手で合図する。綿谷はおじぎをしてから椅子に腰かけた。

制服と私服の警察官らが入ってきた。刑事の比嘉がなだめるようにいった。「みなさん、いま病室を見舞ったばかりで、動揺されるのはよくわかります。でも幸い命に別状はないことですし、原因究明のためにも、ひとつ冷静になっていただけないかと」

麻希の父が綿谷を睨《にら》みつけた。その目つきは娘にうりふたつだった。「彼は？」

岩田がおずおずと応じた。「同じ班の綿谷君です」

「怪我してるじゃないか」

「ええ。でも、その……。ほかの五人とはちがい、部屋にはいなかったので」

「生徒はみな修学旅行をつづけてるかと思いましたが」

「はい。でもみなさんが到着されますし、できるだけ正確に情報を共有するためにも、彼に居残ってくれないかと伝えまして。もちろん本人の意思をたしかめたうえですが」

いまごろ生徒たちを乗せたバスは、島の南端にある平和祈念公園に向かっている。本当は美浜《みはま》アメリカンビレッジと東南《とうなん》植物楽園をめぐるはずが、普天間で物騒な事件が発生したのを受け、遠くに変更になった。きけば浦添市の屋内プールでも集団死があったらしい。けさから多くのマスコミが飛んできている。

黒磯そっくりの父が見つめてきた。「なにがあったんだね？」

「あの」綿谷は口ごもった。「ええと……」

岩田が身を乗りだした。「彼はみんなの飲み物を買いに、ロビーに下りてたんです。ところが部屋に戻ってみると、ドアが施錠されていたため、私に相談にきました。ホテルの従業員とともに鍵《かぎ》を開けたところ、部屋がめちゃめちゃに荒らされ、生徒五人が倒れていたというわけでして」

麻希の父が腕組みをした。「綿谷君。その顔の傷はどうした？　誰にやられたんだね？　答えをきくまでもないが」

比嘉が仏頂面で口をはさんだ。「ドアも窓も内側から施錠されていました。優莉結衣さんが姿を消してるからといって、むやみに疑うのはどうかと」

「娘がそういったんだぞ！　ほかに誰がいるというんだ。きけば普天間で暴力団の抗争があったそうじゃないか。大勢死んだって？　前から噂がある。彼女の行く先々で暴力沙汰《ざた》が起きると」

古屋が戸惑いぎみにいった。「その種の噂は、最近では下火になってます。優莉結衣さんが警察からあらぬ疑いをかけられ、暴力を振るわれたという動画もですね……」

仁沢の母が鼻息荒く遮った。「弱い者いじめに遭ったのは同情しますけど、その不満をうちの子にぶつけるなんて、親としちゃ黙ってられるはずがありません」

麻希の父は綿谷にたずねてきた。「優莉さんは部屋にいたんだろ？」

「いえ」綿谷は首を横に振ってみせた。「すぐにでていきました」

「どこへ？　同じ班のはずだろう？　きみ、なにか隠してないか」

思わず言葉に詰まる。綿谷は動悸《どうき》の高鳴りを自覚した。どう答えるべきか見当もつかない。

そのときドアをノックする音がした。比嘉が応じた。「どうぞ」

入室してきたのは瘦身《そうしん》で高齢の男性だった。白髪頭で眼鏡をかけ、スーツをきちんと着こなしている。愛想よさげだが、どことなく頼りない笑顔とともに、男性がカバンを椅子に置いた。よく通る甲高い声で男性はいった。「いや、すみません。空港からここに来るのに手間どって」

比嘉が腰を浮かせた。「那覇署の比嘉です。宮園《みやぞの》先生ですか？」

「ええ」男性が頭をさげた。「弁護士の宮園です。とある人権支援団体に属しておりまして、優莉結衣さんとはですね、会合で何度か顔を……」

保護者らからいっせいに不満の声があがった。黒磯の父がひときわ声高に怒りをぶつけた。「さっそく弁護士が駆けつけるなんて、優莉結衣が犯罪者だと認めたようなもんじゃないか」

「いえ」宮園はあわてたように弁解した。「私はですね、あのう、結衣さんが優莉匡太の次女という理由だけで、不当な差別を受けないよう、団体を代表して……」

仁沢の母が泣きながらうったえた。「先に病室を訪問なさってください！　わたしたちの子がどんな状態か、その目でご覧になってくださいよ。それでも優莉結衣さんをかばう気なら、こっちも全面的に争いますから」

五人は喧々囂々《けんけんごうごう》となり、いっせいに宮園を攻撃した。宮園はまだ着席すらせず、うろたえながら保護者らをなだめようと必死だった。

現場にいなかった大人たちの議論など無意味だ。綿谷はそう思いながらいった。

「五人とも乱暴でした」

室内が水を打ったように静まりかえった。麻希の父が低い声で問いかけた。「なんだって？」

「そのう。五人はみんな気性が荒くて、喧嘩《けんか》っ早いところがありました。売り言葉に買い言葉で、すぐエスカレートするんです」

舘原の母が救いを求めるような目を岩田に向けた。「先生。そんな事実がありましたか？」

「さあ」岩田が咳《せき》ばらいをした。「私のほうでは、生徒のそこまで極端な性格は、ちょっと把握していなかったんですが」

黒磯の父がまっすぐ見つめてきた。「優莉さんが一方的に喧嘩をふっかけて、みんな抵抗せざるをえなかった、そんなとこだろ？　きみも優莉さんが怖くて、ほんとのことがいえずにいるんじゃないのか」

綿谷は及び腰になった。黒磯にうりふたつの、やたら敵愾心《てきがいしん》に満ちた目で睨みつけてくる。いっそう臆病風《おくびょうかぜ》に吹かれる。自分でも意識しないうちに身体が震えだす。嘘をついている、そんな後ろめたさもあった。責められるのもやむなし、そんな状況ではないのか。

　いや。ささいな嘘をついてでも、より大きな真実を伝える必要がある。結衣に矛先が向くことは全力で阻止しなければならない。

「僕は」綿谷は震える声を絞りだした。「五人にいじめられてました。優莉さんもです」

　保護者らは反発をしめした。だが声があがるより早く、比嘉が片手をあげ制した。綿谷に向き直ると、比嘉の目が先をうながしてきた。

　綿谷はつづけた。「先生の前では、誰もそんな態度をとっていませんでしたが、じつは五人がつるんで悪さをしていました。優莉さんの動画がでまわってから、みんなこぞってちょっかいをだすようになりました。優莉さんにはなんの非もありません。ただ凶悪犯の娘を、五人で罰してる気になって、いじめを正当化してるようでした」

　詩津香の母が憤りをあらわにした。「言いがかりです！　うちの子はそんなことしません」

「いや」宮園が真顔になり、ようやく着席した。「よく耳にする話です。当人が傷ついているのなら、たとえ悪口だけであっても、侮辱罪や名誉毀《き》損《そん》罪に問われることもあります」

具体的に罪状が挙げられたからか、保護者らは苦い顔で沈黙した。

古屋が綿谷に視線を向けてきた。「つづけてくれないか」

「きのうも僕は、みんなの飲み物を買いにいきましたが、ようするにパシリです。いつもそうだったんです。五人に顎《あご》で使われました」

麻希の父がきいた。「優莉結衣さんは？　勝手にひとりででかけたんじゃないのか」

「いえ」綿谷は考えをめぐらせた。どういえば彼女の行動に矛盾がなくなるだろう。五人がやりがちに思える行動を、綿谷はでっちあげた。「優莉さんを追っ払おうとして、どっかに行くよう命令したみたいです」

「どこに？」

「わかりません。きいてなかったので」

「部屋に荷物を置いてすぐ、うちの子たちが優莉さんに命じたのか？　どこか特定の場所に行けと」

「そうです」

「きみは見て見ぬふりか」

「あの……。逆らえない空気があって」

「うちの子はいま薬で眠ってるが、運ばれてきた直後、優莉さんにやられたと証言した。看護師さんがそういってたぞ」

「みんなで貶《おとし》めようとしてるんです」

「きみも優莉さんに殴られたんだろ？　ちがうか？」

「ちがいます。黒磯君です。いちどパシリを拒否したら殴られました」

黒磯の父が身を乗りだした。「なんだと？」

「暴力を振るうのはいつも黒磯君です。ほかの四人を殴ったのも、たぶん黒磯君だと思います。四人はやられたらやりかえそうって、ふだんからしめしあわせてました。だから四人で黒磯君に反撃して、結局ああなったんです」

「嘘をつけ！　岩田先生も五人を仲よしグループと認めてたぞ」

「先生は生徒のことに無関心です」

「なんでそんなふうにいえる」

「パシリに行って、部屋に鍵《かぎ》がかかってたとき、僕はこの顔で先生に相談に行きました。誰にやられたか、先生はいちどもききませんでした」

室内の全員の視線が岩田に向いた。岩田が気まずそうにうつむいた。

仁沢の母の丸々と肥え太った顔が、よりふくれっ面になった。「優莉さんを追い払って、あなたに飲み物を買いに行かせてから、うちの子たちが喧嘩したっていうの？お互い意識を失うまで殴りあったって？　そんな話が通ると思う？」

嘘をついている、そんな綿谷の負い目を容赦なく抉《えぐ》ってくる。だが退《ひ》けなかった。これは戦いだった。嘘は嘘でも、必要悪としての嘘だ。その根底には真実がある。

綿谷はきっぱりといった。「五人の関係はふだんから険悪でした。罵《ののし》りあいはよくありました。殴りあっても全然ふしぎじゃなかったんです」

保護者の五人が苛立《いらだ》ちをのぞかせた。黒磯の父が宮園を横目に見やった。「弁護士の先生がいてくれて助かる。偽証も犯罪になるはずだ。いまの会話をちゃんと記憶しておいてもらいたいね」

詩津香の母がそそくさと立ちあがった。「わたし、お先に失礼します。病室にいる詩津香のそばにいてあげたいので」

麻希の父も同調した。「そうだな。ここで喋《しゃべ》っていても埒《らち》があかん」

保護者が腰を浮かせると、教師や警察官も立ちあがらざるをえない。むろん綿谷もだった。みなで起立して、五人の退室を見送る。

黒磯の父が去りぎわに綿谷を一瞥《いちべつ》した。息子同様の蔑《さげす》んだ目つきだった。その視線が比嘉に転じる。黒磯の父はぞんざいにいった。「ちゃんと取り調べてくださいよ」

「はい」比嘉がおじぎをした。「それはもう」

五人はようやく部屋をでていった。残った大人たちがため息をつき、それぞれ着席した。

比嘉が綿谷に向き直った。「あの人たちの前では、喋りにくいこともあっただろう。どうかな。本当のことをいってくれないかな」

綿谷は弁護士の宮園に目を向けた。宮園は申しわけなげな顔でこちらを見ている。頼りにならないのはあきらかだった。

ひとりでも戦えばいい。結衣のため防波堤になる。綿谷は決心とともにつぶやいた。

「見てのとおり僕の顔、左から殴られてます。右利きにやられたんです」

17

結衣はアサルトライフルを携え、果てしない荒野を歩きつづけた。クレアは斜め後方で歩調を合わせている。距離を保つつもりだろう。

庄市は結衣と並んでいた。ずっと前かがみで、手にした拳銃に目をおとしながら、無言で歩を進める。

もう陽が高いところに昇っていた。沖縄とはいえこの季節だけに、熱気にやられるほどではない。汗だくにはなる。狙撃《そげき》は途絶えているものの気が抜けない。敵は米軍の正規兵も同然の精鋭だった。悪くすれば一瞬で胸を撃ち抜かれる。

地図によれば司令棟や実験棟は、敷地内の北寄りに集中している。ひとまずそちらをめざすことにした。脱出を目的とするならフェンスに近づくべきだが、監視塔の目にとまれば、そこから狙撃される恐れがある。ラングフォード社の人間はもう誰も信用できない。

羽音のようなノイズを耳にした。蝿とはちがう。頭上に視線が向いた。点のような物体が揺れながら空をさまよう。ドローンだった。

緊張が全身を包む。クレアと顔を見合わせた。結衣は身を翻し、庄市の腕をつかんだ。三人で草むらに転がりこみ、姿勢を低くして潜んだ。

ドローンの飛行音はなおもきこえてくる。クレアが震える声でささやいた。「見つかったかな」

「たぶん」結衣は応じた。「でも迫撃砲を発射する気なら、ドローンは下がらせるはず」

「狙撃？」

「そうかもしれない。あるいは……」

唐突に地鳴りがした。重低音が一帯を揺るがす。大排気量のエンジンの唸《うな》りだとわかった。ふいに前方の草むらを割り、巨大な影が出現した。オフロード車のボディを隈《くま》なく鉄板が覆い尽くす。装輪装甲車だった。フロントガラスは鋼鉄らしき格子に守られている。横一文字の細長い窓から、機関銃の銃身が突きだす。銃火が明滅し、銃撃音が耳をつんざく。こちらに狙いを定めてはいない。闇雲に撃つばかりだった。

クレアが拳銃《けんじゅう》を構えた。だが結衣はその手をつかみ、発砲を制した。

「まって」結衣はいった。「撃ったところで、あの車体は貫通できない。むしろこっちの居場所を教えるだけ」

「だからって」クレアの顔に焦燥のいろが浮かんでいた。「どうすりゃいいの。接近してくる」

そのとき庄市がいきなり立ちあがった。草むらから飛びだし、全力疾走で遠ざかる。ふいに静止し、装甲車を振りかえった。開けた場所に全身をさらした。

クレアが悲鳴に似た声を発した。「庄市！」

結衣も慄然《りつぜん》とせざるをえなかった。あまりに無謀な行為だった。

庄市は拳銃を両手で構え、装甲車を銃撃した。まるっきり素人然とした発砲だった。二発外したのち、一発が車体に当たった。鈍い跳弾の音が響き渡った。

装甲車が庄市を追いかける。庄市はなおも銃撃しながら逃げだした。

だが敵は米軍の能力と装備を兼ね備えるプロ集団だった。いまさら手こずるはずもなかった。車体からのぞく銃身が、庄市をまっすぐに狙い澄ます。フルオートで弾が矢継ぎ早に発射された。庄市は突っ伏すように倒れた。

結衣のなかに衝撃が走った。万が一にも外したはずがない。庄市は射殺されてしまったのか。だがどうも変だ。銃声に驚いて転んだだけのようにも見える。血《ち》飛沫《しぶき》もあがらなかった。

接近してきた装甲車が減速した。結衣とクレアの潜む草むらの近くに停まった。庄市が装甲車の前方に倒れているからだった。

装甲車のドアが開いた。運転席と助手席からひとりずつ降り立った。バリスティックヘルメットにゴーグル、防弾ベスト。いっそう本格的な武装だった。ふたりはアサルトライフルを構え、庄市が倒れた辺りをめざし、慎重な足どりで前進していった。開け放たれたドアのなかに、もうひとりが待機している。黒髪で浅黒い肌だが日本人ではなかった。その男もアサルトライフルを手放さない。いざというときにはバックアップにまわるつもりだろう。

　クレアが前方のふたりを指さした。結衣はうなずいた。ゆっくりと敵に向け動きだす。

　そのとき敵の耳もとを見た。結衣ははっとした。ノイズキャンセラー付の電子耳栓《TCAPS》。けたたましい銃撃音を低減する代わりに、かすかな物音に対しては地獄耳になる。米軍採用の最新装備だった。

　通常ではききとれない足音を認識したらしい。前方のふたりが振りかえった。クレアがとっさに銃撃した。ひとりがのけぞったが、致命傷をあたえたかどうかは不明だった。車内の男が即座に反応した。だが小さな窓から狙いを定めるのに手こずっている。結衣はドアに達していた。男がぎょっとした目で結衣を見つめる。結衣はアサルトライフルの銃口を男の額に押しつけ、ただちにトリガーを引いた。反動とともに銃声が轟《とどろ》く。赤い液体が車内に飛び散った。

　結衣は車体から飛び退いた。地面に転がったとき、前方で残るひとりが、クレアを狙撃せんと身構えていた。結衣は肝を冷やした。ＴＣＡＰＳの聴力に、軍人さながらの機敏さが加わり、一分の隙もない。間髪をいれずクレアは銃撃された。

　クレアはすくみあがったものの、なぜか倒れなかった。敵も愕然《がくぜん》とする反応をしめした。それだけの空白があれば充分だった。結衣は敵の膝当《ひざあ》てのわずかに上、防御のない箇所を狙い、トリガーを引き絞った。

男がつんのめってうずくまった。クレアは両手で拳銃を構え、男に駆け寄った。だが男はすかさず仰角に撃ちかえそうとした。クレアの拳銃がつづけざまに火を噴いた。男の顔面は鮮血にまみれ、脱力して動かなくなった。

硝煙のにおいが漂うなか、クレアが茫然《ぼうぜん》とした表情を浮かべている。結衣ははっとした。地面に横たわるもうひとりの敵が動きだした。血まみれながら起きあがろうとする。

銃声がこだました。敵は反りかえり、うつ伏せに伸びた。今度こそ絶命したらしい。撃ったのは庄市だとわかった。至近距離からの発砲だけに外さなかった。庄市がふらつきながら戻ってくる。全身砂まみれだが、出血しているようすはない。

クレアが目を瞠《みは》った。「どういうことなの?」

結衣は車内の男からアサルトライフルを奪った。銃口を眺めたとたん、ため息が漏れる。クレアに歩み寄った。「チョークってアダプターが銃口に押しこまれてる。シアー加工もされてる」

「嘘」クレアが死体に駆け寄った。アサルトライフルを拾い、丹念に観察し始めた。

マガジンを引き抜き、弾をたしかめる。「なんてこと。空包」

命中したはずなのに無傷なのはそのせいだった。だが空砲の理由がわからない。結衣は不可解に思った。「なぜ？」

「さあ」クレアがつぶやいた。「兵器試験場なんだから、空砲を撃てるよう改造した銃身もあるだろうけど……」

「わたしたちが実弾なのは知ってたはず」

「ええ。こんなの自殺行為でしょ」

自殺といえば庄市の行為も許しがたい。結衣は庄市に詰め寄った。「なんであんなことしたの」

庄市はばつの悪そうな表情を浮かべた。「あいつらにドアを開けさせるしかなかったろ。俺があっちに逃げて倒れたら、装甲車もこのへんに停まる。あとは結衣たちがやってくれる」

「命を粗末にしないでよ」

「どう生きるかは俺がきめるさ」庄市がため息まじりにいった。「でもな。撃たれたのに死なねえなんて」

「弾が空包だった」

「あー。古い映画で観たな。『ダイ・ハード2』だっけ」

「これらの銃は使いものにならない。奪う価値もない」

「あの映画は嘘だったんだよな？　空包に交換したあとも撃ちつづけられるなんてよ。ほんとは銃口がふさがれてなきゃ、ガス圧が足りなくて連射できないんだろ」

犯罪者は映画好きで、銃器に関する知識もハリウッドのアクション映画から得る。ヤクザをめざしていた男なら、その種の情報に詳しくて当然だった。

たしかに空砲を撃った場合はブローバックしない。銃口からガスが抜けてしまうからだ。だから銃身にブランクアダプターをつけるが、そうすると外観上も銃口がふさがれているとわかってしまう。よってバレル内にチョークを詰めたのだろう。

庄市は初めて人を射殺した直後だからか、興奮ぎみで饒舌《じょうぜつ》だった。「いい加減な映画だったよな。グロックがプラスチックだからX線検査で発見できねえとか、燃料切れ寸前の旅客機が墜落して大爆発とか。同じ監督の雪山の映画でも、やっぱ燃料切れ寸前のヘリが墜落して大爆発してた」

結衣はつぶやいた。「『クリフハンガー』でしょ。監督はレニー・ハーリン」

「馬鹿でも映画監督になれるんなら夢がある」

結衣は空を見渡した。ドローンは確認できない。装甲車の三人がどうなったか不明なうちに、敵も迫撃砲で狙ったりはしないだろう。わずかに時間的余裕が生じた。

「いいえ。馬鹿じゃない」結衣は否定した。「グロックの銃身や弾はたしかに鉄だけど、フレーム自体はＸ線に写らないから、拳銃《けんじゅう》とはわかりにくかった。あとでプラスチックに造影剤が添加されて、全体像が写るようになった。当時の認識としては、誤りとはいいきれない」

「でも燃料切れのヘリや飛行機が吹っ飛んだのは……」

「自分で映画を観たときにそう思った？」結衣は穏やかにいった。「どうせネットで揶揄《やゆ》する書きこみでも見たんでしょ。みんなが馬鹿にしてるなら、自分も馬鹿にしていいと思いこんだとか」

「おい」庄市が戸惑い顔になった。「なんでそんなおおげさな話になる？」

本気で映画を弁護したいわけではない。集団でこぞって中傷し、槍玉《やりだま》にあげたがる風潮が嫌いなだけだ。結衣は黙って死体のそばにしゃがみ、所持品を調べだした。

死体のポケットからスマホが見つかったものの、ロックは解除できなかった。ＴＣＡＰＳとブルートゥースで接続されているはずだが、奪って持ち歩くのは好ましくない。位置情報を撒《ま》き散らすようなものだ。

チェストリグのポケットに名刺大のカードがおさまっていた。英文が印字してある。

クレアがのぞきこんだ。「それ、なに？」

Guests will hide in the cargo containers. North access gate. 10:35am.

客たちは貨物コンテナに隠れる。ノースアクセスゲート、午前十時三十五分。そんな意味だった。結衣はつぶやいた。「ノースアクセスゲートって……」

「空軍基地との唯一の連絡通路」クレアが応じた。「テストが終わった銃器類を、敷地内の鉄道で滑走路に運ぶ。そこから空母や佐世保《させぼ》港に空輸される」

「貨物コンテナがゲートを通るの？」

「ええ。線路が敷かれてる。行き来は随時おこなわれてる」

「なら十時三十五分の貨物コンテナに、権晟会の奴らが潜りこむってことでしょ」

「そう解釈できるけど……。でも無理。コンテナと貨物車の検査は徹底的におこなわれる。体温を感知するから、人が潜んでいれば絶対にわかる」

「ほかに兵器試験場から空軍基地に移る方法は？」

「ない。地下トンネルもないし、フェンスには隙間ひとつない。たしかにノースアクセスゲートから渡るしかないけど、絶対に不可能」

結衣はもうひとつの死体を調べてみた。やはり同じカードが見つかった。文面も共通している。

庄市がきいた。「なにを話してる？」

日本語で同じ説明を繰りかえさねばならない。結衣は装甲車に歩きだした。「十時三十五分、貨物コンテナに潜んで、空軍基地に移る。たぶん杭瀬たちが」

「マジで？」庄市が腕時計に目をやった。「あと一時間ぐれえさ」

車内に横たわる死体のポケットもまさぐる。めぼしい物はなかったが、カードだけはしっかり携えていた。

結衣はクレアに報告した。「三人ともカードを持ってる」

「なら」クレアが応じた。「少なくともこの三人は、権晟会を移送する計画に関わってたってことね」

「ノースアクセスゲートの警備って、そんなに厳重なの？」

「ネズミ一匹ですら通過できるわけがない。徹底的に内部を調べられる。でもなにかトリックがある。想像もつかない巧妙なやり方が」

昨晩、兵器試験場に入るトラックは荷台を調べられなかった。あのようにはいかないらしい。結衣はたずねた。「そこには近づけそう？」

クレアが難しい顔になった。「地図ある？」

マップという単語ぐらいはききとれたらしい。庄市が地図を差しだした。クレアは図面の端を指さした。

「ここ」クレアはいった。「司令棟を大きくまわりこんだ向こう側。もちろん監視塔が建ってる。カメラも無数にある」

庄市が結衣を見つめてきた。「そこへ行こうって？」

結衣はうなずいた。「杭瀬たちが空軍基地に脱出するためのゲートが、その付近にあるって」

「難題じゃねえか。建物があるほうに近づけば、それだけ敵も増えるだろ」

ふと地図の一か所が気になった。結衣はクレアにたずねた。「この真んなかあたりにある建物は？」

クレアがつぶやいた。「二階建てで、窓がふさがってた。社員はふざけて首里城と呼んでた」

司令棟や倉庫棟から離れ、監視塔の目も届かない。結衣は考えを口にした。「×印がどれも、この建物からほぼ同じぐらいの直線距離に思えるんだけど」

「そうね……。でも絵茉だけは少し遠くまで行ってる」

「そのぶん足の裏がひどいことになってた。みんなここから駆けだしたと考えれば納得がいく」

庄市が表情を曇らせた。「絵茉がどうしたって？」

結衣は日本語で伝えた。「この建物にいた可能性が高い。ほかの子たちもみんな」

「ならそこにまだ、ほかにもいるかもしれねえってことかよ」

そのとおりだった。結衣はクレアに向き直った。「敷地内に連れこまれた子が、全員死んだとはかぎらない」

18

ハンゲイトはステリーとともに、ぼろぼろになったジープ・ラングラーから這《は》いだした。苛立《いらだ》ちを募らせながら歩きだす。クルマを停めたのは広大な兵器試験場の中心付近、鉄筋コンクリート造二階建てのわきだった。

出入り口のスイングドアを押し開けると、いつものように芳香剤の濃厚なにおいが鼻をついた。ここの生臭さを考えれば欠かせないのだろう。

一階の薄汚れたバーカウンターでは、午前のこの時間から、肥満した髭面《ひげづら》の男が憂さ晴らしに夢中だった。ズボンを下ろし、セーラー服の少女をバックで衝《つ》いている。少女のほうはカウンターに寄りかかり、無表情に虚空を見つめていた。嫌がる悲鳴も発しないとは、精神状態も崩壊に近い。もはや人形と変わらなかった。そろそろ外に解き放ち、狙撃《そげき》の的にする頃合いかもしれない。

壁の配管がにおう。垂直に伸びる鉄管は、屋上の雨水を逃がす配水管だった。基地建造物では外壁でなく、内部に設けられる。ときどき脱着し内部を清掃せねばならないが、しばらく怠っていた。悪臭はそのせいだ。

ハンゲイトは階段を上っていった。踊り場の床にも似たような光景があった。スキンヘッドの同僚が女子中学生に覆い被《かぶ》さっている。二階のベッドに空きがないか、いつもと同じ場所では燃えなくなったかのどちらかだろう。この女子中学生はまだ顔をしかめ、涙を浮かべながら呻《うめ》き声を放つ。

二階に着いたとき、日本人の痩《や》せ細った眼鏡の若造が声をかけてきた。未成年の売春婦をスカウトして食い扶持《ぶち》をつなぐ、権晟会の下っ端だった。名前はたしかカジトといった。

開襟シャツの首に金のネックレスを巻いたカジトが、ハンゲイトに目をとめるや、笑顔で駆け寄ってきた。「お帰りなさい。けさはお気に入りを入荷しましたよ。さ、こっちへどうぞ」

個室のひとつに案内される。裸電球のおぼろな明かりの下、手狭な部屋の硬い床に、真新しいセーラー服の少女が転がっていた。サイズが合っていない。ロープで後ろ手に縛られていた。口もガムテープでふさいである。少女が泣き腫《は》らした目で見上げてくる。騟原町四丁目、仲村という家にいた琉那だった。

入荷を希望したのはハンゲイトだが、いまは気が晴れなかった。びくつく態度が神経を逆なでする。こんなものは慰めにならない。嫌悪が募り、ほどなく抑制しきれなくなった。

ハンゲイトは怒号を発し、アサルトライフルを振りかざした。琉那が恐怖のまなざしで呻いた。かまわずハンゲイトは銃床で琉那を殴りつけた。琉那は鼻血を噴きながら、側頭部を床に衝突させた。なおもハンゲイトは琉那の背を蹴《け》りこんだ。

カジトがあわてたように制止してきた。「なにするんです、やめてください。まだ傷物にするには早いでしょう。ほかの人も順番待ちしてるんですから……」

憤りは頂点に達した。ハンゲイトは咆哮《ほうこう》も同然にわめき、カジトを部屋の外に突き飛ばした。廊下に踏みだすと、ハンゲイトは腰のホルスターから拳銃《けんじゅう》を抜いた。カジトがおろおろと両手を突きだしながら後ずさった。だが臆病《おくびょう》な表情を眺めるのも一瞬にすぎなかった。ハンゲイトはトリガーをつづけて三回引いた。けたたましい銃声が建物内に反響し、銃火に視野が明滅する。カジトは血まみれになり、廊下の床にくずおれた。

芳香剤に硝煙のにおいが混ざりあって漂う。突然の発砲にも二階は無反応に近い。別の個室から一定のリズムで、ベッドのきしむ音がきこえる。なにが起きようが腰を振りつづける奴らがいる。いやここにはそんな奴らしかいない。

ステリーが壁にもたれかかり、こちらを眺めていた。「二階には銃を持ちこまねえ原則だろ」

「知るか」ハンゲイトは拳銃をホルスターに戻した。「文句あんのかよ」

「今後は気をつけろよ」ステリーは視線も合わせずにいった。

気が立ってむしゃくしゃする。外で獲物を仕留め損なったせいだ。

二十七歳のジェイラス・ハンゲイトは、シカゴの黒人居住区サウスサイドのなかでも、治安の悪い貧困地帯に育った。不良仲間とつきあいだしたのは十歳のころだった。薬物に手をだしたのも同時期になる。

低賃金労働にしか就けない若者ばかりが軍の勧誘を受ける。民間軍事会社も同じ層を雇用対象とした。危険な戦地に派遣されながら、軍の兵士からは徹底的に蔑《さげす》まれ、過酷な下働きを強要される。たとえ負傷しようと、復員軍人省による恩恵は受けられない。帰還兵にも戦死傷者にも数えられない。

イラクの対テロ戦争で軍港に勤務し、水兵にさんざんこき使われたのち、極東の島に飛ばされた。今度の職場も腐敗しきっていた。

兵器試験場と社員宿舎を往復するだけの、鬱屈《うっくつ》とした日々を送るうち、心がいっそう蝕《むしば》まれていった。基地反対デモも癪《しゃく》に障った。修学旅行中の女子高生が、水兵に似た襟の制服を着ているのを見て、仲間のエルドレッド・ステリーが虚ろな目でささやいた。あのふざけた水兵の扮装をした小娘をレイプして、狙撃の標的にしてやりてえ。

ハンゲイトは思いつくままを口にした。「狩りたくなった。小娘どもを解き放とうぜ」

「本気か?」ステリーが見かえした。「NCISがうろついてやがるのに」

「捜査官は女だ。どういうわけか知らねえが、権晟会のスカウトと、もうひとり妙な女学生がいたよな?」

「ああ。セーラー服を着てねえから、ここの小娘じゃねえ。だが逆上して発砲してきやがった」

「まとめてぶち殺しちまえばいい」

ステリーが興奮ぎみに目を輝かせた。踵《きびす》をかえし、一階に駆け下りていく。「小娘たちを外にだせ！　狩りを始めるぞ。おいてめえ、いつまでやってんだ。さっさと銃を持ってこい！」

　一階はにわかに騒然となった。小娘の泣き声がこだまする。

　恍惚《こうこつ》とした陶酔感が脳を満たしていくにまかせる。今後の報酬がいっさい失われてもかまわない。あの生意気な女学生と、ＮＣＩＳ捜査官をふたり並べてレイプして、後頭部を撃ち抜いてやればお釣りがくる。

19

　結衣が手にするアサルトライフルはＨＫ４１６だった。武蔵小杉高校で武装勢力から奪った物と、仕様から整備までまったく同じとわかる。あれもここが密輸した銃器のひとつだった。

　ふいに遠方で銃声が轟《とどろ》いた。女の悲鳴がかすかに耳に届く。外国人らしき男の笑い声もこだました。だが風が強く吹きつけ、一帯の草むらがざわつくと、またなにもきこえなくなった。

騒動が起きているようだ。結衣が足をとめると、クレアと庄市も立ちどまった。行く手に目を凝らす。草地にぽつんと小さく建物が見えている。例の鉄筋コンクリート造二階建てだった。

結衣は英語でいった。「ひとりで見てくる。ここにいて」

クレアが不満げに呼びとめた。「まってよ。結衣」

けれども結衣は姿勢を低くし、ひとり草むらに身を隠すと、すばやく前進していった。

遠方からの狙撃《そげき》が長いこと途絶えている。なぜだろう。ずっとこちらの姿をとらえられなかったとは考えにくい。

そう思ったとき、雑草のざわめきのなかに、一瞬だけ風の吹きすさぶ音をきいた。人体に当たって空気の渦が発生したとわかる。十時の方角、距離は五十メートルぐらいか。草むらが絶えずざわめくなか、誰かが駆け抜けていった。

結衣はそちらに向かった。油断はできない。敵がＴＣＡＰＳを装着していたら、離れていようと結衣の足音をききつける。

高く鳴る風の音をきくたび、進路を微調整する。そのうち草むらを割って走る気配を感じた。距離はわずか数メートル。結衣は速度をあげ跳躍した。うっすら見える人影に飛びかかった。

敵ではない、瞬時にそう認識した。セーラー服の少女が、びくっとして静止している。結衣は少女に抱きつき、地面に押し倒した。

遠方から銃声がした。スナイパーライフルの銃撃。鎌を水平に振ったかのように、近くの雑草が薙《な》ぎ倒された。少女を狙った弾丸がかすめていった。銃声はさらに数発つづき、ほどなく途絶えた。仕留めたかどうか、ようすをうかがっているらしい。

結衣の手は少女の口を押さえていた。青白い顔の少女が、怯《おび》えきった目を潤ませ結衣を見上げる。額も頬も痣《あざ》だらけだった。

「しっ」結衣は小声で静寂をうながした。「怖がらなくていい。音を立てないで」

風が吹きつづける。雑草のざわめきの向こう、また甲高い風の音を耳にした。誰かが走ってくる。結衣はわざと小さく呻《うめ》いた。

ＴＣＡＰＳでききつけたのだろう、靴音が速度をあげ接近してきた。獲物を仕留めたと確信しているようだ。

靴音が間近に迫った。鼻息の荒い男の声をきいた。「やったぜ《ガッチャ》」

雑草を割って迷彩服のズボンが現れた。予想どおり長いスナイパーライフルを構え、両手がふさがっている。結衣は敵のチェストリグからアーミーナイフを奪った。垂直方向に伸びあがる。肥満しきった顎鬚《あごひげ》の白人が目を剝《む》いた。結衣は男の喉《のど》もとを掻《か》き切った。

大腿《だいたい》動脈を狙わなかったのは、男に叫び声をあげさせないためだった。気管を絶つことで、空気の漏れる音しかきこえなかった。噴出した血液が霧状に降りかかる。男はあんぐりと口を開け、さも信じられないという顔で結衣を眺め、そのまま前のめりに突っ伏した。

少女がすくみあがり、両手で顔を覆った。悲鳴をあげないのは賢い証拠だった。

結衣は男の身体をまさぐった。拳銃《けんじゅう》はなかった。防弾ベストを奪うのは得策ではない。GPS発信器が織りこまれていないともかぎらない。

そのとき遠方に別の少女の悲鳴をきいた。しばし沈黙があり、また同じ叫びを耳にする。位置が変わっていた。逃げ惑っているようだ。距離は何百メートルも先だった。

音を立てるのは極力控えていたがやむをえない。結衣は死体の下敷きになったスナイパーライフルを引き抜いた。マクミランTAC-50、長さは一・五メートルほどもある。五発箱型弾倉を外してみたが残弾はなかった。ただし手動のボルトアクションで一発のみ装塡《そうてん》済みだとわかる。

結衣は姿勢を低く保ち、スナイパーライフルを水平に構えた。前方は草むらだが、視野が完全に塞《ふさ》がれたわけではない。風に波打つ雑草地帯の彼方《かなた》が垣間見える。少女の逃げた道筋を考慮すれば、追っ手は確実にこの先を横切る。

距離が伸びれば伸びるほど、平射弾道にずれが生じる。重力加速度の半分に秒数の二乗を掛け、空気抵抗の係数一・三を掛ければ、弾道低落量が割りだせる。風向きのほか、いまは草むらを撃ち抜くため、その抵抗も併せて考える。

風の音のかすかな高鳴りをきいた。距離は恐らく半キロ。きこえた時点で一・四七秒前の位置だとわかる。マクミランTAC－50の初速は毎秒八百五メートルだが、手入れを怠っているようすの銃身だけに、七百五十メートルと考える。無風なら着弾まで〇・六七秒、弾道低落量は二・八五メートル。風の影響と草むらの抵抗について勘で微調整し、気持ち仰角にする。

予想どおりの位置に、点のように小さな人影を見た。動作で敵とわかる。走る速度を考慮にいれ、わずかに行く手の方向へと着弾点をずらし、トリガーを引いた。重みのある銃声が轟《とどろ》き、ストックに反動が生じる。一秒と経たないうちに、人影の頭部が赤く破裂するのを目にした。音は少し遅れて届く。男の短い叫び声がかすかにきこえた。胴体は草むらに沈み、それっきり静かになった。

結衣はつぶやいた。「ガッチャ」

風に雑草がざわめく。結衣はスナイパーライフルを放りだした。銃声をきかれた以上、ここに長居はできない。結衣は少女に歩み寄った。「名前は？」

少女の涙ぐんだ目が結衣を見上げた。「朱美《あけみ》」

「立てる？」結衣は手を差し伸べた。

朱美は震えるばかりだったが、ほどなく結衣の手を握った。血の気が引き、ひどく冷たかった。結衣は朱美を立たせると、アサルトライフルを片手に駆けだした。ここから遠く離れる必要がある。

だが朱美は片足をひきずっていた。片方のサンダルが失われている。結衣は朱美を横抱きに持ちあげた。ろくに食べていないのだろう、体重はかなり軽かった。

結衣は草むらのなかを走った。クレアと庄市がまつ方角から意図的に外れた。敵に居場所を察知されたくない。

隆起した地面を越えたとき、コンクリート造の小屋があった。農具入れにちがいない。結衣は駆け寄った。周辺をめぐり、敵が潜んでいないことを確認したうえで、いったん朱美を地面に下ろす。小屋のドアは木製で施錠してあったが、満身の力をこめ蹴《け》り破った。

なかはがらんどうで、明かりとりの窓ひとつない。結衣は外にでて朱美を抱きあげ、小屋の床に座らせた。背は内壁にもたせかける。

ドアを閉じ、暗がりのなかで結衣はささやいた。「朱美さん。沖縄の人？」

朱美がうなずくのが見てとれた。

結衣はセーラー服を眺めた。「それ、あなたの学校の制服？」

「ちがう」朱美が泣きそうな声で応じた。「でも着ろって」

「あの二階建てから逃げだしたの？」

「無理やり外に連れだされた」

「あなただけ？」

「ほかにも三人か、四人ぐらい」

朱美の身体つきを観察した。瘦身《そうしん》だがそれなりに背丈もある。結衣と服のサイズは大差なさそうだった。

結衣はブレザーを脱ぎながらいった。「服を交換して」

「なんで？」

「セーラー服だと撃たれる」

「でも」朱美が困惑のいろを浮かべた。「着替えたとして、わたしはどうすれば……」

「ここに隠れてればいい」

「こんなところに？」

不安に思って当然だろう。結衣はブレザーの胸ポケットから生徒手帳をとりだした。表紙を開くと身分証がある。芳窪高等学校二年A組、優莉結衣という表記はそのまま残し、写真の顔だけを破りとる。偶然そうなってしまったかのように、下の数ページも同じように引き裂いておく。手帳に備え付けのクリップペンシルで、身分証に英文を書き足した。

結衣は手帳を朱美に握らせた。「あいつらがきたら、これを見せて。話しかけられても、ひとことも喋《しゃべ》らないで」

朱美は当惑を深めたらしい、ひどく心配そうなまなざしでいった。「わたしを知ってる人もいる」

「二階建てにいた奴らなら、ひとり残らず仕留めるからだいじょうぶ」

沈黙があった。朱美は怯《おび》えきった表情のまま固まっている。先に服を脱ぐべきは結衣のほうだろう。結衣はブラウスのボタンを外しだした。

なおも朱美は身震いしながら結衣を眺めるばかりだった。だが結衣がブラウスを脱ぐのを見て、朱美も意を決したらしく、胸もとのスカーフをほどきだした。

「信じて」結衣は静かにいった。「地獄は永続しない」

20

クレアは汗だくになっていた。草むらに身を潜めているだけだというのに、あまりの緊張感に全身が金縛りのごとく痺《しび》れる。拳銃を握る手の震えもとまらない。

結衣が離脱してから数分、スナイパーライフルの銃声がきこえた。複数の敵が方々に散っている。いつ包囲網が狭まるかわかったものではない。

庄市が腰を浮かせ、伸びあがって草むらの向こうをのぞいた。日本語でなにかぶつぶつといった。

結衣の身を案じているのはわかる。だが危険な振る舞いだった。クレアは庄市を咎《とが》めた。「気をつけてよ。狙撃手《スナイパー》だらけなのに」

ゆっくり喋ったつもりだったが、やはり庄市には通じなかった。庄市は頭を低くしながら移動し始めた。

「まって」クレアは庄市を追った。「どこにいくの」

庄市がまた日本語を吐き捨てた。ひとりで結衣を捜しにいくつもりだろう。クレアは引き留めようと庄市の腕をつかんだ。庄市が苛立《いらだ》たしげにクレアの手を振り払った。

　ところがそのとき、庄市の尻《しり》のポケットから、手帳サイズの物体が転がり落ちた。一見してスマホとわかる。

　振りかえった庄市が、あわてた顔でスマホに飛びついた。拾いあげて砂を払ったのち、気まずそうに後ろにまわす。

　クレアのなかに不信感がこみあげてきた。「庄市。それなに？　スマートフォンは奪われたんじゃなかったの？」

　庄市はひきつった笑いを浮かべ、早口の日本語でまくしたてた。態度をみるかぎり釈明のようだ。だが嘘を許せるはずもない。

　クレアは語気を強めた。「スマートフォンの電源をオンにして。ロックを解除して、わたしに預けてよ」

　ゼスチャーを交えたからだろう、今度は意味が伝わったらしい。だが庄市は首を横に振った。「ノー」

「預けるのが嫌なら、あなたが通報して。警察に通報《コールザポリス》。わかった？」

「ノー」庄市がしどろもどろに応じた。「アイ、アイキャント」

「拉致《らち》されて、こんな場所で命の危険にさらされてるのに、なぜ通報しないの？　ありえないでしょ」

庄市のこわばった笑顔を眺めるうち、クレアのなかに重大な懸念が生じた。

結衣と庄市はさらわれたのではない。権晟会とともに出入り自由の身ではないのか。その可能性はおおいにある。銃器密売の顧客だった凶悪犯の娘と、少女売春を斡旋《あっせん》していた男。すべては内部抗争に近いのかもしれない。だがふたりが権晟会と敵対しているからといって、ＮＣＩＳ捜査官の味方にはなりえない。

いや。装甲車による襲撃を考えれば、より深い真相が浮かびあがってくる。敵は三人とも銃口のふさがれた銃を手にしていた。弾も空包だった。

なぜ襲撃を偽装したのか。クレアに結衣と庄市を信用させる、それが目的だったのではないか。見せかけだけの撃ち合いを演じ、敵は退散するつもりだった。だがクレアがひとりを撃ち倒したため、結衣がやむなく残るふたりを仕留めた。庄市も瀕死《ひんし》の男を殺害した。

思いがそこに及ぶと、心拍が激しく高鳴った。クレアはとっさに拳銃を構えた。銃口を庄市に向け、クレアはゆっくりと明瞭《めいりょう》に発音した。「スマートフォンを地面に置いて、さがって」

庄市の顔が青ざめた。両手をあげたものの、クレアの指示にしたがう気配はない。じれったさが募りだす。クレアは声を張った。「スマートフォン！」

さすがに怖《お》じ気づいたのか、庄市はこわばった顔でスマホを投げだした。

だが次の瞬間、庄市はベルトに挟んでいた拳銃を抜いた。前屈姿勢になり、銃口をスマホにくっつけんばかりにし、数発をつづけざまに発射した。スマホは粉々に壊れた。

クレアは庄市に狙いを定めた。けれどもトリガーは引けなかった。庄市が拳銃をまたベルトに戻したからだった。

しかしもう信用する気になれなかった。クレアのなかで怒りと苛立ちが一緒くたにこみあげた。「いまの銃声、遠くまできこえた。ここにいるのを仲間に知らせるためでしょ?」

庄市はあきらめたような顔になった。「行けよ《ゴー》」

居直った態度に腸《はらわた》が煮えくりかえる。庄市の身柄を拘束したいところだが、連行できる場所はない。暴力団一味がノースアクセスゲートから脱出を図ろうとしている。企《たくら》みを知ればこそ、ここに釘付《くぎづ》けになっている場合ではない。

クレアは拳銃で庄市を威嚇した。「いちどしかいわない。銃を捨てて」

理解できないはずがない。庄市はびくつく反応をしめした。拳銃をゆっくりベルトから抜き、地面に放りだした。

「さがって」クレアは慎重に指示した。

庄市がいわれたとおり後ずさる。クレアはしゃがんで、地面から庄市の拳銃を拾い、ジャケットのポケットにおさめた。庄市がおろおろと日本語で喋った。武器がないと困る、そんなところだろう。だがクレアはそう思わなかった。どうせ仲間が補充しにくる。

クレアは両手で拳銃を握り、庄市をその場に留《とど》めながら、ひとり後退した。遠方でスナイパーライフルの発射音が響く。少女の悲鳴らしき声もきこえた。じきに敵が駆けつける。

身を翻すやクレアは草むらを駆けだした。全力疾走で庄市から遠ざかる。

めまいに似た混乱が生じていた。結衣と庄市が敵だったとして、クレアと行動をともにしたのはなぜだ。理由はわからない。ふたりともクレアの命を奪う気なら、とっくに殺せたはずなのに、そうはしなかった。

まずは北に向かうしかない。通信手段の確保がなにより先決だった。無理だったとしても、ノースアクセスゲートに到達し、暴力団一味の空軍基地侵入を阻止する。ＮＣＩＳ捜査官として国家の安全を守らねばならない。

また銃声が轟《とどろ》いた。今度の狙撃は近かった。クレアは走りながら背後を振りかえった。

　ふいに人とぶつかった。クレアは転倒し尻餅《しりもち》をついた。あわてて拳銃を構えたが、相手も地面に突っ伏していた。小柄な少女だった。エンジいろのセーラー服は切り刻まれ、いたるところに出血痕《こん》が浮かびあがっている。脚も擦り傷だらけだった。サンダルを履いているものの、足首まで泥にまみれている。

　クレアはあわてて立ちあがった。「だいじょうぶ？」

　少女はほとんど力尽きていたが、かろうじて顔をあげた。明るめに染めていた髪は、長いこと放置せざるをえなかったらしく、頭頂が黒く染まっていた。肩にかかるほどの髪の長さも、本来はもう少し短かったのだろう。

　まだ幼さの残る丸顔は血の気が引き、目も虚《うつ》ろだった。頬と顎《あご》を殴打されたらしい、内出血により紫がかっている。鼻血も乾ききって固まり、唇の上にこびりついていた。

　なんて痛々しい。クレアは思わず泣きそうになった。いままで目にした少女たちの死体の、これが狙撃《そげき》される寸前のありさまか。

　クレアはひざまずいた。「ごめんね。ああ、どうかしっかりして。名前は？　英語わかる？　あなたの名前」

　少女が力なく応じた。「リンカ」

「リンカ？　わかった。リンカ、ゆっくり立って。ここにいちゃ危ない」

　言葉が通じていないのはあきらかだった。それでもリンカは見かえすうち、クレアの願いを理解したらしい。立ちあがる意思をしめした。クレアは手を貸した。リンカはふらつき、激しく咳《せ》きこみながらも、なんとか身体を起こした。クレアに寄りかかりつつ、ようやく直立できた。セーラー服の襟もとや裾《すそ》の下から地肌がのぞく。鞭打《むちう》ちの痕《あと》に血が滲《にじ》んでいた。

　クレアはたまらなくなり、リンカをそっと抱いた。小さな身体がただ震えている。

　またも狙撃の銃声がこだました。リンカがびくっとした。敵がさっきより接近している。クレアは左手でリンカを支え、右手で拳銃を握った。辺りを警戒しながら、慎重に歩を踏みだす。

「行こ」クレアはリンカをうながした。「辛《つら》いと思うけど、できるだけ急いで」

　一刻を争う事態なのは、リンカも承知しているようだった。荒い息づかいながら、リンカはしだいに歩を速めていった。いまにも力尽きてしまいそうだ。

　クレアは涙を堪《こら》えながらリンカに歩調を合わせた。絶えず銃口を四方に向けつづける。一縷《いちる》の希望もないのは百も承知だ。それでもこの少女の命だけは守り抜きたい。

21

結衣がセーラー服を着るのはこれが初めてではなかった。泉《いずみ》が丘高校で袖《そで》を通した。夏の甲子《こうし》園《えん》にもセーラー服で行った。ブレザーにくらべれば身軽、メリットはそれぐらいだろう。冬場は寒くて仕方がないはずが、沖縄の午前中にはちょうどいい。問題は足もとにある。結衣は裸足《はだし》だった。靴と靴下は朱美に譲ってしまった。視界の開けた丘陵地帯を一気に駆け抜ける。スナイパーライフルの銃声を至近にきく。地面に着弾の砂埃《すなぼこり》があがった。結衣はわざと体勢を崩し、下り坂を転落していった。そのまま草むらのなかに突入し、片膝《かたひざ》をついて身を潜めた。襟からスカーフを引き抜き、対角線で折り、両端を左右の手に巻きつける。

丘陵地帯を越え、荒い足音が近づいてくる。雑草の隙間から見えたのは、スキンヘッドの筋肉質が坂を下る姿だった。黒シャツに防弾ベストを羽織っている。長いスナイパーライフルを軽々と携え、興奮しきった表情でひたすら走る。

男が足をとめた。視線は結衣に向けられていない。草むらの谷間に、セーラー服の少女が突っ伏すのを凝視しつづける。いま仕留めた獲物と勘違いしているのだろう、男がそちらに忍び寄っていく。結衣が潜む目の前を横切った。狙いどおりだった。

その瞬間、結衣は草むらから飛びだし、男が浮かせた片足首にスカーフを巻きつけた。強く絞めつけ、斜め後方に引っぱると、唐突に腸腰筋が張り走行姿勢が崩れる。容易に立て直しがきかなくなる。男は前方につんのめり、地面に顎を叩《たた》きつけた。

結衣は地面からテニスボール大の石を拾い、スカーフに包みこんだうえで、回転させ絞りあげた。即席のモンキーボールを左手で高速に振りまわし、敵に向け突進する。男が上体を反らすように起きあがろうとした。スナイパーライフルを握った手の甲めがけ、モンキーボールを打ち下ろす。苦痛の叫びが発せられた。遠心力を弱めないまま回転の角度を変え、男の顔面を打撃する。鼻っ柱を折り、鼻血を噴きながらのけぞったところを、背後にまわった。スキンヘッドの後頭部を強打した。

うつぶせに倒れた男の背に、結衣は馬乗りになると同時に、スカーフから石を解き放った。太股《ふともも》で男のうなじを圧迫し、地面に顔を埋《うず》めさせたまま、石を後頭部に何度も打ち下ろした。そのうち頭骨の砕ける音が響き、鮮血が噴きあがった。

男が弛緩《しかん》して伸びきった。結衣は石を放りだして飛び退くと、足で蹴《け》って男を仰向《あおむ》けにした。スナイパーライフルの箱型弾倉を外してみたが空《から》だった。拳銃《けんじゅう》一丁だけは確保できた。スカーフを拾う。地面に腹這《はらば》いになった少女のもとに、結衣は駆けていった。「もう起きて平気だから」

さっき鉢合わせした穂乃香《ほのか》という少女だった。寝そべり動かずにいるよう伝えておいた。穂乃香は青ざめた顔をあげた。セーラー服はぼろぼろで、顔や脚も傷だらけだったが、朱美よりはいくらか元気だった。

「立てる？」結衣はささやいた。「あっちに錆《さ》びた空洞の船が埋まってるでしょ。右の草むらが窪地《くぼち》になってて見つかりにくい。そこで身を伏せてて」

穂乃香はいまにも泣きだしそうな顔できいた。「結衣さんは？」

「わたしはだいじょうぶ。行って」

背中を押して走らせる。穂乃香は駆けだしながら振りかえった。目がありがとうと告げている。結衣は穂乃香の行く手を指さし、前方に注意を向けるよううながした。穂乃香の後ろ姿が草むらのなかに消えていった。

ほぼ同時に、背後に雑草を踏みしめる音をきいた。二十メートル以内。銃声で気づかれないよう、ずっと発砲を控えてきた。なのにセーラー服が敵を絶えず引き寄せる。まるで埼京《さいきょう》線の痴漢だった。

結衣はしゃがんでスカーフを開いた。四隅のうちひとつにゴルフボール大の石を包み、バケットヒッチで結んだ。対角線上の隅にも、同じサイズの石を結わえつける。

スカーフをねじって紐《ひも》状にすると、あえて全身をさらすように立ちあがった。

ほどなく草むらを割り、背丈の低い小太りの黒人が現れた。目を剝《む》き、前歯をのぞかせながら駆け寄ってくる。スナイパーライフルではなく、右手に拳銃を握っていた。銃口が狙い澄ますより早く、結衣はスカーフの中央を左手で握り、頭上で振りまわした。二個の石が遠心力を生む。敵がぎょっとして見つめてきた。インカ帝国における遠戦の主力武器、ボーラだった。イヌイットは野鳥の捕獲に使う。結衣は敵めがけ即席のボーラを投げた。スカーフは棒状にまっすぐ伸びた状態で、勢いよく回転しながら飛んだ。男の喉《のど》もとにぶつかるや、二個の石が双方向に首に巻きつき、瞬時に固く絞めあげる。男は苦しげに身体を突っぱらせ、仰向けに転倒した。右手から拳銃が投げだされた。

結衣は男に駆け寄った。常人なら失神しているはずだった。だが男は顔をしかめただけで起きあがった。怒りに燃える目で結衣を睨《にら》みつけ、猛然と襲いかかってくる。結衣が間合いを詰める前に、男がこぶしを振りかざした。失態を悟ったときは遅かった。結衣は頰を殴打され、地面に叩きつけられた。

横たわる結衣の上に、男がのしかかってきた。片手で結衣の喉を圧迫し、もう一方の手でセーラー服の襟を破きにかかる。結衣は逃れるべく身をよじったが、男の握力は想像を絶していた。荒い鼻息が結衣の顔に吹きかかった。

結衣が焦燥に駆られたそのとき、ごく近くで銃声が轟《とどろ》いた。男がびくっとしたが、まだ生きている。

外しようがないほどの至近距離に、庄市が立っていた。唖然《あぜん》とした表情を浮かべる。どうやらまた空砲用に加工された拳銃だったらしい。しかし男の握力が緩んだ。その一瞬の隙さえあれば充分だ。結衣は自前の拳銃で男の顎から脳天を撃ち抜いた。絶叫とともに血の雨が降りかかる。男は天を仰ぎながら痙攣《けいれん》し、直後に脱力するや顔面が落下してきた。結衣は横方向に回転して脱した。

庄市が汗だくの顔で、手もとの拳銃を見つめた。「なんだよこりゃ。またかよ」

結衣はとっさに伸びあがり、庄市の胸倉をつかむと、地面に伏せさせた。遠方からの狙撃《そげき》を警戒する必要がある。

しばらく時間が過ぎたものの、スナイパーライフルの発射はなかった。なおも油断は禁物だったが、それより気になることがある。結衣はきいた。「クレアは？」

「消えた」庄市が苦い表情になった。「スマホを持ってたのがバレた」

結衣は思わず唸《うな》った。「わたしたちを敵とみなしたとか？」

「ああ。銃を突きつけられたさ」庄市が結衣の足もとに目を向けた。「おい。血だらけじゃねえか。靴をどこへやった？」

　そうだった。足を保護する必要がある。結衣は死体に向き直った。軍用ブーツを脱がせる。敵のなかでは小柄なほうだが、それでも結衣にしてみればサイズが大きい。とはいえ贅沢《ぜいたく》はいっていられなかった。結衣は痛みを堪《こら》えながら素足にブーツを履き、靴紐を強く締めた。

　次いで結衣は庄市の拳銃を確認した。やはり銃口にチョークというアダプターが押しこまれている。マガジンを引き抜き、いちばん上の一発をとりだした。弾頭を確認すると空砲だった。構造を研究する価値があるかもしれない。その一発を胸ポケットにいれ、拳銃とマガジンは投げ捨てた。

　庄市が愚痴っぽくつぶやいた。「どうして撃てない銃がちょいちょい紛れこんでるんだ？」

　死体の所持品を調べてみる。胸ポケットから一枚のカードが見つかった。馴染《なじ》みの英文が記してある。客たちは貨物コンテナに隠れる。ノースアクセスゲート、午前十時三十五分。

　なにか変だと結衣は思った。全員が権晟会の脱出工作に加担するとは思えない。ふとひとつの可能性が脳裏をよぎる。にわかに胸騒ぎがしてきた。結衣はつぶやいた。「クレアがノースアクセスゲートに向かったのなら……」

「捜査官なら権限もあるんだろ？　案外ここの連中がひれ伏しちまうかもな」

「そんな悠長なことはいっていられない。これは罠《わな》だし」

「罠だって？」庄市が眉《まゆ》をひそめた。

結衣はうなずいた。「ラングフォード社は権晟会の奴らを出国させるつもりはない。ＮＣＩＳ捜査官ですら貨物コンテナに潜めないと断言してるんだから、やっぱ絶対に無理でしょ。杭瀬たちは殺される」

「なんでだよ？　始末するならもっと早く殺《や》るだろ」

そうでもない。たとえ警察に睨まれようと、ラングフォード社は権晟会を国外脱出させたように見せかけねばならない。日本の闇社会に健全な協力関係をアピールし、後任となる新たな代行窓口を募るためだ。杭瀬らにしても、身内や仲間にスマホで連絡し、高飛びすると触れまわっただろう。事前の通達があればこそ、今後は音信不通になっても、みな杭瀬たちの海外逃亡が成功したと考える。

だが権晟会の高飛びなど最初からなかった。なのになぜこのカードが、ありとあらゆる人間に配られていたのか。理由はひとつしかない。クレアをノースアクセスゲートにおびき寄せるためだ。

庄市もふと思いついたようにいった。「こいつや装甲車の奴らが、撃てない銃を持たされてたのは……」

「あえて殺されるように仕向けた」結衣はため息をついた。「クレアがいちどは社員を仕留めないと、カードを奪う機会がない」

「一部の連中が捨て石にされたのか。ひでえ話だ」

ずっと狙撃が途絶えていたのも、敵が方針を変えたためだ。クレアを無理に追いまわして殺さずとも、情報をばらまいておけば、彼女のほうからノースアクセスゲートに向かう。わざわざ犠牲を捧《ささ》げてまで、クレアを特定箇所に誘導したからには、確実に殺害しうる罠が張ってある。

結衣は腕時計を見た。午前十時すぎ。カードに書かれた時刻まで三十分ほどある。二階建てに女子中高生が居残っていないともかぎらない。まず手近なところから攻めるしかない。間に合うのか。たぶんこの先、結衣が何人殺せるかにかかっている。

22

フィッツシモンズは司令棟一階西の階段を下った。蛍光灯に照らされた地下倉庫は整然とし、さながら銃器の展示場の様相を呈する。壁ぎわのガラスケースには各種の小銃のほか、グレネードランチャー、ロケットランチャー、スティンガーミサイルまでが架けられている。ただし見本品ばかりのため、発射機構の一部が除去されていた。よって実弾を装塡《そうてん》しても撃てない。新品の在庫は防水密閉ケースにおさめ、床に等間隔に並べてある。

こんなに大量の銃器のストックが、ここ兵器試験場にあってはならない。軍関係者がこの部屋を目にしたら一巻の終わりだろう。登録番号を削りとった銃器のすべてが密輸品と見抜かれる。だがそんな状況にはなりえない。

いま地階には来客たちが集っていた。権晟会の会長と若頭はケースに腰かけている。ほかに幹部と構成員。フィッツシモンズは頭数を数えた。全員で九人か。

スキンヘッドのバークリー率いる警備課の面々が整列した。みなアサルトライフルの銃口を上に向けている。構成員らが神経を尖《とが》らせたらしく、シャツの下から拳銃《けんじゅう》を抜いた。

フィッツシモンズは会長の杭瀬に話しかけた。「ここでよく商談をしたな」

「おう」杭瀬が英語で応じた。「出荷はうちの仕事じゃなかったが、商品を見ておかんと、受付代行もできんのでな」

「会長の仕事熱心さには頭が下がる」

構成員らが気まずそうに拳銃をしまいこんだ。頭《かしら》が悠然と会話しているにもかかわらず、下っ端が敵愾心《てきがいしん》をあらわにするのは非礼にちがいない、そう悟ったのだろう。

若頭の植条が腕組みをした。「フィッツシモンズさん。いつまでまたせる？」

「いまから準備に入る。まずこちらで用意した拳銃を身につけてほしい。フレームに造影剤が混ぜられる前の、一九八五年製グロックだよ。いま携帯してる武器は預かる。X線に写るんでな」

警備課がグロック17を配る。構成員らが怪訝《けげん》な顔で受けとった。みなマガジンを抜き、実弾が入っているのを確認する。銃口にチョークが詰められていたり、空包が入っていたりするわけではない。ようやく持ちこんだ銃器の引き渡しに応じた。

これでいい。暴力団員は用心深い。銃を預かるといっただけでは、身体のどこかに隠し持つ恐れがある。銃を交換するといえば納得して手放す。

「では」フィッツシモンズは両耳を指でふさいだ。「さよならをいわせてもらう」

杭瀬が顔いろを変えた。だが苦言を呈するには至らなかった。アサルトライフルがいっせいに火を噴いたからだった。

地下室における銃声の反響はすさまじい。へたをすると鼓膜をやられる。警備課は全員、TCAPSを使っていた。フルオート射撃の銃火が地下倉庫を激しく明滅させる。讃岐谷や構成員らは、会長と若頭の盾となるべく飛びだし、拳銃で応戦しようとした。だが撃てるはずもない。すべて見本品だ。杭瀬と植条以下、権晟会の全員が肉体を粉砕させ、内臓ごと飛び散りながら、血の池に沈んでいった。

銃声がやんだ。フィッツシモンズはマスクをとりだし、鼻と口を覆った。悪臭は我慢ならない。

ここを殺戮《さつりく》の場にするのは気が引けたが、やむをえないことだった。ほかの場所では会長も若頭も警戒する。大事な商品倉庫を汚したものの、見本品は洗えばいい。実際の商品はすべて防水密閉ケースのなかにある。

バークリーもマスクを着用しながらいった。「いま清掃に入るには、人手が不足してますが」

「あとでいい」フィッツシモンズは階段に向かいだした。「女捜査官に手を貸してるのは、たぶんこいつらと一緒に入ってきたチンピラだ。私の庭を這《は》いまわってる。庭師諸君、なにより駆除を優先しろ」

23

結衣はぶかぶかの軍用靴で荒れ地を踏みしめながら、鉄筋コンクリート造二階建ての近くまできた。

風が吹きすさぶ。砂埃《すなぼこり》も舞っていた。辺りの草むらがざわめくものの、建物の周りは視界が開けている。結衣はかまわず全身をさらし、ゆっくりと歩を進めた。

建物を見上げる。二階まで鉄板で窓がふさがれていた。ひとけは感じられない。だが手すりのない屋上に、低く土嚢《どのう》が積んであり、その向こうに見張り役らしき男の顔がのぞいた。栗いろの髪の白人、防弾ベストを羽織り、アサルトライフルを携えている。男が英語で怒鳴った。「おい！　ひとり命乞《いのちご》いに戻ってきやがったぜ」

結衣がセーラー服を着ているからだろう。逃げきれず引きかえしてきた、敵の見張りはそう判断したようだ。予想どおりだと結衣は醒《さ》めた気分で思った。建物の出入り口、ウェスタン風のスイングドアを前に、結衣は立ちどまった。

外壁に監視カメラが複数ある。機種は幼少期に学んだ。あるていど進化しようと、形状はほぼ変わらない。赤外線サーモグラフィー、ナイトビジョン、X線。全身を透かし見るカメラも含まれていた。武器を持っていたら即座に看破される。結衣はいま丸腰だった。

どのカメラも遠隔操作で向きを変えた。機械の目すべてが、結衣をまっすぐに凝視してきた。レンズがモーター音とともに回転し、ズームアップしたとわかる。

出入り口のスイングドアが開いた。Tシャツから太い二の腕をのぞかせる男たちが、ぞろぞろと姿を現した。人種は多様だが、総じて品のない笑いを浮かべている。総勢八人、ハンゲイトとステリーの顔はない。みな拳銃やアサルトライフルを携える。ただし防弾ベストはまとっていなかった。

黒人がぎょろ目を剝《む》き、高慢な態度で仲間をうながした。「小娘がほとんど出払っちまって飢えてたところだ。ぶっ殺す前に存分に味見させてもらおうぜ」

英語がわからないと思っているのだろう。ほとんど出払ったと黒人はいった。すなわち少女はまだ何人か建物内にいる。こいつらがあぶれている以上、居残りの少女を暴行中の男たちも存在する。

屋上で物音がした。結衣は視線をあげた。見張りの男が姿を消している。

風が強く吹きつける。結衣の髪をなびかせ、辺りの草むらもいっそうざわめきだした。理想的な環境だと結衣は思った。あえて左目を閉じる。右目だけで状況を観察しつづけた。

ヒスパニック系とおぼしき肥満体の男が、拳銃《けんじゅう》を結衣に向け命令してきた。「脱ぎな。そこで素っ裸になれ。まず自分でしてみせろよ、ひとりでな」

誰ひとり結衣が初対面だと気づいていない。つまり少女たちの顔を記憶していない。身体だけが目当てだったのだろう。結衣の頬に殴打された痕《あと》があるため、ここにいたと信じて疑わないようだ。

ドアが開き、さっき屋上にいた見張りが飛びだしてきた。息を切らしながら群れに加わろうとする。ほかの男たちが妨害し、見張りの男を追い払おうとした。たちまち小競り合いが始まった。だがほとんどの男は結衣から目を離さなかった。

結衣は冷やかに見かえした。屋上の見張りがいなくなったうえ、すべてのカメラが結衣にズームしている。付近の草むらを誰も注視しない。愚かな奴らだった。風にざわめく雑草のなかを、結衣の仲間が忍び寄っていることは、サーモグラフィーで体温を感知すればわかる。けれどもいま人影はモニターからフレームアウトしている。

左手を斜め下に突きだし、てのひらを後方に向ける。庄市に拳銃を投げつける目標をしめすためだった。一瞬ののち、結衣の左手にシグ・ザウエルが飛びこんできた。

男たちの何人かが表情をこわばらせた。だが大半の顔にはまだ笑いがとどまっていた。至近距離で棒立ちになった敵は、結衣にとって人型の標的も同然だった。トリガーを引きそうな気配が濃厚な順に、結衣は敵をすばやく銃撃していった。片手撃ちでひとりに一発、常にハイグリップを保ち、けっして拳銃を暴れさせない。銃火の明滅とともに薬莢《やっきょう》が宙に舞い、銃声がつづけざまに轟《とどろ》いた。二秒とかからず九発を撃ち、九人が血《ち》飛沫《しぶき》とともに地面に倒れた。

八人は即死だと一見してわかる。肥満体ひとりだけは肩から血を流し、呻《うめ》きながら這いまわっていた。投げだした拳銃を拾おうと必死にもがいている。

結衣は歩み寄ると、その拳銃を蹴《け》って遠ざけた。肥満体の顔を見下ろしながら、銃口をまっすぐに向けた。怯《おび》えきった肥満体に、結衣はつぶやいた。「自分でしてみせなよ」

肥満体の男は泡を食い、声にならない声を発しながら、ベルトを緩めズボンを脱ぎだした。露出した物を握ったとき、結衣は男の額に銃弾を撃ちこんだ。男は下半身があらわになった状態で絶命したが、結衣は目もくれずアサルトライフルを拾い、ドアに歩いていった。

ドアを押し開けた瞬間、右目を閉じると同時に左目を開けた。闇に慣らしておいた左目が、屋内の暗がりを正確にとらえる。結衣はアサルトライフルをフルオート掃射し、並みいる敵を薙《な》ぎ倒していった。バーカウンターの上に半裸の少女が横たわる。そこだけを避け、少女を押さえつけるふたりの頭部を撃ち抜いた。ひとりの死体が少女に覆いかぶさった。少女は悲鳴とともに死体を跳ねのけた。

硝煙のにおいに、割れた酒瓶から漂うアルコールの香りが混ざりあう。庄市があわただしく駆けこんできた。バーカウンターに目を向けた瞬間、庄市が驚きの声をあげた。「梨名《りな》！　おい、梨名じゃねえか」

梨名と呼ばれた少女は、半泣き顔で上半身を起きあがらせた。「庄ちゃん」

庄市はバーカウンターに駆け寄り、梨名を抱きしめた。どうやら庄市が世話をした少女らしい。庄市は声を震わせた。「生きててよかった。怪我ないか」

すると梨名が悲痛な声でうったえた。「庄ちゃん、琉那が」

「琉那？　琉那がどうした」

「まだ上にいる」

結衣のなかにじわりと緊張がひろがった。庄市が真顔で結衣を見つめてきた。

24

クレアは山積みになった鉄骨資材の陰に身を潜めた。胸が張り裂けそうなほど心拍が速く打つ。乱れた呼吸を整えようと躍起になった。

わきには傷だらけのセーラー服が座りこんでいる。リンカはほとんど脱力し、手足を投げだしていた。

ここに来るまでのあいだ、クレアは何度もリンカにいいきかせた。身を潜めて動かないで。あとで迎えにくるから。そんなふうに伝えた。だがクレアが動きだすたび、リンカはついてきた。英語が通じないせいもあるだろうが、ひとり残されるのは不安でたまらないのだろう。やむなくリンカを連れ歩くうち、司令棟を大きくまわりこみ、敷地の北端に達した。リンカは疲弊しきっているものの、思ったよりスタミナがあった。とりあえずここまで来られただけでも幸運にちがいない。

腕時計に目を走らせた。午前十時三十四分。問題はこれからだった。クレアは鉄骨資材の向こうをのぞいた。

小ぶりな駅か操車場に似た眺めがある。ディーゼル機関車が汽笛を鳴らしつつ徐行し、ゲートの前でゆっくりと停車した。牽引《けんいん》する貨車が後方に長く伸びている。無数のコンテナ貨物が連なる。線路のわきにはラングフォード社の警備員が大勢繰りだしていた。

ノースアクセスゲート。空軍基地につづく唯一の出入り口だった。いま機関車は兵器試験場側のゲート前で停車している。警備員らがチェックを終えたのち、ゲートが開くと、空軍基地との狭間《はざま》のゾーンにでる。そこでは基地職員や兵士らが待機する。線路沿いに設置されたセンサーで、貨物のなかが入念に調べられる。職員の立入検査も義務づけられていた。所要時間は三十分。それが終わってようやく空軍基地側のゲートが開き、機関車が進入可能になる。

あの貨物のなかに暴力団員らが潜んでいるのだろうか。やはり警備は厳重だった。発見されず通過できるとはとても思えない。

司令棟方面から三台のクルマが走ってきた。先頭はセダンで黒のフォード・トーラス。つづく二台はＳＵＶ車で、リンカーン・ナビゲーターとキャデラックＸＴ５だった。いずれも貨車の傍らに停車した。

ＳＵＶ車から降り立ったのは、防弾ベストにアサルトライフルの男たちだった。護衛のごとく周りに展開する。セダンの後部座席のドアが開き、フィッツシモンズが姿を現した。次いでもうひとり、三十代半ばの白人のスーツも車外にでてきた。

フィッツシモンズがその白人に声をかけた。「ステイプルドン」

ステイプルドンと呼ばれた男が、クリップボードを携えながら、警備員のもとに向かった。なにやら立ち話を始めた。

クレアは警戒心を募らせた。ステイプルドンといえばフィッツシモンズの右腕だった。兵器試験場においてはナンバーツーの役職にある。ふたりがわざわざ貨車の見送りにくるとは、異例のことにちがいない。警備もやたら厳重に思える。やはりあの貨物のなかに、権晟会の面々が潜んでいるのか。どう切り抜けるつもりだろう。

ふとレザージャケットのポケットに、妙な感触をおぼえた。庄市からとりあげた拳《けん》銃《じゅう》をおさめてある。警戒心を募らせた瞬間、何者かの手が拳銃を引き抜いた。クレアははっとして振りかえった。

銃口はクレアに向けられていた。リンカはすでに数歩さがり、攻撃を許さない距離をとっている。すばやい身のこなしと判断力だった。拳銃を持つ手にも震えがない。据わった目がじっとクレアを見つめる。

クレアは間合いを詰めようとした。「なにを……」

だがリンカは威嚇するように銃身を軽く振った。動いたら撃つ、態度でそうしめしている。しっかりしたハイグリップ。拳銃の扱いにも慣れているようだ。

ふいにリンカが左手を口もとに運び、指笛を甲高く吹き鳴らした。

貨車のわきにざわっとした反応がひろがった。防弾ベストの群れがアサルトライフルを向け、慎重に前進してくる。フィッツシモンズも眉《まゆ》をひそめながら、ステイプルドンとともに向かってきた。

アサルトライフルが迅速にクレアを包囲した。クレアは動揺しながら両手を挙げた。まだ右手のなかに拳銃があったものの、ステイプルドンにひったくられた。

フィッツシモンズは面食らった顔でつぶやいた。「リンカ」

リンカは拳銃でクレアを狙ったまま、流暢《りゅうちょう》な英語でいった。「この女と偶然でくわ《アイ・バンプト・イントウ・ディス・ウーマン》した。何者？《フー・ザ・ヘル・イズ・シー》」

「NCISの捜査官だ」フィッツシモンズは満足げに微笑した。「でかした、リンカ。もういい、銃を下ろせ」

ところがリンカは従おうとせず、銃口をフィッツシモンズに向けた。防弾ベストらがただちに反応し、アサルトライフルでリンカを狙った。全員ではない。数丁は依然としてクレアに突きつけられている。敵の集団行動にはいっさいの隙がなかった。

リンカは動じるようすもなくいった。「さんざん性奴隷にして、いまさら命令かよ」

フィッツシモンズが顔をしかめた。「警備課の連中がなにをしてたか、私は詳しく知らん」

「へえ」リンカはステイプルドンを一瞥《いちべつ》した。「そいつは娼館《しょうかん》の二階に何度かきたけど」

　ステイプルドンがあわてぎみに反論しかけた。だがフィッツシモンズが片手をあげ、部下の発言を制した。

「なあリンカ」フィッツシモンズが真顔でいった。「娼館から狩りの標的として解放され、荒れ地を逃げまわるうち、この捜査官とばったり会った。そうだな？　黙って同行し、着いてから私たちに知らせるとは、じつにいい勘をしている」

　そうだったのか。クレアは唇を噛《か》んだ。権晟会は貨物のなかにいない。あのカードは罠《わな》だった。敵の空砲もそれで説明がつく。クレアにカードを奪わせるため、フィッツシモンズは一部の社員を生け贄《にえ》にした。結衣と庄市はフィッツシモンズの仲間ではなかった。

　無線のノイズがかすかにきこえた。防弾ベストの男がヘッドセットでぼそぼそと会話する。男は顔をあげるとフィッツシモンズに報告した。「K－6S地区でパトロールが少女を捕まえました」

「狩りの標的だろう」フィッツシモンズが苦い表情になった。「奴らにも困ったもんだ。こんなときに」

「いえ」男が付け加えた。「パトロールの話では、見慣れない制服を着ているそうです。身分証によれば優莉結衣とか」

リンカがびくっと反応した。クレアも鳥肌が立つ思いだった。結衣は捕虜になってしまったのか。

男がつづけた。「英語のメモ書きに、父の優莉匡太が以前に銃器購入で世話になったと」

フィッツシモンズは渋い顔でうなずいた。「優莉匡太。たしかにむかし取引があった。だがその身内などめずらしくもない」

なぜかフィッツシモンズの目がリンカに向いた。リンカもどういうわけか冷静さを失って見えた。さっきまでとは打って変わり、にわかに焦燥のいろをのぞかせる。

「ケニー」フィッツシモンズは悠然といった。「パトロールに伝えろ。かつて大口の客だった人物のご令嬢だ、狩りの標的とは根本的に異なる。たぶん権晟会と一緒にきて、勝手に出歩いていたんだろうが、新規の客となる団体の使いかもしれん。試験準備B棟に丁重にお連れしろ。ああ、試験準備B棟ってのは、おまえらが娼館と呼ぶ二階建てだぞ、まちがうな」

「了解」ケニーと呼ばれた男がヘッドセットで通信を始めた。

フィッツシモンズはリンカから拳銃を向けられているにもかかわらず、涼しい顔でステイプルドンにいった。「この捜査官も娼館に連行しろ。警備課の連中に引き渡せ。優莉結衣のほうは、おまえが直接話をきけ。少しでも怪しいところがあった場合は、その場で射殺しろ」

「まってよ」リンカは拳銃を構えたまま仏頂面でいった。「その役割はわたしがやる」

「リンカ」フィッツシモンズがじれったそうな声をあげた。「早く拳銃を下ろせ。状況をややこしくするな」

「わたしなら本心を見抜ける」

フィッツシモンズが片方の眉を吊《つ》りあげた。一理ある、そんなふうに感じたらしい。

「ならリンカ、おまえも行け。ああ、銃は預かる。わかるだろ。謀反を起こされちゃたまらんのでな」

「代わりにナイフをちょうだい」

やれやれという顔で、フィッツシモンズがケニーにいった。「ナイフをくれてやれ」

ケニーがチェストリグからアーミーナイフを引き抜き、柄のほうをリンカに向けた。リンカはそれを握ってから、拳銃をケニーに投げ渡した。

フィッツシモンズが顎《あご》をしゃくった。「ケニー、キャデラックにリンカを乗せてけ」

「おい」ケニーがリンカを目でうながした。ふたりは鉄骨資材の陰をでると、キャデラックXT5に駆けていった。

クレアは両手を挙げたまま、ひどくもどかしく感じていた。ここでのいざこざは空軍基地側の目にとまらない。銃声が響いたところで、兵器試験場のなかでの発砲は問題視されない。

ステイプルドンが拳銃をクレアに向けてきた。防弾ベストのひとりに命じる。「クルマをこっちにまわしてこい」

クレアは激しい憤りとともにフィッツシモンズを睨《にら》みつけた。「きっと後悔する」

フィッツシモンズの冷酷な目が見かえした。「おまえがな」

25

結衣はアサルトライフルを構えながら、ひとり建物の二階に上がった。

窓が塞《ふさ》がれているせいでほの暗い。半開きのドアのなか、無人の室内には監視用モニターが並んでいた。画面には外に横たわる死体の群れが映っている。アサルトライフルの銃身で隣りのドアを押し開ける。そちらはスポーツジムだった。床に転がる鉄アレイは国際規格どおりのサイズだとわかる。人影は見あたらない。

上り階段が目に入った。頭上には四角く切りとられた空がある。慎重に階段を上ってみると、なにもない屋上がひろがっていた。周りを低く土嚢《どのう》に囲まれているが、銃座ひとつ置いていない。

階段を下り、廊下を奥へと進んだ。片側に連なるドアは、いずれも狭い個室で、やはりもぬけの殻だった。

いまのところ誰とも遭遇していない。銃器類も置かれていなかった。二階には武器を持ちこまないルールがある、さっき階下で梨名がそう教えてくれた。

じきに廊下の最深部に達する。そう思ったとき、いちばん奥の個室から物音がした。結衣は慎重に歩み寄った。

ところがそのとき、腰に感触があった。スカートベルトの後ろに挟んであった拳銃《けんじゅう》が引き抜かれた。後頭部に銃口が突きつけられた。

「動くな」男の声が英語で命じた。「銃を捨てろ」

さすが米軍の軍事教練を受けた強者《つわもの》だった。やはり個室のどこかに潜んでいたらしい。いっさい音を立てず、いつの間にか背後に忍び寄っていた。

結衣はアサルトライフルを投げ捨てた。背後の男は左手で結衣の身体をまさぐった。ほかに武器がないか確認している。むろん男の右手は拳銃を握り、銃口を結衣の後頭部に密着させていた。

隙のないやり方だった。結衣がどれだけ迅速に動こうとも、男がトリガーを引くほうが早い。

「歩け」背後の男が命じた。「そのドアを開けろ」

行く手のドアをそっと押し開ける。個室のなかに少女の呻《うめ》き声が響いていた。黒人がセーラー服の琉那を盾にしている。ハンゲイトだとわかった。右手で琉那の口をふさいでいた。琉那は目を真っ赤に泣き腫《は》らしている。ハンゲイトの左腕が、琉那の身体をしっかり抱えこむ。

ハンゲイトが結衣の背後に声をかけた。「ステリー。この小娘、NCISの捜査官と一緒にいたやつか」

「ああ」結衣の後ろでステリーの声が応じた。「セーラー服に着替えてやがる。階下にいた奴らを撃ち殺しやがった」

「もう好きにはさせねえ。俺たちでマワしてから、頭を撃ち抜いて屋上から吊ってやろうぜ」

結衣はうんざりしながらつぶやいた。「レイプ殺人魔はそればっか」

英語を喋《しゃべ》ったからだろう、ハンゲイトがぎょっとした。背後でステリーも息を呑《の》んだ気配があった。もっとも銃口は結衣の後頭部から離れない。

　ハンゲイトが睨みつけてきた。「おめえ誰だ」

「あんたたちみたいなのは、性欲を抑えきれないっていうけどさ。ほんとはちがうでしょ。不満の解消に女を利用していいと思ってる。女を見下す差別意識、女への敵意、それに甘えもある」

「なんだ？　どういうつもりで演説をぶってやがる」

「男は強いっていうジェンダーの刷りこみがあるのに、水兵にさんざん虐げられた結果、自尊心を傷つけられた。そこで自分より弱い未成年の女を、性暴力によって支配下に置くことで、男としての歪《ゆが》んだアイデンティティーを補充しようとしてる」

「このアマ。きいたふうなことをほざきやがって」

「これまで地位協定で大勢が罪を逃れた」結衣はつぶやいた。「おまえらはそうさせない」

　ハンゲイトが憤怒《ふんぬ》をあらわにした。「ステリー、いますぐこいつをぶち殺せ！」

　銃口はなおも結衣の後頭部に向けられている。銃声がけたたましく響いた。ステリーの拳銃が、たったいま結衣を撃った。

　だが結衣は平然と背後を振りかえった。慄然《りつぜん》とした白人男の顔がある。ステリーの拳銃は発砲後もブローバックせず、銃口から煙を噴きあげただけだった。ステリーはふたたびトリガーを引き絞ったが、拳銃は無反応だった。

結衣は胸ポケットに入っていた空包を、階下でマガジンのいちばん上に装塡《そうてん》しておいた。二階を隈《くま》なく調べるのは不可能だが、銃器の持ちこみが制限されている以上、敵はきっと背後に忍び寄ってきて拳銃を奪う。そこまで想定していた。

ステリーはあわててスライドを手で引こうとした。ようやく次の弾を装塡する手段を思いついたらしい。だがそれより早く、結衣は左膝《ひだりひざ》を突きあげ、ステリーの股間《こかん》を打ち上げた。いま床から浮いた結衣の左足、ぶかぶかのブーツには、アーミーナイフが挿してあった。拳銃を後頭部に突きつけながらのボディチェックでは、けっして見つけようのない隠し場所だった。結衣はナイフを引き抜くや、ステリーの頸動脈《けいどうみゃく》を横一文字に掻《か》き切った。間髪をいれず身を翻し、ハンゲイトの左脇の下に刃を突き立てた。大量の血液が勢いよく噴出した。腋窩《えきか》動脈を切断したとわかる。どうあがこうとも脇の下は止血できない。約三十秒で死ぬ。

ふたりはおびただしい流血とともに両膝をついた。ステリーは手で首を押さえている。眼球が飛びださんばかりに、目を大きく見開いていた。顔面がみるみる青ざめ、やがて痙攣《けいれん》を起こすと、赤い水たまりに突っ伏した。ハンゲイトは両手で空を掻きむしっていた。陸にあがった魚のように口をさかんに開閉させる。だが背中はずるずると壁を滑り落ち、尻餅《しりもち》をつくと手足を投げだした。瞳孔《どうこう》が開ききっていた。

　どちらも死んだか、もしくは間もなく絶命するだろう。けれども結衣は拳銃を拾いあげた。スライドを引き、手動で空包の薬莢《やっきょう》を排出、実弾を装填する。すかさずハンゲイトの脳天に発砲した。次いでステリーの頭頂にも撃ちこんだ。ふたりの頭骨は瞬時に粉砕された。

　かすかな耳鳴りを残し、静寂が訪れた。琉那は立ったまま身を縮こまらせていた。結衣は琉那に歩み寄った。琉那が茫然《ぼうぜん》と結衣を見かえす。その目に大粒の涙が膨れあがった。

　結衣は琉那を抱き寄せた。「平気？」

　琉那が震えながら小さくうなずいた。それだけの反応をしめせれば充分だった。結衣は琉那の肩を抱いたまま廊下にでた。ふたりでゆっくりと階段を下りていく。

　一階にいた庄市が、梨名の手を引きながら駆け寄ってきた。庄市は安堵《あんど》のいろを浮かべていた。「無事だったか」

　いくらか落ち着いたのか、琉那が結衣にささやいた。「近所の人かと……」

　ところがそのとき、クルマのエンジン音を耳にした。結衣はとっさにいった。「隠れて」

庄市が琉那と梨名を連れ、カウンターのなかに退避した。結衣は床から新たに拳銃を拾いあげた。ベレッタ92。銃口にチョークは詰まっていない。マガジンの中身も空包ではなかった。苦手な拳銃だが贅沢《ぜいたく》はいっていられない。

拳銃を手にスイングドアへと近づいた。隙間から外をのぞく。ずんぐりしたハマーの車体が近づいてくる。防弾ベストがふたり降り立ち、アサルトライフルを手に警戒にあたる。どちらも地面に累々と横たわる死体を見て、緊張を募らせたようだった。

後部座席のドアが開き、防弾ベストがもうひとり降り立った。拳銃を人質に突きつけている。人質の少女は芳窪高校の制服を着ていた。朱美だった。

見つかってしまったようだ。ここに連行されたのか。だが結衣の予想どおり、朱美はひとまず暴力を振るわれてはいなかった。かつて銃器を購入した優莉匡太の娘とされている以上、事情があきらかになるまでは丁重な扱いを受ける。

もっともそれはいまのうちだけだ。生徒手帳はその場しのぎにしかならない。誰かがネットで優莉結衣の名を検索しだい、報道にでた結衣の顔とはちがうとばれる。

朱美はぎこちない動作で車外にでたが、地面に横たわる複数の死体を目にし、ひどく衝撃を受けたらしい。はっと息を呑み卒倒しかけた。周りの男たちがあわてて支える。

このままだと応援を呼ばれてしまいそうだ。結衣が唇を噛《か》んだとき、別のクルマが接近してきた。

今度は中型のSUV車、キャデラックXT5だった。運転席でやはり防弾ベストの男がステアリングを切っている。停車するや助手席が開いた。飛びだしたのは、ぼろぼろになったエンジいろのセーラー服だった。

結衣は愕然《がくぜん》とした。麴町西中学校の制服にサンダル。金髪のショートボブは、いまや長く伸びて肩にかかり、そのぶん頭頂が黒く染まっている。凜香だとわかった。

凜香はアーミーナイフを握りしめ、猛然と朱美に躍りかかった。だが朱美の顔を見たとたん踏みとどまった。表情を凍りつかせ、なにもできずその場にたたずむ。

朱美を連行してきた防弾ベスト三人が、アサルトライフルの銃床を振りあげ、凜香に打撃を食らわせた。凜香は地面に突っ伏した。

キャデラックの運転席から降りた防弾ベストが、当惑ぎみに歩み寄った。勝手がちがったらしく、ほかの男たちと口論になった。そろって眉間《みけん》に皺《しわ》を寄せている。

庄市がカウンターの陰からささやいた。「なにが起きてる？」

「妹がきた」結衣は小声で応じた。

「なに？　妹って、結衣のか」

「朱美って子をわたしと勘違いして飛んできたみたい」

凛香は満身創痍《まんしんそうい》のありさまだった。服もあちこち裂けていた。チュオニアンのときよりずっと痛々しい。今度こそ本物の虐待、それも性的暴行を受けたからだろう。

結衣は皮肉に思った。田代槙人は表向き健全さをアピールするため、クリーンな企業ばかりと取引している。凛香を罰するための預け先といえば、銃器売買で世話になった暴力団、権晟会ぐらいしかなかったと考えられる。

防弾ベストの男たちが凛香を引き立たせる。凛香の目は虚《うつ》ろだった。だが死体の数々をまのあたりにしたとき、凛香の表情がこわばった。殺し方に結衣の存在を察知したようだ。

敵は四人、いずれもアサルトライフルを手にしている。互いに言葉を交わしたすえ、いっせいに銃口をこちらに向けた。

建物に入ってくる気らしい。結衣は後ずさりながらバーカウンターに声をかけた。

「庄市。いまからいう物がそこにあったら教えて。肉切り包丁、釘打《くぎう》ち機、四メートル以上のロープ、ガムテープ、キリかドライバー」

カウンターの陰から庄市が応じた。「まってろよ。こりゃなんだ、ああ、ジュースを作るミキサーさ。あとはサランラップにアルミホイル……」

「早く」

「さっきいったなかならガムテープしかない」

「投げて」

一般的にガムテープと呼ばれる、クラフト粘着テープの輪が飛んできた。結衣はそれを左腕に嵌《は》め、両手で拳銃《けんじゅう》を構えた。片膝《かたひざ》をつき姿勢を低くする。周りにテーブルや椅子はあったが、それらの陰に身を潜めたりはしない。どうせ銃弾の遮蔽《しゃへい》にはならない。

スイングドアが弾《はじ》けるように開いた。真っ先にふたりが同時に踏みこんできて、ただちに姿勢を低くする。次いで凛香と朱美を盾にしながら、残るふたりがつづいた。セオリーどおりの突入だった。だが太陽の下から突然、屋内に踏みこんだせいだろう。銃口が結衣に向けられるのが一秒遅れた。

すかさず結衣は手前のふたりに発砲した。どちらも額を撃ち抜いた。と同時に凛香が朱美に抱きつき、ふたりそろって床に伏せた。おかげで背後の敵ふたりが無防備と化した。結衣は二発連続して銃撃し、防弾ベストふたりの頭部も吹き飛ばした。

床に横たわった凛香と目が合った。殺意に燃えるまなざしで結衣を見上げる。次の瞬間、すばやく跳ね起きた凜香が、豹《ひょう》のごとく飛びかかってきた。右手のアーミーナイフを振りかざす。

間合いが詰まった。結衣は左腕に嵌めたガムテープの端をつかみ、引っぱって帯状にした。ロープファイティングのように両手のあいだに張るものの、指先に巻きつけたりせず、接着面でない側にてのひらをあてがう。ナイフを握った凜香の手を接着面で巻きこんだ。さらに凜香の背後にまわりこんで胴体に圧着させる。結衣は姿勢を低くし、凜香の前方へと滑りこんだ。両脚にもテープを巻くと、凜香は体勢を崩しひざまずいた。結衣は凜香の肩をつかみ、身体を水平方向に回転させた。ガムテープでがんじがらめになった凜香の身体が、床に仰向《あおむ》けに転がった。

両脇が締まり、手の自由がきかなくなったにもかかわらず、凜香はなおもナイフを放そうとしなかった。結衣はテープをいったん切断し、あらためて輪から五十センチほどテープを引きだし、ナイフの切っ先から顎《あご》にかけ貼りつけた。テープを緩く二つ折りにし、刃先を覆った。もはやナイフを刺すこともできなくなった。

凜香は凶器が意味をなさなくなったと早々に悟ったらしい。ナイフを放りだした。

結衣はそれを拾い、スカートベルトに挟んだ。

いまや凜香は全身にガムテープを巻かれ、身動きできない状態で床に横たわっている。怒りに満ちた目で結衣を見上げた。顔面を紅潮させ、涙を浮かべながら怒鳴った。

「死ねクソ姉《ねえ》！」

結衣は醒《さ》めた気分で見下ろした。「ガムテープで口もふさがれたい？」

「マジで死ね。死ね死ね死ね死ね死ね！　ゴミクズ結衣。人殺しの変態ブス。不細工。正真正銘の死神、貧乏神。単細胞生物」

罵声《ばせい》に耳を傾けてはいなかった。外にまたクルマが徐行してくる音をきいたからだった。エンジンの響きからするとリンカーン・ナビゲーターのようだ。ドアの開閉音はきこえないが、慎重に降車したのだろう。ただし敵の加勢ではない。状況を把握済みなら、クルマごと建物に接近したりしない。さっきの二台と同じ動きだとわかる。やはり人質の連行を命じられた可能性が高い。外に横たわる死体の群れに、判断を迷っている。

だがおそらく建物内に入ってくるだろう、結衣はそう予測した。九人を殺した犯人が外にいたら、ただちに銃撃を受ける恐れがあるためだ。さっきの奴らも同じように考えた。だから建物内を拠点として確保するため侵入してきた。視界の開けた戦場である以上、それしか方法はない。

凜香はなおもわめき散らしていた。「おいクソ結衣、ぶっ殺してやる。お高くとまってんじゃねえぞ。雌豚。しゃしゃんな。家畜が喋《しゃべ》んな。おまえなんかバラバラになって死ね！」

庄市が歩み寄ってきて眉《まゆ》をひそめた。「ほんとに妹かよ。あまり似てねえな」

結衣は凛香を見下ろした。自分でも意外なほど、すなおな気持ちを言葉にした。

「わたしはあんたが生きててよかったと思ってる」

「なにいってやがる。偽善の塊、低能、無教養。極貧の施設暮らしのくせに」

「わかってるでしょ。原宿でサリンを散布してたら、あんたは殺されてた」

凛香は一瞬言葉に詰まったものの、すぐにまた声を張りあげた。「いいくるめんな！　ほざくな。嘘つき、詐欺師、ペテン師。いんちき結衣」

外壁をこするような音がかすかにきこえた。ひとりがよじ登っている。裏口がないため屋上から侵入する気だろう。もうひとりは出入り口からか。敵はふたりと考えられた。

結衣は凛香のそばにひざまずいた。凛香の額に手を這《は》わせる。びくっとした反応とともに、凛香が目を剝《む》いた。

「凛香」結衣はささやいた。「あいつらのところに戻ったら、こんな目に遭って当然でしょ。むかしからあんたは、痛い思いをしないとわからない子だった」

「触んな！　おめえになにがわかるってんだよ。最低最悪の犬畜生」

「小さかったころ、わたしはあんたが好きでも嫌いでもなんでもなかった。原宿のことがあってしばらくは大嫌いだった。でもどっちもまちがいだった。いまは凜香に可哀想なことをしたと思ってる。お父さんの課題をこなして得意がってる場合じゃなかった。早く真実に気づいて、あんたを守ってあげるべきだった」

凜香の目に当惑のいろが見え隠れした。やがて涙が堰《せき》を切ったように溢《あふ》れだした。いっそう激昂《げきこう》しながら凜香が叫んだ。「きめえ！　可哀想とか真実とか、勝手に推測すんな！　おめえなんか半グレのなり損ないでしかねえんだよ。めそめそ泣いてる弱虫動画がでまわってるだけの、存在価値すらないクソ女。悔しかったら世のなかに本当の姿見せてみろよ、できねえくせに」

「姉として接してあげられなかった。わたしにとっての姉は同い年の智沙子だけだったから、姉を慕うあんたの気持ちに気づけなかった。親がくれない愛情を求めてることにも。でもそれを言いわけにはできない。たとえ世間から隔離されて育ったとしても、自分でものを考えられる年齢になったら、無知は罪でしかない」

凜香は動揺をしめし言葉に詰まったが、あわてたようにまた早口でまくしたてた。

「きめえっていってんだろクソ姉！　おめえに好かれようなんてこれっぽっちも……」

反射的に階段へと銃口を向け、結衣はトリガーを引き絞った。銃声が大音量で反響し、銃火の閃光《せんこう》が室内を白く染める。階段を下ってきた防弾ベストの男、その額を撃ち抜いた。死体が前のめりに倒れるより早く、結衣の左手は出入り口に向いた。勢いよくスイングドアが開き、ふたつの人影が重なって現れた。クレアの肩越しに見えた白人のスーツに狙いを定め、間髪をいれずトリガーを引いた。二発目の銃声が轟《とどろ》き、薬莢《やっきょう》が顔の前に飛んだ。すくみあがったクレアを残し、スーツは拳銃《けんじゅう》を落下させ、仰向けに屋外へと倒れていった。

静寂がひろがった。凛香は目を瞠《みは》ったまま、頬筋をひきつらせている。朱美は半身を起こし震えていた。琉那と梨名はカウンターの陰で抱きあい、言葉を失ってへたりこんでいる。

庄市がおぼつかない足どりでクレアに歩み寄った。通じない日本語でつぶやいた。

「よかった。生きててくれて」

クレアは肝を潰《つぶ》したように室内を見渡した。死体をひととおり眺める。次いでミイラ状態の凛香に目を落とし、最後に結衣と向きあった。「あなたがひとりで？」

「権晟会の奴らは殺してない。でももう死んでると思う」

「ええ」クレアはため息とともにうなずいた。「海外逃亡なんかなかった」

結衣はドアの外に倒れたスーツに顎をしゃくった。「そいつは？」

「ステイプルドン。ラングフォード社の内部統制統括部長。銃器密輸はやっぱり企業ぐるみだった」

驚くに値しないと結衣は思った。地位協定による治外法権だからといって、ここまでの無法地帯は上層部の黙認ていどではありえない。

クレアは凜香を見下ろした。「この子、あなたを目の敵にしてたみたいだけど」

凜香が英語でクレアに吐き捨てた。「なに見てんだよ」

結衣は爪先《つまさき》で凜香の頭を軽くこづいた。「妹はほかの人質たちとはちがう。気にしないで」

「あなたの妹なの？　道理で……」

「なんだよ」凜香がクレアに凄《すご》んだ。「道理でなに？　こんなクソ姉と一緒にすんな」

「日本にも問題のある十代が多いってのはわかった」クレアの視線は庄市に向けられた。「ここに不法侵入したのは事実でしょ」

庄市が戸惑いながら日本語でいった。「どうしてここにいるかをきいてるんだよな？　俺や結衣にとっても事情が……」

ふいにノイズが響いた。トランシーバーのコールトーンだとわかる。クレアははっとしてドアを振りかえった。外に駆けだし、ステイプルドンの死体のポケットをまさぐる。発見したトランシーバーを手に、建物のなかに引きかえしてきた。

雑音にまみれた男の声が英語で問いかけた。「優莉結衣は見つかったのか。なぜ連絡しない」

クレアはプレスボタンを押した。「フィッツシモンズさん。あなたの部下は全滅しました。潔く空軍基地に出頭してください」

沈黙がかえってきた。やがてノイズすら途絶えた。向こうがトランシーバーのスイッチをオフにしたらしい。クレアは苦い顔でトランシーバーを投げだした。

「結衣」クレアはうつむきながらいった。「あなたもスマートフォンは持ってるんでしょ」

いまさら嘘をついても意味がない。結衣はうなずいた。「ええ」

「電源をオンにしたとたん、あなたの不法侵入もばれる。だから通報もできないのね」

答える必要はないだろうと結衣は思った。事実はクレアの想像どおりだった。

クレアは深く長いため息をつくと、床からアサルトライフルを拾った。マガジンの残弾をたしかめコッキングする。だが銃口を結衣に向けたりはしなかった。ひとりごとのごとくクレアがつぶやいた。「司令棟のほうにもフィッツシモンズの兵隊がいる。

当然ここを襲ってくる」

結衣はきいた。「建物を包囲するほどの大部隊が残ってるわけじゃないでしょ？」

「でも攻防になったらこっちが不利。急いで武器をかき集めないと」

クレアは結衣にスマホでの通報を強要してこなかった。どうしても問いかけたくなる。結衣はクレアを見つめた。「犯罪者を見逃すの？」

「わたしはＮＣＩＳの捜査官。海軍の犯罪を取り締まるのが仕事」クレアが見かえした。「あなたのことは日本の警察にまかせるべきでしょ」

クレアの物言いは曖昧《あいまい》だった。あとで那覇署に引き渡すつもりなのか、ＮＣＩＳは関知しないという意味なのか。だが結衣はそれ以上きかなかった。いまこの場で真っ先になにをすべきか、クレアが思いを同じくしているだけで充分だった。

結衣はバーカウンターに目を向けた。「あいつらがどこに武器を保管してたかわかる？」

琉那と梨名が顔を見あわせた。梨名が困惑ぎみに応じた。「二階に武器を持ちこめないってルール以外は……」

朱美が代わって告げてきた。「そこの棚。いつも出し入れしてた」

壁ぎわのキャビネットのことだった。庄市が扉を開ける。なかにはアサルトライフルやスナイパーライフルが十数丁も立てかけてあった。

クレアが色めき立って棚に駆け寄った。スナイパーライフルを手にとり、銃口をのぞいた。とたんに浮かない顔になった。「チョークアダプターが入ってる」

結衣も銃器の検査に加わった。どの銃口もふさがれている。マガジンの中身も空包ばかりだった。どれもこれも使い物にならない。

梨名がいった。「庄ちゃん。その棚なら、外で倒れてる人がけさ段ボール箱を抱えてきて、なにか作業してたよ。床下収納にも荷物を入れてた」

ふだん棚には実銃がおさめてあったのだろう。スティプルドンが試験用の発射不能な銃と入れ替えたにちがいない。知らずに手にとった連中がクレアを襲い、返り討ちに遭うのを意図してのことだった。むろん全員に例のカードが持たされたうえで。

庄市が床下収納の扉を開けた。段ボール箱を破り、透明なビンをとりだした。なかには黒い粉末がおさまっている。庄市が声を弾ませた。「これ火薬じゃねえか？　山ほどあるぜ」

結衣はそれを受けとった。ラベルの成分表には硝酸カリウム、塩化物、硫黄、木炭とある。たしかに軍用黒色火薬のようだ。少量でも爆薬としてかなりの威力を有する。蓋《ふた》をとってにおいを嗅《か》いでみた。落胆せざるをえない。結衣は首を横に振った。

「偽物。中身は二酸化マンガン」

庄市がきいた。「爆発しねえのか?」

凜香の笑い声が響き渡った。床に転がったまま凜香が日本語でいった。「チンピラは理科の授業も真面目に受けてなさそう。二酸化マンガンなんて乾電池やフェライト磁石、花火やマッチの原料になるぐらい」

「花火やマッチの原料なら、ちょっとは燃えるんじゃねえのか」

「結衣姉ちゃん、どこでこの馬鹿を拾った? 二酸化マンガンはたぶん空砲を作るために入荷してあったんでしょ。威力のない小さな発火が生じるだけ。それを軍用黒色火薬と入れ替えられちまってる。この建物にある武器は小銃数丁だけじゃん」

これもクレアにカードの偽情報をつかませるための、ステイプルドンによる工作の一環だったのだろう。ここにいた奴らが銃でなく黒色火薬でクレアの命を狙おうとも、ただ弱々しく燃えるだけで、爆発にはほど遠い結果に終わる。

クレアは棚の銃器を調べ終えたらしい。すべて床に放りだした以上、使える銃は皆無のようだ。硬い顔でクレアはいった。「結衣。屋上には迫撃砲があるかも。さっきあれだけ撃ってきたんだし」

凜香は英語で声を張った。「無理! わたしはずっとここにいたから知ってる。屋上にはなにも置いてない」

結衣もうなずくしかなかった。「さっき屋上にも行ってみた。凛香のいうとおりだった。迫撃砲や榴弾《りゆうだん》発射機、スティンガーミサイルはここにない」

「だけど」クレアは焦りをのぞかせた。「どこか見えない場所に隠してあるかも」

「クレア。猿みたいに身軽な妹は、ここに閉じこめられてからも、何度も抜けだそうとあれこれ画策したはず。強力な武器があれば奪ってる。毎回なにもできずに連れ戻されて、その都度あいつらに暴行されたんだろうし」

凛香が怒りをぶちまけた。「猿とかいうんじゃねえ！　クソ姉こそ豚だろうが」

「ピル飲んだ？」結衣は凛香にきいた。「妊娠してない？」

「いまさら同情したふりすんな！」

「しっ」クレアが静寂をうながした。「なにかきこえる」

重低音が一定のリズムを刻みつつ響いてくる。結衣はクレアと顔を見合わせた。ふたりは同時に駆けだし、スイングドアを押し開けた。

外にでたとたん、ヘリコプターの爆音がはっきり耳に届いた。建物をまわりこんで北方に目を向ける。立ちすくまざるをえない光景がそこにあった。

空に黒い物体がふたつ浮かんでいた。対戦車ヘリ、アパッチAH－64E二機。四枚のメインローターが高速に回転し、重厚な機体を空中停止飛行《ホバーリング》させる。コックピットには操縦士と副操縦士が縦にふたり居並ぶ。外殻に装甲板を張り巡らし、左右に突きだした翼には、ロケット弾やミサイルの発射管を備える。

　クレアがつぶやいた。「搭載兵器はフェイクのはず……」

　ところがその瞬間、二機の正面下部で機関砲が火を噴いた。地面が連続して小爆発を起こし、しかも着弾点がみるみるうちに迫ってきた。結衣はクレアとともに身を翻し、建物の陰に逃走した。

　結衣は全力疾走しながらきいた。「あれもフェイク？」

「Ｍ２３０機関砲」クレアが怒鳴りかえした。「固定武装の三十ミリチェーンガン。フェイクはオプションの搭載兵器のほうで……」

　驚いたことに、鉄筋コンクリートの外壁に次々と大穴が開いていく。威力は小銃と比べものにならない。掃射がつづけば建物全体が崩壊しそうだ。

　スイングドアに駆けこもうとしたとき、アパッチ二機のうち一機がまわりこんできた。俯《ふ》角《かく》に機体を傾けるや、機体側面の翼が煙を噴出させた。甲高いノイズが耳をつんざいた。なんらかの物体が空気を切り裂き飛んでくる。

　目の前に巨大な火柱があがった。爆風が猛烈に吹き荒れるなか、結衣とクレアはドアのなかに転がりこんだ。

ふたたび爆発が起きた。今度は視野が真っ赤に染まった。熱風が吹きつけ、結衣は後方に転がった。黒煙と砂埃《すなぼこり》が混ざりあい室内を覆い尽くす。だが奇妙なことに陽も射してきた。

外壁の一部が消し飛んでいる。幅数メートルにわたり破壊されていた。風が吹きこんでくる。ヘリの爆音も明瞭《めいりょう》に轟《とどろ》く。いつしか瓦礫《がれき》の山が築かれていた。辺り一帯に砂埃が雪のごとく積もっている。

結衣は背筋の激痛に耐えつつ起きあがった。天井材や壁材の破片が床に堆積《たいせき》し、凜香の姿はすっかり埋もれている。結衣はそこを掘りかえした。ガムテープで自由を奪われた凜香は、埃まみれの顔で咳《せ》きこんでいた。結衣は凜香を抱き起こした。

爆発音のせいだろう、聴覚が鈍っている。結衣は大声で呼びかけた。「庄市。みんなは？」

「琉那は無事だ」庄市の姿が煙のなかにうっすら見えた。「梨名もここにいる」

「朱美さん。どこ？」

「こっち」朱美の悲痛な声が、ひどくむせながら応じた。「でもなにも見えない」

埃で真っ白になったクレアが、四つん這《ば》いで近づいてきた。「さっきのはハイドラ

70ロケット弾。二発目はヘルファイア対戦車ミサイル。フェイクなんかじゃなくフル装備みたい」

ぞっとする寒気が襲う。ここまでくると半グレの父を持つ結衣ですら、まるでついていけない知識だった。絶大な破壊力はいま身をもって知った。あと何発か撃ちこまれたら建物が崩れ去る。

クレアはアサルトライフルを外に向け、フルオートで銃撃した。だがヘリは悠然と至近距離を横切っていく。ダメージは見あたらない。クレアの手がスナイパーライフルを拾ったものの、空砲だと気づいたらしい。苛立《いらだ》たしげに放りだした。

「だめ」クレアは両手で頭を抱えた。「もうどうにもならない。ここで死ぬしかない」

絶望的な空気が支配していく。M230機関砲の掃射が、残存する壁を続々と粉砕する。誰もがすくみあがり、身動きがとれないありさまだった。天井にも縦横に亀裂が走り、崩落が間近だとわかる。やがて全員がコンクリートの下敷きだろう。

いままでとはわけがちがう。結衣は鳥肌が立つ思いだった。地位協定に守られた在日米軍の領域内で、フル装備の戦闘ヘリに狙われている。しかも容赦ない爆撃の嵐にさらされていた。いつしかこんなところまできてしまった。優莉匡太半グレ同盟の想定をはるかに超えた戦場だった。武器は小銃数丁、あの軍用ヘリ二機に太刀打ちできるはずがない。崩れかかった建物だけが最後の砦《とりで》だった。もう逃げ場はない。

　ふいに凜香が英語でクレアを怒鳴りつけた。「あきらめんな！　それでも捜査官かよ。犯罪者を捕まえるとか、偉そうなことぬかしてんなら、最後まで戦え！」

　クレアがびくっとした。結衣も思わず息を呑《の》んだ。その声を間近にきき、ようやく凜香を抱き締めたままだと気づいた。

　すると凜香の充血した目が結衣に向いた。結衣を睨《にら》みつけ、凜香がわめき散らした。

「てめえいつまで遊んでんだよ。さっさと始末つけろよ！　妹を地獄に蹴落《けお》としといて、一緒に心中とか冗談じゃねえぞ！　結衣姉ちゃんが負けるわけねえだろ。結衣姉ちゃんが」

　凜香の震えがじかに伝わってくる。その震えは凜香の哀哭《あいこく》だと気づいた。凜香が大粒の涙を滴らせながらむせび泣いていた。怒りに満ちた目はさっきまでと変わらない。だがただ憎しみの感情があるだけではなかった。そういえばきょうだい喧嘩《げんか》の果てには、いつも凜香のこんなまなざしがあった。姉になにかをうったえようとする妹の視線。いままっすぐ向きあっている。

　この期に及んで凜香に同情を寄せる、そんな結衣の煮えきらなさにこそ、凜香は腹を立てたにちがいない。信念を押し通せと涙顔が告げていた。心臓を凝結させるような激しい感情に触れた。ここで死ぬことは許されない。死んだら妹にとって最低の姉にしかなりえない。

結衣のなかに冷静さが戻ってきた。クレアに向き直ってきいた。「ヘリが旋回してるみたいだけど？」

クレアがこわばった顔を向けてきた。「敵拠点の攻略法。二機でコンパス・ムーブしてる」

「コンパス・ムーブってのは？」

「円周上の正対称を二機が飛ぶの。拠点に籠《こ》もった敵が、一機を撃墜しようとすれば、かならずもう一機に背を向けることになる。その隙を突いて殲滅《せんめつ》する」

結衣のなかでひとつの思考が熱を帯びだした。結衣は辺りを見まわした。煙が薄らぎ、視界がひろがっている。内壁の配管に目をとめた。「庄市。そこの配管を一本外して」

「なに？」庄市が頓狂《とんきょう》な声をあげた。「そう簡単に外せるかよ。パイプレンチもねえのに」

「その管は屋上に溜《た》まった雨水の排水用。日本なら塩ビパイプで外壁に這《は》わせるけど、アメリカの基地建造物は内部に鉄管で通す。銅とすず、亜鉛、鉛の合金。しょっちゅうなかを掃除するから、どのパーツも反時計回りで外せる仕組み」

「マジかよ」庄市はテーブルを壁にひきずっていき、その上に乗って配管に手を伸ばした。「ちゃんと意味があるんだろうな」

　ここから見たところ、配管の太さは約十センチだった。たしか二・九六インチの上が三・七七インチ、その上になると五・一三インチ。通常の規格どおりなら三・七七インチにちがいない。

　轟音《ごうおん》とともに縦揺れの震動が襲った。高温を帯びた突風が襲い、蜃気楼《しんきろう》のごとく視野をぼやけさせる。結衣は凛香とともに伏せた。ロケット弾かミサイルが命中したらしい。壁がさらに突き崩され、天井が斜めに傾きだした。そこかしこで火がくすぶり、黒煙が立ちこめだしている。

　結衣は臆《おく》せず怒鳴った。「琉那さん、梨名さん。バーカウンターにミキサーがあるでしょ。アルミホイルを小さく丸めて、ミキサーで砕いて」

　琉那の震える声が応じた。「ミキサーはあるけど、コンセントがどこかわからない」

　朱美が瓦礫を這いまわるのが見えた。「ここにある！」

「試して」結衣はいった。「ダメならまた別のコンセントを」

　凛香が無言で見つめてくる。結衣はその目を見かえした。

野暮を承知で結衣は凜香にいった。「きょうだい喧嘩より優先することがある。あんたが自由に動けるようになっても、よけいな真似をしないでほしい」

「なによりも結衣姉ちゃんを殺したい。後先なんか考えない」

「ならそのままでいてよ」

「ふざけんな！」凜香は声を荒らげた。「冗談はそれぐらいにしろよ。さっさとガムテープを剥《は》がせ」

結衣はスカートベルトからアーミーナイフを引き抜いた。刃を保護していたガムテープをとり除く。凜香の身体を覆うガムテープを切断にかかった。

両手が解放されると、凜香はみずから脚に巻きついたテープを剥がしだした。結衣もそれを手伝った。ナイフはわきに置き、ひたすらテープの除去を急ぐ。

身体が自由になるや、凜香の目が鋭く光った。右手がすばやくアーミーナイフに伸びる。だが結衣は一瞬早くナイフを奪い、切っ先を凜香の顔に突きつけた。

「遅い」結衣はつぶやいた。「いったでしょ。無駄な時間を使わせないでよ」

凜香はむっとして鼻を鳴らした。「そのうち殺してやる」

ふたりは同時に立ちあがった。互いに言葉を交わさずとも、そろって階段を上っていった。

二階に着いたものの、そこには一階以上の惨状がひろがっていた。わずかな柱のみを残し、壁という壁が崩落していた。外気が吹きこんでくる。旋回するヘリが見えていた。床も瓦《が》礫《れき》で埋め尽くされている。もとの間取りがさっぱりわからないありさまだった。それでもスポーツジムがあった辺りに、備品らしき物が散乱する。結衣はコンクリートのかけらを掘り起こしにかかった。

凜香が顔をしかめながらいった。「八十四ポンドの鉄アレイの直径が三・七二インチ。思いつきとしちゃ悪くないけど、規格どおりのやつがなかったらアウトだろ」

「さっきこの部屋にきたとき見た。二本は確実にある」

「ふん。結衣姉ちゃんはいつも冷静って？」

あった。直径約十センチの球体ふたつが、太さ三センチの円柱でつながれている。同じ物がもう一本見つかった。結衣と凜香でひとつずつ持った。八十四ポンドは三十八キログラム。運べない重さではないが、軽々というわけにもいかない。ふたりはそれぞれ両手でつかみあげ、階段へと向かいだした。

Ｍ２３０機関砲が掃射してきた。瓦礫をさらに粉砕していく。凜香が転倒し、鉄アレイを落とした。機関砲の着弾が接近する。結衣は凜香に覆いかぶさった。

ヘリの側面に火花が散ったのが見える。一階からアサルトライフルで銃撃しているらしい。クレアだろう。機関砲が一階に向けられた。けたたましい掃射音が轟《とどろ》く。ヘリは無傷だった。一刻の猶予もならない。

結衣は凜香を助け起こした。階段に向かいかけたとき、崩れた壁の向こうに、もう一機のヘリがのぞいた。機首をこちらに向けている。

次の瞬間、二階全体に爆発の炎がひろがった。熱風に吹き飛ばされるも同然に、結衣は凜香とともに階段を転げ落ちた。大量の砂が降り注ぐなか、結衣が目を開けると、視界が上下逆さまになっていた。踊り場でひっくりかえっている。結衣はあわてて身体を起こした。近くに凜香が突っ伏していた。鉄アレイが転がっている。結衣は凜香の背を揺すった。凜香が跳ね起きた。顔がいっそう擦り傷だらけになっている。たぶん自分も同じありさまだろう、結衣はそう思った。

ふたりがそれぞれ鉄アレイを運びながら、ようやく一階に戻った。モーター音がきこえている。ミキサーが作動中らしい。

床に三人の制服少女がうずくまっている。琉那が顔をあげていった。「アルミホイルが粒々になりました」

結衣はたずねかえした。「ひと粒の直径はどれぐらい?」

「だいたい二ミリぐらい……」

「繰りかえしミキサーにかけて。ひと粒〇・一ミリ以下が理想。どんどん作って。多ければ多いほどいい」

庄市が長さ一メートルほどの鉄管を床に横たえた。「外れたぞ。そう簡単じゃなかった。ひどく錆《さ》びついてやがった」

結衣は鉄管を持ちあげてみた。これ自体の重量はたいしたことがない。なかをのぞきこんだ。たしかに錆《さび》がひどい。だが一見して好都合だとわかる。

クレアが這って近づいてきた。「アサルトライフルの弾が尽きかけてる。その管、なにに使う気？」

「雨水で錆びついてる」結衣は応じた。「屋上に溜まった雨水が集中して流れこむから、いわゆるバスタブ渦が発生する。錆も螺旋《らせん》状になって、天然のライフリングができてる」

「ライフリングって……」

「発射時に弾を横回転させないと、横向きに飛んだり縦回転しちゃったりするから、威力に期待できない」結衣は鉄管に鉄アレイをあてがい、ねじりながら押しこんでいった。「これを弾にするんだからなおさら」

「ちょっと。本気なの？　どう飛ばすつもりよ」

「デイビス式無反動砲」

原理は父から習った。筒の両端から同じ大きさの弾を発射すれば、反動が相殺され、事実上の無反動砲となる。デイビス式では、前方に撃つ弾と同等の質量を持つカウンターマスを、背後に発射する。その後、無反動砲は進化した。クルップ式以降は後方にガスを噴出するようになった。デイビス式はおよそ百年前の技術だった。

朱美と琉那、梨名がミキサーを運んできた。なかを銀いろの粉末が満たしている。梨名がいった。「これでアルミホイルを使い果たした」

結衣はそれを受けとった。鉄管の片方の口は鉄アレイでふさいである。反対の口を上にし、アルミ粉末を注ぎこんだ。さらに二酸化マンガンの粉末を流しこむ。管の半分ほどを満たした時点で、瓦礫のなかから針金を拾い、粉末を掻《か》き混ぜる。

クレアが信じられないという顔になった。「手作りの無反動砲でアパッチに挑むの？　ありえない。ライフルの弾を受けつけない装甲を見たでしょ？　メインローターはステンレス鋼と複合材で、二十三ミリ砲弾が直撃しても飛びつづけられるし……」

凜香が冷やかな表情でいった。「この砲弾はもっとでかい。運動エネルギーがとてつもなく大きい。なにせテルミットで飛ばすから」

結衣はクレアを見つめた。「黒色火薬がないなら、在り物を利用するだけ。アルミニウム三・六八、二酸化マンガン六・三二が最大威力になる比率。半グレ集団のＤ５が実験で突きとめた。手伝ってたから目分量にも慣れてる」

「だけど」クレアが首を横に振った。「そんなの勘に頼りすぎ……」

Ｍ２３０機関砲の掃射音が轟いた。結衣たちはいっせいに伏せた。とうとう支柱が粉砕されたのか、頭上で天井が斜めに傾き、鈍い音とともに静止した。コンクリートの大小のかけらが降り注ぐ。両手で頭を覆わないと直撃を受ける危険がある。

庄市がやけっぱちな叫び声を発し、拳銃《けんじゅう》を外に向け発砲した。クレアもアサルトライフルで空中のヘリにフルオート掃射した。撃ち尽くしたらしく、腰に挟んだマガジンと交換する。最後のマガジンのようだった。援護射撃もあとわずかしかつづかない。

凜香がセーラー服のほつれた箇所から、フィラメント糸を引っぱりだし、かなりの長さを確保した。結衣はそれを受けとった。糸の端をロウマッチ一本に結びつけ、二つ折りにしてから筒のなかにいれる。

銃砲とは特殊な物ではない。構造もじつに単純きわまりない。ヨーロッパでは古くから自警団が自作の銃を使っていた。父の半グレ集団でも鉄製の筒を見れば、銃身に利用できるかを検討した。難しいのは連射のメカニズムだけだ。単発ならライフリングと弾、火薬さえあればいい。結衣もパイプ爆弾の次に製造法を覚えたのが無反動砲だった。大きいほうがかえって作りやすい。

二種類の粉末を注ぎこみ、ロウマッチを完全に埋没させた。最後にもう一本の鉄アレイをねじこんでふさぐ。鉄管の内側と鉄アレイのあいだから、フィラメント糸だけが飛びだしていた。

「できた」結衣は鉄管を抱えあげようとした。かなりの重量だった。肩の高さにまで上昇させるのは至難の業になる。

そう思ったとき、凜香が後ろについた。一緒に鉄管を持ちあげ、そろって肩に掲げた。

クレアが振りかえった。「ロケットランチャーでもヘリにはなかなか当たらない。まして一発しかないのに、どうする気なの」

「一発？」凜香がつぶやいた。「二発でしょ」

「まさか」クレアが愕然《がくぜん》とした表情になった。

結衣はクレアにいった。「カウンターマスなんかない。前後に飛ばす両方が砲弾」

「当たるわけないでしょ！　後ろに目があるっていうの？」

凜香がため息をついた。「ある」

そういうことか。クレアの顔にそんなふうに書いてあった。「ほかに手はないのね」

「当然」結衣は背後の凜香に声をかけた。「行くよ。クレア、援護して」

「了解」クレアがアサルトライフルを手に側面へとまわった。

チャンスはいちどしかない。アパッチが二機も墜落炎上すれば、さすがに隣りの空軍基地も兵器テストでないと考え、クレアの上官を寄越《よこ》すだろう。残存する敵たちも身動きがとれなくなる。

結衣は凜香と足並みをそろえ、階段を駆け上った。踊り場をまわったとき、突然の爆発が発生し、目の前が真っ暗になった。爆風をまともに食らい、結衣はもんどりうって逆さまになり、瓦礫《がれき》の山に叩《たた》きつけられた。

風が吹きつけると同時に、また黒煙が薄らいでいく。凜香が煤《すす》だらけになり、額から血を流して倒れていた。だが気を失ってはいない。ゆっくりと上半身を起こした。辺りを見まわすうち、凜香の目が険しくなった。

結衣も焦燥に駆られた。鉄管がない。周りは瓦礫ばかりだった。

階下から朱美の声がきこえた。「こっち！」

必死に這《は》っていき、結衣は一階を見下ろした。階段の最下段に鉄管が横たわっている。朱美のもとに梨名が駆け寄った。ふたりでもなかなか持ちあがらない。琉那も手を貸した。三人の制服少女が鉄管を床から浮かし、一段ずつ運びあげてくる。結衣と凜香は立ちあがり、ふたりでそれを受けとろうとした。

鉄管をつかんだ瞬間、近くで火柱があがり、熱風に包まれた。いっそう激しい爆風が吹き荒れ、三人の少女が階段を転落していくのを見た。

クレアが駆け上ってきて、ヘリに向けアサルトライフルを掃射した。庄市も一階で拳銃を発砲しながら、倒れている少女らのもとに駆けつけた。砂埃《すなぼこり》のなか、三人の身体はそれぞれに動いているものの、なかなか起きあがれないらしい。

結衣は凜香を見つめた。凜香も結衣を見かえした。ふたりで鉄管を同時に持ちあげる。猛然と階段を上りだした。

二階に着くと、いまや完全に失われた壁面から、Ｍ２３０機関砲の掃射が襲った。だが結衣は足をとめなかった。凜香も同様だった。屋上につづく階段を駆け上った。

外にでた気がしないのは、ずっと風にさらされていたからだろう。土嚢《どのう》が囲むだけの屋上がひろがる。二機のヘリが高度をあげてくる。結衣たちを追っているのはあきらかだった。メインローターの生む風圧が、嵐に似た突風を吹き荒れさせる。

凜香がいった。「コンパス・ムーブで飛んでない」

たしかにそのようだ。二機の位置は円周上の正対称になっていない。かなりずれている。これでは前後に発射しても当たらない。

だが結衣には考えがあった。「コンパス・ムーブは籠城《ろうじょう》した敵の背面を突くのが目的でしょ。標的がはっきりすれば、絶対にその飛行に移る」

「わたしたちが全身をさらせばいいって？」

「怖い？」

「いまさらきくかよ」

結衣は怒鳴った。「走って！」

ふたりで鉄管を肩に掲げ、屋上を駆けだした。ヘリが旋回する中心は、かならずしも屋上の真んなかではなかった。やや北西寄りだとわかる。機関砲の着弾がうねりながら追いまわしてくる。ヘリのパイロットが恐れているようすはない。肩に掲げている物が兵器でないのは一目瞭然《いちもくりょうぜん》だからだろう。ハッタリだと思っているにちがいない。

そこも結衣の読みどおりだった。

機関砲の着弾が間近に迫った。被弾しそうになった瞬間、結衣はしゃがみこんだ。

凜香も背後で同じようにした。

ヘリが位置を変えた。結衣と凜香を囲むように円周を描いて飛ぶ。正対称になった。

コンパス・ムーブだった。

凜香が後ろを向き、互いに背中合わせになった。糸は結衣のほうに垂れ下がっていた。

二機のヘリは結衣の目の高さではなく、上空から俯角《ふかく》に狙ってくる。当然かもしれない。コンパス・ムーブで水平に飛んだのでは、標的を通り越して相撃ちになってしまう恐れがあるからだ。だが二機が水平位置まで降下してこないと、一本の無反動砲で同時に両方は狙えない。一方の発射口を上げれば、もう一方は下がってしまう。

ただしそこも考えてあった。結衣は凜香にきいた。「片膝《かたひざ》を立ててる？」

「もちろん」

ヘリは徐々に高度を下げてくる。じきに水平位置に達する。男ののぞき趣味はいつも同じだった。むしろ戦場のほうが性欲も募るらしい。レーヴェンアドレール理論というやつか。むろんパイロットらに圧倒的余裕があればこそだが。

結衣は声を張った。「発射はわたしのタイミングでいい？」

「やってよ。だいたいわかる」

「その瞬間に狙いを定めて」

「まかせて」

ふたりがそれぞれの標的に狙いを定める。発射管が一本の筒である以上、どちらかひとりが方位や角度を変えれば、もうひとりも影響を受ける。互いの呼吸が合わねば、ふたりそろって正確に狙い澄ますことなどできない。

だがそこに不安はなかった。いまこの段階にきて、より強くそう思う。他人ならこうはいかないだろうが、凜香となら意思を通じあえる。凜香も結衣について、同じことを感じているにちがいない。

ヘリが至近距離を飛ぶ。機関砲が屋上のコンクリート床を粉々に破壊していく。コックピットに縦列でおさまったふたりが、こちらを眺めて笑っているのがわかる。わざと命中させずに楽しんでいるのだろう。

いつまでも遊びで終わらせる気はないらしい。ホバーリングに入り、機首がこちらに向いた。ロケット弾かミサイルを見舞うつもりのようだ。

結衣はきいた。「凜香？」

「こっちのヘリも正面にきた」

パイロットと目が合った。結衣は糸を指先に巻きつけた。にわかにパイロットの表情がこわばったのがわかる。ハッタリではないかもしれない、そんな考えがよぎっただろうか。

思わず笑みがこぼれる。結衣は心のなかでつぶやいた。鉄アレイで死ぬ不名誉を味わえ。

一気に糸を引いた。肩の上でまさしく爆発が起きた。猛獣の咆哮《ほうこう》に似た轟音《ごうおん》とともに、炎が全身を包みこんだ。鉄管は異常なほどの熱を帯び、視界ごと真っ赤に染まった。

次の瞬間、アパッチのプレクシグラスが砕け、機体が大きく歪《ゆが》んだのを見てとった。一秒と経たず巨大な火球が膨れあがった。装甲板が破裂し、空中にフレームのみを残し、部品が四方八方に飛散する。メインローターは制御を失い、無造作に飛びまわった。ほどなく機体の残骸《ざんがい》が落下していくと、燃えさかる炎も真下への軌跡を描き、土嚢の向こうに消えていった。墜落と同時に、もういちど突きあげるような震動が襲い、爆発音が轟《とどろ》いた。きょう目にしたなかで最大の火柱があがった。

いくらか時間が過ぎた。いつしか視野を覆っていた炎も消え失《う》せ、青い空が戻っていた。結衣はしゃがみつづけた。ずいぶん軽くなった鉄管を、まだ肩に掲げている。風が吹きつけた。心から涼しいと感じる。肩に視線を向けた。鉄管に触れていた部分の繊維が溶け、火傷《やけど》ぎみの肌がのぞいている。

目の前には黒煙が立ち上っていた。結衣はゆっくりと振りかえった。凛香が背を向けてしゃがんでいる。見つめる先に、同じように黒煙が噴きあがっていた。

ようやく肩から鉄管が落下した。虚《うつ》ろな音を立てて転がった。

クレアの声がきこえる気がする。結衣を呼んでいるようだった。幻聴だろうか。なぜか繰りかえし耳に届く。

ふと我にかえったとき、はっきりと叫び声をききつけた。「結衣！」

駆け寄ってきたクレアがひざまずき、結衣と凜香に抱きついた。火傷がずきずきと痛む。だがいまは気にならない。

庄市が屋上に姿を現した。琉那と梨名がつづいた。最後に朱美がふらつきながら階段を上ってきた。みな疲弊しきっているようで、じつはそうでもなかった。はしゃぎまわって黄いろい声を発する。やはり十代の若さを実感する。大人がよく口にするような消耗とは縁遠い。いずれ年を重ねれば、こういうときにも本気でぐったりするのだろうか。

最年長のクレアも、いまだ疲れ知らずらしい。少女たちのもとに走っていくと、手をとりあって喜びを分かちあった。

結衣はふたたび凜香に背を向け、互いにもたれかかった。風にそよぐふたりの髪が絡みあう。静寂だけが漂った。その静けさにこそ耳を傾けていたい、そんな心境だった。

長いこと黙っていた。結衣はつぶやいた。「凜香」

「なに」

「詠美《えみ》が死んだ日のこと、おぼえてる？」

「まあね」凜香が静かにいった。「六本木店に機動隊が突入した日でしょ」

「妹が死んだのに、その意味がよくわかってなかった」

「ふうん」

「キッチンで凜香は、わたしに抱きついたよね」

「おぼえてない」

嘘だろうと結衣は思った。きっと記憶している。結衣は空を眺めた。「まともな姉なら、凜香を追い払ったりしなかった。大人たちにコカインを運ぶほうが重要だったなんて」

「仕方ない。大人たちを怒らせたら殺される」

「よその家に生まれてれば、人殺しにならずにすんだ」

「それはそう」

すなおになれない。そんな自覚はある。けれどもこれ以上、自分の内面をさらけだしたくない。言葉にしなくてもわかるだろう。またそんな甘えが生じてしまう。

凜香がいった。「結衣姉ちゃん」

「なによ」

「背を向けてて危険を感じない？」

結衣は無言で視線をおとした。深く考えたくもない。だがもう答えはでている気がした。長いため息をつき、結衣はささやいた。「殺したきゃ殺せばいい」

「殺せたら、でしょ」凜香がきいた。「結衣姉ちゃんはどうなの」

「どうって？」

「わたしを殺すっていったじゃん。澪《みお》や沙津希《さつき》や、結衣姉ちゃんを殺したから」

凜香はたしかに拳銃《けんじゅう》のトリガーを引いた。射殺にためらいがなかったのはあきらかだ。けれどもそれは、あのときの凜香でしかない。未遂に終わるとわかっていたから結衣は阻止しなかった。ほんのいっときにかぎれば、結衣の人生も過ちだらけだった。

いや。こんな人生そのものが過ちなのだろう。

結衣はささやいた。「消えなよ。もうひとりで抜けだせるでしょ」

凜香はなにもいわず、しばらく座ったままだった。やがてゆっくりと立ちあがった。結衣を振りかえる気配があった。それでも結衣は虚空を眺めていた。靴音が遠ざかる。クレアや庄市たちの談笑が途絶えた。凜香にどう声をかけるべきか、戸惑ったような間が生じる。

ひとり階段を下りていく足音がきこえた。結衣は空を眺めていた。胸の奥にわけもなく膨張する感情がある。震えているようで、揺れ動いているようで、どこか締めつけられるように苦しかった。いまは痛みだけが尾を引いた。

26

フィッツシモンズは司令棟三階の展望室にたたずんでいた。全面ガラス張りの向こう、にわかに信じられない光景がひろがっている。あまりの衝撃に声もでない。

荒れ地の彼方《かなた》、試験準備B棟を挟んだ二か所に、黒煙がそれぞれ立ち上る。ついさっきまでアパッチ二機が飛びまわっていた。機体はどちらも一瞬にして消え失せた。それも派手な空中爆発とともに四散した。

いったいなにが起きたというのか。あの建物には小銃以外の武器は置かれていなかったはずだ。いるのは女捜査官のほか、年端もいかない小娘ばかりだった。なのに撃墜された。完全武装の攻撃ヘリ二機が、木っ端微《み》塵《じん》に吹き飛んだ。

スキンヘッドのバークリーが狼狽《ろうばい》をしめした。「どうするんですか。いまのは空軍基地からも見えたでしょう。乗りこまれますよ！」

その声に呼応するかのように、卓上電話がいっせいに鳴りだした。フィッツシモンズは受話器をとる気にならなかった。なにをどう話すべきか、いっこうに思考が働かない。

着信音は途絶えなかった。室内の、いや建物内の誰ひとり応答せずにいる。フィッツシモンズは展望室のなかを見まわした。いつしかバークリーとふたりきりになっていた。

バークリーはフィッツシモンズに背を向け、棚のなかをあさっている。なにを探しているのかは一目瞭然《いちもくりょうぜん》だった。空軍基地への臨時通行証だ。この男も逃げだそうとしている。

デスクの上に拳銃があった。さっきバークリーが置いたベレッタだった。フィッツシモンズはそっと拳銃を手にとった。

「おい」フィッツシモンズはバークリーの後ろ姿に声をかけた。「なんのつもりだ」

バークリーは振りかえらなかった。「ここにいたんじゃ有罪確定だ！　もうつきあいきれん。空軍の知り合いに……」

フィッツシモンズはトリガーを引いた。銃声が展望室に反響し、バークリーの背に赤い液体が噴出した。なおも繰りかえし銃撃する。強い振動に手が痺《しび》れだしても、なおも発砲しつづけた。

やがてバークリーの身体が傾き、仰向《あおむ》けに横たわった。両目が開いている。直視する気になれない。

電話の着信音が鳴り響く。硝煙のにおいが鼻をつく。頭が割れそうに痛い。フィッツシモンズは踵《きびす》をかえし、展望室から廊下に駆けだした。

無人の廊下を走り、急ぎ階段を下る。二階の廊下にもひとけがなかった。フィッツシモンズは大声で呼びかけた。「誰かいないか！」

返事はきこえない。畜生。フィッツシモンズは悪態をつき、監視室に踏みこんだ。壁一面を埋め尽くすモニターに、兵器試験場の各所が映しだされている。マウスを滑らせ、ＨＤＤのデータ完全削除を選択、ただちに実行した。ストレージへの上書きもオンにしておく。データ消去後の空白が一ビット残らず書き換えられ、けっして復元できなくなる。ここの日常の一部でも、海軍憲兵の目には触れさせるものか。

いまだ稼働中のモニターには、防弾ベストのリアルタイム使用状況、その文字情報が映しだされている。銃器管理課と警備課の連中が持ちだした防弾ベストは、内蔵されたＧＰＳ発信器により位置を察知できる。脈拍測定機能も備えているため、心拍数が表示される。

呼びだせる兵力を求め、フィッツシモンズは一覧に目を走らせた。とたんに寒気をおぼえた。心肺停止をしめす赤い×印ばかりが並ぶ。誰ひとり位置を変えない。フィールドに繰りだした精鋭たちは残らず全滅していた。

こうしてはいられない。監視室をでて一階に下りていった。あわただしく耳に響くのは、自分の靴音だけだった。警備員の姿すら見あたらない。状況は裏口をでた瞬間に判然とした。あらゆる車両が消えている。どいつもこいつも逃げおおせてしまったようだ。

いまだ放置されているのは、古びたタンクローリー車一台のみだった。トレーラーに駆け寄り、運転席をのぞきこむ。キーが挿さっていた。これで公道につづくゲートを突破するしかない。トレーラーヘッドのみ切り離したいが、方法がわからなかった。だが午前中に給油を終え、タンクも空っぽのはずだ。きわめて軽いにちがいない。

フィッツシモンズは運転席に乗りこんだ。いまさら空軍基地には向かえない。キャンプ・バトラーにいる妻子はどうでもよかった。このところ口もきいていない。駆けこめる場所があるとすれば権晟会だが、さっき消滅させてしまった。

ただちにエンジンをかけた。ギアを三速にいれ発進させる。軽快に走りだした。やはりタンクは軽く、速度の上昇になんの支障もない。フィッツシモンズは狂気にとらわれだした。なんとしても脱出してやる。兵器試験場をでれば、そこは日本だ。不法滞在の外国人が跋扈《ばっこ》する自由な天国だ。逃げきってしまえばいい。このトレーラーも日産製だ。

27

結衣はハマーの後部座席に揺られていた。猛スピードで荒れ地を疾走し、草むらを突破する。運転席でステアリングを握るのは庄市だった。地面の凹凸に差しかかるたび、激しい縦揺れが突きあげてくる。

助手席のクレアが前方に身を乗りだした。「あっちに屋根が見えるでしょ。あれが司令棟。まっすぐ飛ばして」

「庄市」結衣は日本語でいった。「司令棟はあの屋根」

「わかった」庄市はギアを入れ替え、速度をさらに上昇させた。「でも不用意に近づいていいのか？」

結衣はクレアにきいた。「敵がまだ残ってると思う？」

「実戦経験があるのは銃器管理課と警備課だけだし、屋外射撃場で見かけた奴らは、ほとんど始末できたと思う」クレアは膝《ひざ》の上のアサルトライフルを手にとった。「でもフィッツシモンズの身柄を確保しないと」

上空に数機のヘリが旋回している。かなりの高度だった。攻撃の意思はなさそうだとわかる。結衣はつぶやいた。「機体色がちがうヘリ一機が加わった。さっきまではいなかった」

クレアが応じた。「空軍基地のヘリだけじゃなく、海軍のSH－60も飛んできてる」

アパッチが二機墜落、爆発炎上したからには、嘉手納基地も兵器試験場での異変に気づかざるをえない。司令棟に無線で問いあわせがあって当然だが、フィッツシモンズなる重役が正直に自白したとは思えなかった。たぶん音信不通にちがいない。ヘリは第一次偵察のため飛来したのだろう。

結衣の手もとにはもう武器がなかった。「クレア。米軍は踏みこんでくる？」

「ここは米軍がラングフォード社に貸してるだけの土地だし、墜落事故が起きてるんだから、大挙して押し寄せるでしょ。フィッツシモンズが言葉を濁していればなおさら」

朱美とはまた服を交換してきた。結衣はもとの制服に戻っていた。むろん靴も履いた。破れた生徒手帳も回収してある。

ふたたびセーラー服になった朱美は、琉那や梨名とともに、さっきの二階建ての残《ざん》骸《がい》近くにいる。米軍による上空からの監視がある。穂乃香もじきに救出される。問題はフィッツシモンズだ。逃亡を許せば、米軍側が身内の犯罪を恥じ、地位協定を盾に隠蔽《いんぺい》を図ることもありうる。

いきなり草むらを割って、大型トレーラーが突進してきた。庄市が驚きの声をあげ、かろうじてステアリングを切り、ぎりぎりで躱《かわ》した。

すれちがいざまトレーラーの運転席が目に入った。白人のスーツ、年齢は六十近く、ネクタイが歪《ゆが》んでいる。死にものぐるいの形相でこちらを睨《にら》みつけた。サイドウィンドウを下ろし、拳銃《けんじゅう》を発砲してくる。ハマーに被弾し、ガラスに亀裂が走った。庄市とクレアがあわてぎみに伏せた。結衣も身をかがめた。

クレアが声を張りあげた。「フィッツシモンズ！　追いかけて！」

庄市がステアリングをいっぱいに回し、ふたたびハマーを加速させる。フィッツシモンズはひとりタンクローリー車で逃走していた。その背後につける。砂埃《すなぼこり》の向こうにタンクローリー車の後部が見える。だが距離はなかなか縮まらない。

楕円《だえん》形のタンクはあきらかにガソリン運搬用だが、いまは空っぽらしく、さかんに跳ねあがる。車体の総重量が軽いからか、信じられないほどの速度に達していた。ハマーを振りきる勢いだった。本来ならタンクローリー車を追い抜き、前方にまわりこんで進路を妨害、強引に停車させるべきだろう。しかしいまは横に並ぶことすら不可能に思える。

クレアがサイドウィンドウを下げ、上半身を車外に乗りだした。アサルトライフルでタンクローリー車の下部を狙い、セミオートで発砲する。タイヤをパンクさせようとしているらしい。空っぽのタンクを撃たないのには理由がある。だがタンクローリー車は蛇行するうえ、ハマーの振動も激しかった。タイヤに命中させるのは困難にちがいない。

アサルトライフルを引っこめたクレアが、マガジンを抜いて残弾をたしかめる。結衣はクレアの肩越しにのぞきこんだ。残りは二発しかない。

クレアが唸《うな》った。「このまま行くと、もうすぐ公道へのゲートに達する。あいつ突破する気よ」

結衣は声をかけた。「銃を貸して」

「二発じゃ停めるのは無理」

「いいから。信じてよ」

ためらいがちに渡されたアサルトライフルを握る。結衣は後部座席のサイドウィンドウを下ろした。

庄市がきいた。「どうする気だよ？　奴を停める手立てがあるのか」

「いったでしょ」結衣は冷静につぶやいた。「ネットでみんながこぞって馬鹿にしてるのを見て、尻馬《しりうま》に乗っかって一緒に馬鹿にしてたんじゃ、自分のまちがいにさえ気づけない」

「なんのことだよ」

「レニー・ハーリン」結衣は車外に半身を乗りだした。風圧のなか、アサルトライフルを水平に構える。タンクの後部を狙い、残り二発の銃弾を発射した。

着弾とともに火花が散ったのがわかる。突如生じた閃光《せんこう》に目がくらんだ。タンクが破裂し、複数の火球が連鎖しながら膨張していく。たちまち火山噴火のごとき大爆発へと発展した。無数の金属片がフロントグラスを直撃し、縦横に亀裂を走らせる。庄市があわてたようすでステアリングを切った。轟音《ごうおん》が耳をつんざき、燃えひろがるマグマの一帯が、ハマーの行く手を完全にふさいだ。スピンしながら急ブレーキをかける。ハマーは火柱の至近に停車した。車内に熱風が吹きこんでくる。

タンクの残骸が激しく炎上している。むろん火災はトレーラーヘッドまで呑《の》みこんでいた。運転席のドアが開き、燃えさかるフィッツシモンズが、火のついた藁《わら》人形のように地面に転がった。苦悶《くもん》の表情が見てとれるが、もはやのたうちまわることすらない。

クレアの愕然《がくぜん》とした顔が結衣を振りかえった。結衣は無言で見かえした。するとクレアはドアを開け放ち、フィッツシモンズのもとに走った。

結衣もハマーの車外に降り立った。吹きつける熱風でひどく暑い。クレアの歩が緩んだ。ただ立ち尽くすしかないのだろう。炎のなかでフィッツシモンズはすでに焼けただれていた。全身が黒焦げになり、痩《や》せ細りつつ炭化していく。

庄市が歩み寄ってきた。ぽかんと口を開けながらきいた。「なんでだよ？　タンクは空っぽじゃなかったのか？」

「理論空燃比」結衣はつぶやいた。「常温で気化するガソリンは、燃料一に対し空気が十四・七のとき、最もよく燃える。ほとんど空っぽの状態こそ、こんなふうに爆発する。逆に満タンだと爆発しない」

「マジか。ご都合主義じゃなかったのかよ。信じられねえ」

「それら三つのワード」結衣はぶらりとその場を離れた。「どれもよくいわれる」

クレアが振りかえった。結衣に抗議の目を向けてくる。空っぽのタンクを撃てばどうなるか、ＮＣＩＳの捜査官に知識がなかったとは思えない。彼女はタンクを避け、ひたすらタイヤだけを狙っていた。

　結衣は黙って視線を逸《そ》らした。ラングフォード社の犯罪の立証なら、兵器試験場を隈《くま》なく調べれば充分だろう。あいつは最初から殺すつもりだった。こんな地獄を作りだした輩《やから》はぶざまに死ねばいい。

28

　上空のヘリが数を増やしている。じきに突入があるとクレアはいった。だがのんびりまってはいられない。もし司令棟に誰か居残っていれば、証拠隠滅の工作もありうる。

　ハマーで司令棟に向かったものの、途中に敵の死体は転がっていなかった。武器を調達することもできず目的地に着いた。結衣はクレアとともに丸腰での突入を余儀なくされた。庄市はハマーに居残った。外で動きがあればクラクションで知らせてくれる手《て》筈《はず》だった。

　一階のエントランスに踏みこむとき、結衣はクレアとともに互いをカバーしあった。先行するクレアは前進を優先し、結衣はわき道となるドアや廊下に視線を向けた。敵がいれば瞬時に襲いかかり武器を奪う。その行動以外はなにも考えなかった。

だが建物内は異様なほど静かだった。クレアが上り階段を指さした。二階に駆け上ると、やはり無人の廊下が延びていた。

クレアが半開きのドアに入っていく。結衣もクレアにつづき、部屋の暗がりに足を踏みいれた。

縦横にモニターが壁面を埋め尽くす。監視室にちがいなかったが、画面はすべて消えている。ただしHDDの作動音だけは、ひっきりなしにこだましていた。

キーボードを操作したクレアが浮かない顔でいった。「ロックされてる。たぶんデータの完全消去」

フィッツシモンズはひとりで逃げだした。消しうる物理的な証拠はすべて消していっただろう。

クレアが無表情に振りかえった。「あなたがいた映像記録もいっさい残らない」

結衣はつぶやいた。「銃器を密売してたなら在庫を溜《た》めこんでたはずでしょ。そっちは簡単に処分できない」

沈黙があった。クレアは考える素振りをしていたが、やがて戸口に向かいだした。

「地階の倉庫。見てないのはそこぐらい」

ふたりで通路にでて階段を下る。一階の廊下を慎重に移動していく。下り階段は廊下の突きあたり近くのようだ。

クレアが歩きながらささやいた。「さっき庄市となに話してた？」

「いつ？」

「フィッツシモンズが死んだ直後」

「ああ。思いこみはよくないって話。空っぽのタンクこそ爆発しやすいって」

「そこは賛成する」クレアは依然としてぶっきらぼうな態度をとっていた。「知識不足が危機を招く。トム・クランシーは旅客機がビルに突っこむ小説を書いてた。みんなありえないっていってた。なのに数年経って9・11の悲劇」

「日本もそう。毒ガステロも、楽器ケースに隠れての出国も」

「ええ。みんな浅い知識に基づいて、現実的に無理とか決めつけてる」クレアは鼻を鳴らした。「現実的ってなによ」

下り階段に行き着くと、酸っぱいにおいが漂ってきた。階下をのぞきこんだが、行く手は闇に覆われている。結衣はクレアと顔を見合わせた。クレアが壁に備え付けの懐中電灯を外した。それを点灯し、ふたりで階段を下っていく。結衣は無残な光景をまのあたりにした。

地階の床一面に血があふれていた。いたるところに死体が転がる。みな日本人で、見るからにヤクザの風体だった。

クレアがため息まじりにきいた。「権晟会？」

「ええ」結衣は視線をあげた。「壁を照らして」

ショーケースに入ったライフルや拳銃《けんじゅう》が浮かびあがった。クレアがうろつきだした。

「商店のバックストックね。たぶんこの部屋にぜんぶある」

結衣は赤い水たまりに歩を進めた。内臓があらわになった高齢者の死体が、防水密閉ケースの上にのけぞっている。権晟会事務所の前で見た顔だった。会長の杭瀬にまちがいない。

望みどおり旅立った。結衣は皮肉に思った。けっして警察の手が届かない新天地。こいつらにとっては理想郷だったかもしれない。

29

午後の陽射しはたちまち斜陽の気配を帯びだした。兵器試験場に続々と乗りいれる空軍の車両がどんな部隊か、着陸するヘリから展開する兵士らがどこの所属か、結衣にはわからなかった。

じきに海軍憲兵も押し寄せる、クレアがそういった。方々に散っているセーラー服の女子中高生も、これで救出される。ただしあちこちに死体も転がっている。少女たちの死を隠蔽《いんぺい》はできない。クレアによれば、かつて米軍兵の犯罪が多発していたころとは、事情が大きく異なるという。地位協定に関する議論が活発化し、最近では軍属によるレイプや殺人について、米軍は日本側の捜査に対し協力的になった。ラングフォード社を裁くのがアメリカであれ日本であれ、事実は広く公表される。

それでも地位協定は依然として存続している。フィッツシモンズが銃器密輸に手を染めたのは、強姦《ごうかん》や人殺しとちがい、起訴されにくいと知っていたからだ。状況が改善されたとはいえ、基地関係者の犯罪の起訴となると、いまだ二割以下に留《とど》まる。軍属の感覚は麻痺《まひ》し、犯行が徐々に凶悪化していく。結局はレイプや殺人にまで発展する。兵器試験場はそんな禍々《まがまが》しさの巣窟《そうくつ》だった。

ハマーの運転はクレアが代わった。庄市は後部座席に移り、結衣の隣りに座った。三人とも煤《すす》まみれで黒ずみ、痣《あざ》と擦り傷だらけで、服もぼろぼろだった。

クレアはハマーをゲートに向かわせた。すでに警備が強化され、大勢の兵士らが居並ぶ。顔を見られてはまずいのでは、結衣はそう思ったものの、クレアが心配ないといった。ゲートの手前で停車し、クレアは警備小屋に身分証を提示した。ぼそぼそとなにかを伝える。兵士が鋭い目を後部座席に向けてきた。結衣と庄市を見つめたものの、特になにもいわなかった。兵士が前方に歩きだし、手で合図する。行く手のゲートが開いた。

嘉手納基地周辺には、椰子《やし》の木が立ち並ぶだけの、素朴な田舎道が伸びている。交通量はごく少ない。クレアは黙ってハマーを走らせた。三人とも無言だった。誰ひとり喋《しゃべ》らない。

沈黙を破るのは自分だと感じた。結衣は喉《のど》に絡む声でつぶやいた。「クレア。さっきなにを話したの？」

「負傷者の少女と青年を病院に連れてくって」クレアの疲れた声が応じた。「ＮＣＩＳ捜査官の権限で」

「だいじょうぶなの？」

「大勢の少女たちが残ってる。死体もある。わたしの上司も情報収集に追われてる最中。混乱のなか、国防省の法務官はまだ到着してない。情報が錯綜《さくそう》していて、みんなわたしどころじゃない」

道端にサトウキビ畑がひろがっている。いまが収穫の季節らしい。ぽつりぽつりと剝《む》きだしの地面が目につく。作業に追われる人の姿がある。鎌で葉を削りとってから、頭を切り落としたのち、斧《おの》で根元から刈っていく。

行く手に市街地が遠く見えている。クレアはハマーを路肩に寄せた。ゆっくりと停車する。

クレアがため息をついた。「まっすぐ行けば道の駅。バスもでてる」

結衣は黙っていた。庄市もやはり無言だった。クレアは前を向いたまま、いちども振りかえろうとしない。

庄市がぼそりといった。「見逃してくれるのかよ」

日本語が伝わるはずもない。結衣はクレアにきいた。「いいの？」

「あなたの手」クレアはなおも振り向かずにつぶやいた。「指先をコーティングしてる。透明マニキュア？」

気づいていたらしい。捜査官らしい観察眼だった。結衣はなにもいわずにいた。

するとクレアが小さく鼻を鳴らした。「あなたの指紋はなくても、彼の指紋は残ってる」

結衣はささやいた。「わたしの汗や血液や皮膚細胞も」

「それはしょうがないでしょ」クレアがうつむいた。「ＮＣＩＳの科学捜査は進んでる。証人がいなくてもいずれは割りだされる」

彼女が証言すれば、科学捜査の結果などまたずとも、真実が発覚するだろう。だがそんな意思はないといいたげだった。

クレアはひとりごとのように告げた。「少女たちへの暴行と殺人、杭瀬以下権晟会メンバーへの殺人。なにより銃器密輸と密売。立証しなきゃいけないことが山ほどある」

庄市が結衣を見つめてきた。「なんの話をしてる？」

「降りていいって」

「そっか」庄市は笑いもせず、ただ軽い口調でいった。「ありがとよ、クレアさん。センキュー。あんたも俺のこと疑ったんだから、これでおあいこさー。じゃあな」

庄市がドアを開け、外に降り立った。伸びをしながらクルマから離れる。

クレアがたずねた。「いまなんて？」

不法侵入した庄市のほうが悪い。むろん結衣もその罪に当てはまる。結衣は庄市の言葉を伝えなかった。「見逃してくれて感謝してるって」

しばし沈黙があった。クレアが唸《うな》るようにこぼした。「あんなに大勢の女の子たちが犠牲になってて、あなたのやったことを恨めるはずがない」

　なにより銃器密輸と密売、クレアはついさっき、そんなふうにいった。ＮＣＩＳ捜査官としては、それが最重要の課題だと認識しているのだろう。だが心情はちがう。性暴力の果ての殺人こそ、なにより耐えがたく許しがたい、本音ではそう思っている。女なら当然だった。銃の所持が認められるアメリカではなおさらだ。銃器密売よりずっと罪が重いと感じるにちがいない。

　けれども結衣にとっては、どちらも許せないことだった。日本人は銃など持たない。みな撃ち方すら知らない。なのに兵器試験場から売られた銃器が、多くの人命を奪った。そもそも武装勢力の銃器がなければ、武蔵小杉高校の制圧すらなかった。図書室で暴行された女子生徒らも、クズたちの言いなりにならずにすんだ。

　ドアに手をかけた。見解の相違を意識しないうちに去りたい、そう思った。

　クレアが振りかえらずにささやいた。「結衣。わたしはあなたが不憫《ふびん》で仕方がない」

　自然に身体が静止した。言葉を失ってもいた。突如として心に触れられたかのように感じる。なぜかせつなさが生じた。逃げだしたい気持ちと、ここに留まりたい思いが同時に疼《うず》く。

　だが許されるはずもない。結衣はドアを開け、車外に降り立った。涼しい風が全身を撫《な》でていく。クレアには目を向けなかった。前方で庄市が振りかえっている。そこに歩きだした。

厳かなエンジン音を耳にした。ハマーが向きを変え、いま来た道を走り去っていく、その微妙なノイズを背にきいた。

庄市の煤けた顔に、依然として笑いはなかった。結衣が近づくのをまっていたかのように、庄市が無表情にきいた。「満足かよ」

結衣は視線をおとした。「人殺しに満足なんかない」

どちらの意味だろう。いつも物足りないのか、それ自体が嫌いになったのか。結衣は自問したが、どうせ答えは見つからない。サトウキビ畑の緑にさざ波が立つなか、人の営みにつづく長い一本道を、結衣は歩きだした。生きられるだけ生きるのではない。生きねばならないだけ生きる。

30

黄昏《たそがれ》どきの駒原町四丁目に明滅する赤色灯を、結衣は遠目に眺めていた。パトカーが群れをなし停車している。ただし長く留《とど》まったりはしないだろう。まわるべき家はほかにも数多くあるからだ。

　重大な事件に巻きこまれた被害者であっても、未成年なら夜七時までにいったん帰宅させられる。皮肉にも健斗《けんと》が死んだ新潟の廃校猟銃事件以来、全国の警察が徹底するようになった。沖縄県警もその例に漏れないらしい。

　近くで庄市がタバコをせわしなくふかしている。吸い殻を空き缶に放りこんでは、また新たなタバコに火をつける。煤《すす》で黒ずんだ顔が闇に溶けこみつつあった。汚れた開襟シャツやズボンもめだたなくなっている。幸いだと結衣は思った。自分の制服も血まみれで、しかもあちこち裂けている。ひとけのない住宅街のはずれでなければ、とても平然と立ってはいられない。

　やがて赤色灯が移動し始めた。野次馬はこの界隈《かいわい》の住人だけらしく、それぞれ散っていき、ちっぽけな平屋のなかに消えていった。

　庄市が最後のタバコを空き缶に放りこむ。ゆっくりと歩きだした。結衣も庄市につづいた。

　仲村という表札のかかった平屋の前に着くと、周りにはもう誰もいなかった。庄市が玄関のドアを叩《たた》いた。解錠の音がきこえ、ドアがそろそろと開いた。庄市はドアを乱暴に開け放ち、なかに踏みこんでいった。

　結衣は外にたたずんだ。怒鳴り声や悲鳴、物音が響く。周りの家の窓から、おのおのの住人が顔をのぞかせた。結衣は素知らぬふりをした。権晟会の支配下に置かれていたこの集落では、この手の騒ぎは日常茶飯事のはずだ。誰も通報まではしない。

やがて庄市がふたたび姿を現した。ランニングシャツに半ズボンの中年男をひきずっている。男の足はもつれ、振りまわす手も弱々しく抵抗のうちに入らない。四十代かもしれないが、年齢以上に老けて見えた。白いものが混じった頭髪と無精髭《ぶしょうひげ》、皺《しわ》の多い顔はやけに黒かった。目は充血していて焦点が定まらない。酒が入っているとひと目でわかる。庄市は男を荷物のごとく地面に放りだした。

「仲村庸弘」庄市は男を見下ろした。尻《しり》ポケットからだした二つ折りの雑誌を、庸弘の顔に投げつけた。「こいつを読んで、明朝までに仕事を選べ。電話して面接を受けに行くぞ。俺もついていってやる」

地元の就職情報誌だった。都内にくらべるとずいぶん薄い。庸弘は地面にへたりこんだまま、憤然とした態度をしめした。「なんだよ、おめえは。来るのは釜塚さんか、蟹渕さんのはずだろ。おめえみたいな若造のチンピラが……」

庄市は庸弘の毛髪をわしづかみにし、顔面を殴打した。こぶしを振りあげ、さらに繰りかえし殴りつける。数発で庸弘は鼻血を噴いた。

開きっぱなしのドアの向こうに、中年の女がびくつきながら姿を現した。顔が琉那に似ている。琉那の母親、すなわち庸弘の妻にちがいない。女は驚きのいろを浮かべた。「庸弘さん」

「おい」庸弘が情けない声を発した。「有希恵、助けろ。助けてくれ。早く助けろってんだ、承知しねえぞ」

庄市が庸弘に膝蹴《ひざげ》りを浴びせた。「奥さんにそういう言い方をするな」

有希恵が戸惑いをしめしていると、琉那と愛菜が寄り添った。娘ふたりは悲痛な顔で父親を見つめ、外に駆けだそうとした。そのとき琉那の目が結衣をとらえた。結衣は首を横に振ってみせた。でてくるなと無言のうちに伝えた。琉那がうなずき、母や姉を引き留めた。

庸弘が暴力に耐えかねたように、両手を振りかざしていった。「わかった！　わかったからやめてくれ。あんたのいうことはなんでもきく。これからはあんたが管理人だ、そうだろ」

「ちげえよ」庄市は庸弘の胸倉をつかんだ。「数日も経たねえうちに警察が来て、権晟会は解散したと伝えてくる。今後はおめえが一家のために働くんだ。いいか、主《あるじ》でもなければ大黒柱でもねえ。男なんだから、てめえが率先して働け！　家のために金を稼げ。奥さんや娘に手をあげるな。暴言を吐くな」

「そんなことをいってもよ」庸弘がいきなり泣きだした。「俺は身体を壊しちまって、それからずっと働いてねえ。仕事を探さなかったわけじゃねえさ。でもねえんだ。俺みてえな飲んだくれのじじいは、どこもとってくれねえ」

「だから一緒に面接に行ってやるってんだ。飲んだくれなのは自分のせいだろが。いまから家にある酒をぜんぶ捨てろ。もうビール一本買うな。守れなきゃどっかの施設に放りこむ」

「頼むよ」庸弘は庄市の脚にすがりついた。「権晟会さんなしには生きてけねえ。そんな厳しいことをいわねえで、いままでどおり面倒をみてくれ。このとおりさ」

庄市が目を怒らせた。「馬鹿野郎！　どこまでめでてえ奴なんだ。生活保護費は権晟会なしにも受けとれた。てめえが住む家さえなくさなきゃな。だいたい男が家族を養わなくてどうする。女に家事ばっか押しつけて、腹を立てては暴力を振るいやがって、それでも人間かよ！」

愛菜の後ろに亮輔が顔をのぞかせていた。亮輔は気まずそうな表情になり、すごすご奥に引っこんでいった。

「いいか」庄市が語気を強めた。「もう権晟会は来ねえ。てめえん家《ち》も世間並みになれ。奥さんや娘を殴れば、警察に通報されるのが世間ってもんだ。行政は奥さんや娘をかくまい、てめえはムショ行きだ。いまこの瞬間からそうなる。大人には勤労の義務ってもんがある。子供には教育を受ける権利があるんだ。働くのは琉那じゃなく、てめえってことだ！」

　さっき結衣が庄市に伝えたままの請け売りだった。庄市自身そういう世の理屈について、きょう初めて呑《の》みこめたようだった。むろん文面上はきかされたことがあっただろう。だが意味を汲《く》みとるのは、そのきっかけがなければ難しい。幼少のころの結衣もそうだった。

　庸弘はひざまずいたまま泣きじゃくった。「わかったよ。もう殴らないでくれ。いわれたとおりにするから」

「そうかよ」庄市は庸弘の襟首をつかんで引き立たせた。「一時間後にまた来るからな。面接の準備してまっとけ」

　突き飛ばされた庸弘が、ふらつきながら戸口に向かう。怯《おび》えた顔で庄市を振りかえり、家族を押しのけるようにして、なかに逃げこんでいった。

　妻の有希恵が涙ぐみながら夫を追っていった。愛菜がそれにつづいた。琉那ひとりが戸惑い顔でたたずんでいる。頬の痣《あざ》が黒ずんでいた。

　庄市はサイフをとりだし、琉那のもとに歩み寄った。いいにくそうに口をきいた。

「あのさ。俺、ここにはスカウトにきてねえけど……。本来ならたぶん、俺があんたを勧誘してたと思う。お詫《わ》びといっちゃなんだけど、これ受けとってくれねえか。いや千葉まで行くのが大変だったら、俺が金券ショップで換金してくるからよ」

差しだした紙束は、ディズニーのギフトカードだろう。けれども琉那は当惑を深めただけだった。

「いらない」琉那はうつむきがちにささやいた。「ほかの人にあげてください」

琉那は結衣に向き直り、深々と頭をさげた。視線をおとしたままドアを閉めた。

沈黙が降りてきた。庄市は無言でドアの前にたたずんだ。やがて踵《きびす》をかえし歩きだした。

結衣も黙って庄市につづいた。周りの平屋の窓からのぞく顔が、ひとりふたりと引っこんでいく。

もう辺りはすっかり暗くなっていた。騟原町四丁目の集落を抜けると、なにもない道端にでた。資材置き場のプレハブ小屋のほかには、建物ひとつ見あたらない。雑草が生え放題の空き地ばかりがひろがっている。

庄市が立ちどまった。両手をポケットに突っこみ、ため息まじりにいった。「ほかの家にも行かねえと。俺がスカウトした子は大勢いる」

結衣はつぶやいた。「あまり強く従わせようとすると、警察を呼ばれるかも」

「心配ねえさ。そんな考えが働く親父なら、囲い屋の世話になんかなってねえ。当分は依存症がつづくだろうよ。俺はそれを利用して、なんとか大人たちを立ち直らせる。俺自身がまともな職に就かねえとな。ヤクザじゃなくて、ああいう無知な親に仕事を斡旋《あっせん》できる……。どういうものかいまはわからねえけど、ちゃんとした職業によ」

「そういうＮＰＯ法人もある」

「じゃそこを見つけて手助けする。それこそ俺みてえな奴はいらねえっていわれるかもな。でも熱意を伝えて受けいれてもらう。でなきゃ意味がねえ」

「意味って？」

「絵茉や、ほかのみんなを死なせちまった意味さ」庄市が目を瞬《しばたた》かせた。いまにも泣きだしそうな声で庄市がいった。「貧乏からはなかなか這《は》いあがれねえ。なのに世間じゃ自己責任とかいいやがる。いらついた奴らがＤＶに走る。不幸の連鎖じゃねえか」

「セーフティネットからこぼれ落ちて、どうにもならない家ばかりを、権晟会は食いものにしてきた。それは事実」

「俺はそういう家の娘ばかり勧誘してた。みんな身体を売るしかねえってあきらめてたんだ」庄市がしゃくりあげた。「なのに俺は、みんな稼げるようになって、喜んでるなんて思ってた」

　胸が痛くなる。無知を軽蔑《けいべつ》するのはたやすい。だが野放図も囲い屋として、多くの貧しい人々を犠牲にしてきた。国がグローバリゼーションを推進した結果だ、父がそんなふうにいったのを思いだす。

　労働力をモノとみなす政府の方針により、ただ人件費を安くする目的で、なんの保障もない非正規雇用ばかりを生んだ。低賃金労働への苛立《いらだ》ちが、家庭内暴力や幼児虐待につながる。子は成長しても奨学金の返済に追われつづける。

　貧しければ教育が受けられず、正しい情報も得られない。福祉サービスの内容も手続き方法も知らない。そんな連中が一定数いるからこそ、貧困ビジネスは儲《もう》かる。父はそういって野放図の幹部らと笑いあった。

「これ」庄市が紙束を差しだした。「もらってくれねえかな」

　ミッキーマウスが額面とともに印刷されている。ディズニーのギフトカードだった。庄市がつぶやいた。「きょうほかにも何軒かまわったろ？　どこも受けとってくれねえ。だからあんたの手から、ああいう目に遭った子に渡してほしいんだ」

　結衣はためらいがちにギフトカードの束を受けとった。「金城さんの誠意は、いつかきっと伝わる」

「おい」庄市は涙を浮かべながら、ふいに笑いだした。「なんだよ、その金城さんってのは」

「もうまともに働くんでしょ。年上だし」

「よせよ。いまさらシージャーとウットゥか？　これまでと同じように呼べよ」

「庄市さん」

「ちげえよ。なんでそんな他人行儀なんだよ。寂しいじゃねえか」

「女子高生が大人に呼び捨ては変。きちんとした社会人に対しては」

「意外に融通がきかねえんだな。女子高生から呼び捨てにされるのはご褒美だろ。わからねえか？」

「わからない」結衣は思いのままを言葉にした。「仲間を大勢殺されて、わたしを恨んでると思ってた」

「恨むかよ。そりゃショックだったが、俺はあんたをただの人殺しだなんて思っちゃいねえ。目を覚まさせてくれた。俺を助けてくれたさ」

結衣はすなおな気持ちをつぶやいた。「女子高生に上から目線でものをいわれるのは、さすがにご褒美じゃないでしょ」

「そんなことねえよ。呼び捨て以上のご褒美じゃねえか。いってくれよ」

「わたしが殺さなかったヤクザはあなたが初めて」

庄市は面食らった顔をしたものの、すぐに笑いを浮かべた。屈託のない笑顔だった。

「やっぱ最高のご褒美さ」

低い高度を飛ぶ飛行機の轟音《ごうおん》が響き渡る。基地の軍用機にちがいなかった。いままでも何度となく耳にした。殺戮《さつりく》兵器があふれる戦場と、フェンス一枚で隔てられている。向こうでなにが起きているかは、知らされないかぎりわからない。それがこの街なのだろう。

静寂が戻ってほどなく、庄市が真顔でささやいた。「俺は次の家に行く」

「無理しないで」

「あんたがいうかよ」庄市は微笑とともに背を向けた。「あばよ、結衣。大人になったら、もう貧しくねえ沖縄を訪ねてくれ。俺が変えてみせるさ」

庄市はそれっきり振りかえらず、暗がりのなかを遠ざかっていった。

ひとりきりになった、なぜか強くそう思った。結衣は夜空を仰いだ。星がきれいだった。こんなに多くの星を見たのは初めてかもしれない。漆黒の空間に吸いこまれそうになる。

小さくため息が漏れた。いつからそんなロマンチストになったのだろう。赤いネイルホロを使ったそばかすメイクの代わりに、返り血のシャワーを顔面に浴びまくる。そんな奇特な女子高生に、人並みの感受性なんかありえない。

31

夜も更けたとはいえ、結衣がこの姿でバスやモノレールに乗ったら、さすがに通報されそうだった。血まみれの制服に、煤《すす》けた傷だらけの顔では、とても人前にでられない。

ただし小規模なバスターミナルの近くに、ホテルの送迎車らしきワンボックスカーを見つけた。リーガロイヤルグラン那覇のロゴが入っている。サイドのスライドドアは開けっぱなしだった。ドライバーとおぼしき蝶《ちょう》ネクタイが荷物を運びながら、女性客らをバス乗り場に案内する。

都会のバスターミナルとはちがう。周辺は闇に包まれていた。ほとんどひとけもない。結衣はワンボックスカーに駆け寄った。車内に飛びこみ、三列シートの最後列に身を伏せた。

ほどなくドライバーが戻ってきて、スライドドアを閉じた。運転席に乗りこんだのがわかる。結衣にはまるで気づいていない。ワンボックスカーは静かに発進した。

結衣はほっとした。リーガロイヤルグラン那覇といえば、モノレールの旭橋《あさひばし》駅に近い立地のはずだ。めざす場所にも十五分ほど歩けば着く。

ポケットに触れたとき、わずかな膨らみに気づいた。チブルの厨房《ちゅうぼう》にあった、小さなワサビのチューブだった。湿布薬としては結局使わなかった。ロウマッチの箱も残っている。なかにオブラートの切片が入っていた。

思わずふっと笑った。ワサビを多めにひねりだし、オブラートで包んだ。固く握りしめると、錠剤ほどのサイズになった。それをポケットにいれておく。たぶん役に立つだろう。

いつしか時間が過ぎた。ワンボックスカーがどこかに乗りいれて停まった。エンジン音が途絶えた。ドライバーが降車したのち、靴音が遠ざかる。

結衣は身体を起こし、サイドウィンドウから外をのぞいた。ホテルの車寄せ、正面玄関から外れた位置にいる。ここも都会のように、常時ベルキャプテンが表に待機したりはしていない。結衣はスライドドアを開け放った。車外にでると防犯カメラの視界を避け、植えこみのなかを突っきった。

市街地ながら辺りは暗く、歩道に人の往来は少ない。なるべく裏路地を選びながら、辻という地名の界隈《かいわい》に向かった。

辻一丁目から三丁目、ソープ街の看板はまばらだった。戦後は遊郭として栄えた一帯も、いまは闇に沈んでいる。狭い車道をまっすぐ歩くうち、ラブホテルのわきに黒の日産シーマを見つけた。ナンバーも記憶したとおりだった。千代鶴なる男はきのう、明日は辻だといった。車内は無人らしい。クルマを離れているようだ。

サイドウィンドウをのぞきこむと、ドアロックはかかっていなかった。結衣は車体の後方にしゃがんだ。排気管の上に押しこんだお守りを回収しようとして、ふと手がとまる。

トランクを開けてみた。商売道具とおぼしきスポーツバッグがあるものの、スペースはかなり広く空いている。ただちに潜りこみ、トランクのなかに横たわった。蓋《ふた》の内側にある突起に指をかけ、勢いをつけバタンと閉める。たちまち真っ暗になった。

結衣は闇のなか、手さぐりでバッグの中身をあさった。大人のオモチャらしき物が多数。ほかにSM用のロープ。ガムテープのロールもあった。

ガムテープを短くちぎり、自分の口に貼りつけた。ロープは両手首に巻きつける。後ろ手に自分で縛るのは難しいようで、じつはそれほどでもなかった。細結びにして、長く伸びた一端を身体の下に挟み、引っぱるだけだった。

ずっと気を張っていたが、いまはやることがなくなった。ほどなく睡魔が襲ってきた。うたた寝のなかで、運転席のドアが閉まる音をきき、クルマが発進するのを感じた。結衣はそのまま眠りにおちた。

意識が戻りだしたとき、クルマが停車しているとわかった。エンジンも止まっている。目覚めに向かったのは、外が妙に騒がしいからだった。

千代鶴の声がきこえる。「ったく、朝っぱらから勘弁してくださいよ。俺はひと晩働きどおしで、一睡もしてねえんですよ」

那覇署の比嘉の声が淡々と応じた。「呼びだして悪かったな。だがすなおにきてくれたのは嬉《うれ》しい。手配しなきゃならんところだった」

「手配？　なんのことですか。その人たちは？」

「みなさん、下がっててください。おい千代鶴、トランクを開けろ」

「ちょっと、旦那《だんな》。商売道具を積んでるんですよ。ガキらが窓から顔だしてるじゃないですか」

「おまえの商売道具なんかあらためる気はない。いいから開けろ」

千代鶴の声がぶつぶついいながら近づいてくる。トランクを解錠する音が響いた。

蓋が跳ねあがるや、眩《まぶ》しい陽射しを全身に浴びた。外気とともに市街地の喧噪《けんそう》に包まれる。

国際通りから一本入った裏路地だとわかった。修学旅行の宿泊先、ホテルがすぐ近くに見えている。まだ朝早くのようだが、大勢の生徒が窓から身を乗りだし、こちらを見下ろしていた。みな目を丸くしている。おい、優莉だぜ。そんな声がきこえてくる。

だがクルマ周辺のどよめきのほうがはるかに大きかった。結衣はわずかに頭を持ちあげた。金髪の四十男、千代鶴があんぐりと口を開けながら凝視する。その向こうには制服警官の群れ。私服も何人か交ざっていた。うちひとりは比嘉だった。ほかに生徒の保護者らしき大人がいる。男ふたり、女が三人。みなそろって驚愕《きょうがく》のいろを浮かべていた。

もうひとり見覚えのある白髪頭が目に入った。眼鏡をかけた細面、いかにも頼りない面持ちではあるが、スーツの襟には弁護士バッジが光る。人権支援団体の会合で何度か見かけた。たしか名前は宮園といった。

宮園はヒステリックに叫んだ。「優莉結衣さん！　なんと、いったいどうしてこんなことに」

比嘉も血相を変えて駆け寄ってきた。「救急車を呼べ！　結衣さん。だいじょうぶですか。怪我は？」

騒然とする一同に、結衣はむしろ呆気《あっけ》にとられていた。そういえば自分はぼろぼろだった。なんの前触れもなく、いきなりこんな姿をまのあたりにすれば、平穏が破られるのも当然かもしれない。

私服警官らが結衣を助け起こした。警察からこんなに丁重な扱いを受けるのは初めてだった。口のガムテープが剝《は》がされたのち、ゆっくりと身体が持ちあげられ、トランクから救出される。立てますか、ひとりがそうきいた。結衣がうなずくと、両足を路面に下ろされた。鑑識のユニフォームがさかんにカメラのシャッターを切る。後ろ手に縛られた姿をさんざん撮影した。それが終わると、私服がロープをほどきにかかった。両手が自由になるや、毛布を羽織らされた。

宮園が結衣に近づいてきた。同情心に満ちたまなざしを向けながら、何度もしきりにうなずいた。やがて顔面を紅潮させながら、宮園は周りを振りかえった。「見なさい！　刑事さんがおっしゃったとおりだ。優莉さんは昨夜、この人でなしに連れ去られていたんだ。それをなんですか、あなたがたのお子さんに暴力を振るったとか、普天間も浦添も優莉さんのしわざだとか、根も葉もないことを。人権侵害ですよ！」

保護者らしき五人が困惑をしめし、互いに顔を見合わせる。やがてばつの悪そうな表情になった。男ふたりは麻希と黒磯の父親。女三人のほうは仁沢と舘原、詩津香の母親と一見してわかる。目鼻立ちが似通っているからだ。

宮園の興奮はおさまらなかった。まさに弁護士のひとり舞台だった。「だいたいお子さんたちの部屋は、ドアも窓も内側から施錠されてたというのに、優莉さんが加害者だなんて、とんでもない言いがかりだ。そのうえクラスメイトの綿谷君まで疑うとは、いったいどういう教育をなさってきたのか。綿谷君をいわゆるパシリにしたのは、ほかならぬお子さんたちでしょう！　岩田先生、どう責任をとるおつもりですか」

群衆のなかに担任の岩田が立っていた。責任という言葉をだされたせいか、岩田は目を白黒させている。

「そのう」岩田が保護者らに向き直った。「生徒の処遇については、東京に帰ってから話しあうということで」

保護者らはパニックを起こした。麻希の父親が泡を食っていった。「うちの子たちのせいだというんですか。ゆうべと話がちがいますよ」

宮園が結衣に向き直った。涙声とともに手を握ってきた。「優莉さん、なんと痛々しい。無事でよかった。いったいなにがあったんですか」

もうひと押しだと結衣は内心思った。うつむきながらぼそぼそと応じた。「わたしの不注意です。このホテルに着いてすぐ、近くのロフトンって看板のあるビルに入るよう……。いえ、入ってしまったので」

比嘉が表情を険しくした。「宮園先生。ロフトンはこの近くにある連れこみホテルです。基地関係のアメリカ人がよく利用します」

「なんと」宮園の怒りの矛先は、また五人の保護者らに向けられた。「あなたたちの子は鬼か！　優莉さんをそんなところへ行かせるとは」

仁沢の母親が心外だという顔になった。「まってください。うちの子たちが優莉さんをそこへ行かせたですって？　いま優莉さん自身がいったじゃないですか、彼女の不注意だって……」

「いや！　それは彼女のやさしさです。実際、ビルに入るよういわれたと、優莉さんは口を滑らせかけた。この期に及んでもなお、あなたがたのお子さんたちをかばおうとしてるんです。これはいじめだ。五人で優莉さんを孤立させ、支配下に置いて理不尽な命令を下す、子供特有の悪質な遊びだ。刑法二二三条、強要罪にあたります。断じて許しがたい！」

詩津香の母親が泣きながら反論した。「きめつけないでください！　娘たちは全員、瀕死《ひんし》の重傷を負ってるんですよ。みんな被害者です」

「ちがいます。あなたたちのお子さんは密室で殴りあった。ふだんから素行に問題があったとしか思えない。教頭先生、どう思われますか」

教頭の古屋がいつの間にか現れていた。古屋は困り果てた顔で腕組みをした。「詳しいことは帰ってからですが、現時点で考えるなら、どの生徒もこのまま在学させるわけには……」

保護者らはあわてふためき古屋に詰め寄った。岩田が必死で押しとどめようとする。生徒たちの衆目を集めているのにも拘《かか》わらず、混乱は拡大する一方だった。

古屋がたまりかねたように声を張った。「だからまだたしかなことはいえません！優莉さんについても、ほかの五人についても、帰ってから事情をきくんです。現時点では真相はなにもわからない」

私服が千代鶴を囲む。比嘉は凄《すご》んだ。「未成年者拐取罪の疑いで現行犯逮捕する」

「よせよ！」千代鶴は必死に弁明しだした。「俺はなにも知らねえ！優莉結衣って、あの優莉匡太の娘か？そんなの俺が知るわけねえ」

「言いわけは署できく」

「知ってるだろ。ロフトンなんて俺の縄張りじゃねえよ」

結衣はささやくようにいった。「まって。その人のせいじゃありません」

一同が静まりかえった。比嘉が妙な顔になった。「どういうことですか」

「ロフトンってビルに入ってすぐ、外国の人たちに捕まって……。持ち物をぜんぶとりあげられました。刑事さんからもらったお守りまで」

比嘉が真剣なまなざしを向けてきた。「その後は？」

「基地みたいな原っぱに連れていかれました。ほかにも女の子たちがいました」

私服のひとりが比嘉につぶやいた。「ラングフォード兵器試験場のことじゃないか」

被害者の少女たちは昨晩、日本のパトカーで家に帰された。那覇署が事件を知っていて当然だった。比嘉がクルマの後部を丹念に見る。GPS発信器は、ずっと千代鶴の移動先をしめしていた。お守りがどこにあるかを気にかけているのだろう。

やがて比嘉はしゃがみこむと、排気管に手を伸ばした。お守りを隠しとったのはあきらかだったが、比嘉は素知らぬ顔で立ちあがった。また千代鶴に向き直り、比嘉は厳しくいった。「優莉結衣さんを乱暴したのは、ほかの人間の可能性もあるが、おまえのトランクから見つかったのはたしかだ」

「だから知らねえって！」千代鶴はやけを起こしたように、結衣の両腕をつかむと、刑事らから遠ざけるように力いっぱい押してきた。「俺の目を見て答えろ。俺たちゃ初対面だろ。そうだよな?」

　刑事たちがあわてたように千代鶴の背に迫る。結衣は後ずさりながら、警察一同から見えないように千代鶴の胸倉をつかんだ。後退の歩を速め、追っ手を引き離す。千代鶴はぎょっとした顔になった。

　わずか二メートルほどだが、警察との距離が開いた。結衣は千代鶴に低くつぶやいた。「覚悟して。今後も売春斡旋《あっせん》をつづける気なら、権晟会と同じ目に遭う」

　千代鶴は慄然《りつぜん》とした反応をしめし立ちすくんだ。直後、比嘉が千代鶴の肩をつかんだ。大勢の私服警官が千代鶴に群がり、引きずるように連れ戻していく。千代鶴は怯《おび》えた顔で言葉を失っていた。

　混乱のせいで、周囲の視線は千代鶴に集中している。結衣はオブラートの包みを口のなかにいれた。舌の下に隠しておく。

　やがて状況が落ち着いてくると、結衣は比嘉につぶやいた。「その人は関係ありません。夜中に基地から連れだされて、どこか遠くに運ばれてから、別のクルマのトランクに閉じこめられました」

　比嘉が千代鶴を見つめた。「そうなのか?」

「あの、ええと」千代鶴が目を泳がせた。「はい……」

結衣も当初は、千代鶴を誘拐犯に仕立てるつもりだった。ずっと連れまわされていたのなら、普天間にも兵器試験場にも行かなかったことになる。排気管のお守りを回収してからトランクに籠《こ》もる予定だった。だが土壇場になって筋書きを変更した。ラングフォードの社員らが優莉結衣を拉致《らち》し、お守りを千代鶴のクルマに仕込んだ。結衣を暴行したのち、すべてを千代鶴の犯行に見せかけるため、トランクに放りこんだ。比嘉はそう推測せざるをえなくなる。

宮園が人垣を掻《か》き分け、ふたたび近づいてきた。「優莉さん。基地というのは米軍基地か。なにがあった？」

比嘉はささやいた。「宮園先生。正確には米軍基地じゃないんです。事件があったのは民間軍事会社の……」

結衣はうつむいた。舌の下でオブラートが溶けてきて、ワサビの刺激が強烈に鼻を突いた。たちまち目が潤みだし、自然に涙がこぼれた。結衣は声を震わせた。「ただひとり、わたしたちを救ってくれた人がいて……。金城庄市さんって名前だったと思います。あの人を逮捕しないでください。金城さんが命がけで戦ってくれたおかげで、みんな助かったんです」

宮園はもらい泣きしていた。「優莉さん。いい人がいて本当によかった」

比嘉が私服警官のひとりにいった。「金城庄市だ。すぐ調べてみろ」

これでいい。結衣はオブラートの残りを舐《な》めて溶かしながら思った。兵器試験場からは結衣の汗や毛髪が検出される。銃器類から庄市の指紋が採取される。いずれにせよ矛盾はなくなる。

制服警官が声を張った。「救急車がきました！」

サイレンを鳴らさず、赤色灯だけを明滅させ、救急車が路地を徐行してくる。結衣は周りにうながされ歩きだした。

古屋と岩田が小走りに追いかけてきた。岩田はひきつった笑顔で告げてきた。「優莉。きょうの帰りの便は午後一時半だ。先生たちはぎりぎりまでまってるからな。治療が終わって帰れるようなら、ちゃんと迎えにいくよ」

保護者たちが教師ふたりの背後に迫った。黒磯の父親が声を荒らげた。「先生がた、逃げんでください。まだ話は終わってません」

教師らはたじたじになっていた。喧噪《けんそう》をあとに残し、結衣は救急車へと歩きつづけた。

宮園が歩調を合わせながら、眼鏡を上にずらし、ハンカチで目もとをぬぐった。「本当に無事でよかった。きみのことが心配で、事情がわかったいまも気の毒で。あの父親のもとに生まれたきみに責任はないのに、なんで世間はこうなんだろうな。私が厳しく対処するからね」

結衣はどこか火の消えたような気持ちにとらわれた。自分のやっていることは市村凜そのものだ。アリバイづくり、隠蔽《いんぺい》、他者への責任転嫁、蹴落《けお》とし。なにもかも受け継いでいる。それもどんどん巧妙になっていく。

救急車の後部ハッチが上に開く。救急救命士が声をかけてきた。「すぐ横にならなくてだいじょうぶですか」

「はい」結衣は応じた。

そのときひとりの男子生徒が駆けてきた。綿谷が息を弾ませながら結衣を見つめた。

「優莉さん」

綿谷の気遣わしげなまなざしを、結衣は黙って見かえした。顔の痣《あざ》がいっそう黒ずんでいる。殴られた直後より、一日以上が経過したいまのほうが顕著になる。同情を寄せたものの、思わず苦笑しかけた。自分がどんなありさまかを考えれば、綿谷のほうが心配しているだろう。

結衣はつぶやいた。「綿谷君」

「なに？」

「ありがとう。わたしなんかのために」

綿谷がどこか感慨深げな表情になった。「きみのほうこそ」

ここにいる大人たちの反応をみればわかる。綿谷はひとりで偏見に抗《あらが》った。結衣を守ろうと、つきたくもない嘘をついた。真実を知りながら、よりたいせつな真実のために、自分が汚れる選択をした。

「でも」綿谷も苦笑を浮かべた。「海がまったく見られない修学旅行だったね」

「そうね」結衣は応じた。

綿谷は真顔になり、誠実にうったえてきた。「優莉さん。なにがあっても、あのう、きみについていきたいと思ってる」

ふいに魂の凍りそうな寂寞《せきばく》感がひろがる。理解が得られたのは嬉《うれ》しい。なのに寂しい。いつもそうだ。結衣の素顔に気づき、それでも心を通わせようとしてくる、そんな出会いを受けいれられない。

田代槇人の声が耳もとでささやく気がした。これが半グレ再結成のきざしでなくてなんだ？

結衣の表情を察したのか、綿谷の目には諦《あきら》めに似た哀感が漂いだした。だが気丈でいるべきと悟ったのだろう、涙を浮かべたりはしなかった。

「優莉さん」綿谷が静かにいった。「楽しかったよ。修学旅行、優莉さんと同じ班で」

思わず滲《にじ》みそうになる涙をこらえる、そのために全力を注いだ。結衣は唇を噛《か》みしめながら、左のてのひらを綿谷に向けた。綿谷も戸惑いながら、右手で同じようにした。互いの手の指のあいだに指を絡め、そっと握りあった。

ふたりの本心を知らない宮園が、無邪気に涙をぬぐいながら微笑した。「いいね、青春というもんは」

車内から救急救命士が手を差し伸べた。結衣はその手をとり、ステップを上った。搬送用ベッドに横たわると、身体にシーツをかけられた。

ハッチが閉じきっても、リアウィンドウの向こうに綿谷がたたずんでいた。救急車が動きだすと、すべてが遠ざかる気がした。結衣は車内の天井をぼんやりと眺めた。

本当は治療の必要もない。でもまた思わせぶりな態度をとって、ピルや鎮痛剤、睡眠薬をもらっておこう。今後どこかで出会う、それらを必要とする誰かのために。

32

結衣は擦り傷と打ち身だらけだったが、それ以外は特に問題なかった。

　比嘉が病院に現れたものの、連れ去りの状況をこと細かにきくばかりで、暴行についてはさほど問いかけられなかった。日本の警察ではどうにもならない、米軍基地の領域内のできごとだからだろう。ほかの子たちをしっかりケアしてくださいと結衣は伝えた。行方不明者届もだされず、人知れず犠牲になっていた少女たちがいる。生存者と死亡者の数がはっきりするのもこれからだ。問題の引き金になった貧困家庭の事情に、司法や行政の目が向くなら、いくらか慰めになる。

　診療も取り調べも早々に終わり、結衣は暇を持て余した。借りた服に着替え、ひとり病院をでて、モノレールでひとまわりできるほどだった。

　正午すぎ、岩田がタクシーで迎えにきた。入院中の五人組を看病にきた学校職員が、真新しい制服を届けてくれた。結衣は着替えたのち那覇空港に送られた。午後一時半の飛行機に間に合った。笑顔で歓迎してくれたのは綿谷ひとりだけだった。

　生徒の列がボーディングブリッジを渡り、帰りの便に乗りこんでいく。結衣と綿谷の前後はずいぶん大きく空《あ》いていた。クラスメイトたちはみな敬遠している。ＣＡの女性らも困惑の反応をしめしていた。

　当然といえる状況かもしれない。所定の座席に着いたとき、文字どおり孤立を痛感させられた。三つ並んだ座席のなか通路左側、窓側の９Ａが綿谷、９Ｂが結衣。通路寄りの９Ｃは空席。前と後ろにも、やはり空席が生じていた。同じ班の五人が姿を消した。誰もが結衣を怪しんでいる。薄気味悪く思うのも無理はない。実際のところ、みなの勘は的中している。

空席はそのまま放置されたわけではなかった。弁護士の宮園が笑顔で通路を歩いてくる。結衣たちの後ろの席のようだ。宮園は荷物を置いてから、ふたたび通路に立ち、愛想よく見下ろしてきた。「結衣さん、一緒に帰らせてもらうよ。向こうに着いてからも、私が各方面にきちんと説明するから」

どうも、と結衣が頭を下げたとき、前方にざわっとした反応がひろがった。綿谷が伸びあがるや驚きの声を発した。結衣にも予想外の状況だった。

黒磯の父親が機首付近の出入り口を乗りこんできた。「すまない、みんな。ちょっとそこを空けてくれないか。息子はその席なんだよ。最前列だ」

父親やＣＡらに気遣われながら搭乗したのは、息子の黒磯升斗だった。頭に包帯を巻いている。顔のあちこちにガーゼと絆創膏。右腕を三角巾で吊り、松葉杖《まつばづえ》をついていた。結衣の席から黒磯の足もとは見えないが、しんどそうにひきずっているのがわかる。

近くの男子生徒がきいた。「黒磯。もうだいじょうぶなのかよ」

黒磯の腫れぼったい目が結衣を一瞥《いちべつ》したが、なにもいわなかった。ＣＡの助けを借りながら、最前列の席におさまる。通路右手は１番の列がなく、前が広く空いている。窓側の２Ｈが黒磯、隣りの２Ｇが父親だった。通路寄りの２Ｆは空席のようだ。

ＣＡが身をかがめ、笑顔で親子に話しかける。「どうかご無理なさらず、なんなりとお申しつけください。黒磯升斗様。お父様は……」

「峰芳《みねよし》」黒磯の父がそう名乗るのがきこえた。あきらかに不機嫌そうだった。

綿谷が不安げにささやいてきた。「退院できたのかな」

後ろの席から宮園が身を乗りだし、結衣に耳打ちした。「ほかの四人はまだ病院だが、彼だけは無理をしてでも帰りたいといってね。医師の反対を押しきって搭乗することになった」

結衣は隣りの綿谷にきいた。「黒磯の足の怪我、ひどそう？」

「見るかぎりだいぶ痛そうだけど……。お父さんが口だししてたよ。病室を個室にできないのかとか、昔ながらのギプスにしろとか」

岩田と教頭の古屋が、ほかの保護者たち四人を連れてきた。仁沢と舘原、詩津香の母親らは結衣を見ると、通路の途中に立ちどまった。三人そろって表情を曇らせる。

仁沢の母が抗議する口調でいった。「ほかの席はありませんの？」

　岩田が戸惑い顔を近くのＣＡに向けた。「あのう、すみません。ふたつ前の生徒たちと入れ替わっても……」

　ＣＡが了承した。岩田は７Ａ、７Ｂ、７Ｃの生徒らを一列下がらせた。保護者たちが結衣に冷やかなまなざしを向けながら、空いた列に並んでおさまる。

　麻希の父親も通路を歩いてきたが、結衣には目もくれなかった。後ろの席の宮園に声をかける。「よろしいですか」

「ああ」宮園がいった。「どうぞ」

　結衣はちらと振りかえった。麻希の父は10Ａの窓側だった。空席を挟んで、通路側の10Ｃが宮園になる。

　岩田が周りを見渡した。「みんな席に着いたな？　シートベルトを締めろよ」

　舘原の母が物憂げにつぶやいた。「わたしたちの子以外はね」

「あの」岩田が申しわけなさそうな顔になった。「退院しだい、帰りの便に席が手配できるよう、最善を尽くしておりますので……」

　綿谷が小声で結衣にいった。「五人に警察の取り調べはないのかな。殴りあったってのに」

「もちろんあるでしょ」結衣はつぶやきかえした。

「なのに黒磯はいま帰れるの？」

未成年者だけに保護者の同伴さえあれば、帰宅の希望も受けいれられる。逮捕や保護は逃亡の危険がある場合に限定される。負傷者となれば事実上の酌量もされただろう。今後は東京で事情をきかれる段取りにちがいない。むろん結衣もだった。

行きの便と同じく、芳窪高校二年の関係者以外にも一般の乗客がいる。ぞろぞろと入ってくる大人たちのなかに、髪を短く刈った奥目の男がいた。年齢は四十代、背丈にくらべ大きめの上着を羽織る。男は結衣を見下ろしたが、結衣が見かえすと視線を逸《そ》らし、機体後方へと歩き去った。

綿谷が不審そうにいった。「いまの人、行きの便にもいたような気がする」

知っている。ずいぶん後ろの席に陣どっていた。その点も行きの便と同じだった。何者だろう。

乗客用ドアが閉じた。密閉状態になった機内に、エンジン音が甲高く響き渡る。機体が滑走路上をゆっくり移動し始めた。

この機種は最も多く飛びまわっている。父もよく機内強盗を計画しては図面を描いていた。ボーイング７３７－８００型機。左側三十列、右側二十九列の百七十七席。全長はたしか三十メートル強になる。

轟音《ごうおん》とともに振動が激しくなった。綿谷が不安げにささやいた。「離陸はほんと怖い」

結衣は綿谷の手を握った。また指と指を絡めた。「だいじょうぶだから」

綿谷が結衣を見つめ微笑した。結衣も自然に表情が和むのを感じた。

機体は滑走路を前進しながら加速する。機首が上向きになり仰角に傾いた。結衣がほとんど目にしなかった青い海をあとにし、旅客機は空高く舞いあがった。順調に上昇する。眩《まぶ》しい陽光が窓から差しこんでくる。

旅客機は雲の上にでると、水平飛行へと移った。男性の声でアナウンスがきこえる。

「乗客の皆様、こちら機長です。目的地の羽田へは、定刻の十六時三十分に到着する予定です。なお途中、低気圧の影響で多少の揺れが予想されます。ベルトのサインは消えましたが、安全のためご着席中はシートベルトをお締めください」

機長のアナウンスは自動操縦時しかおこなわれない。いまはなんの問題もないことがわかる。前方の突きあたり、固く閉ざされた扉の向こうが操縦席だった。

黒磯がしんどそうに立ちあがった。父の峰芳が気遣わしげに手を貸す。ＣＡが最寄りのトイレのドアを開けた。黒磯は松葉杖をつきながらそのなかに入った。峰芳はドアの前に待機していたが、ＣＡから着席を求められ、いったん自分の席に戻っていった。

結衣は後方を振りかえった。12Fの席で眼鏡の男子生徒、山崎庄介《やまざきしょうすけ》がスマホを高々と掲げる。動画を撮っているようだ。結衣の目に気づくと、あわてたようにスマホを隠した。

いまに始まったことではない。結衣は前に向き直った。ほかにもスマホで撮影する生徒はちらほら見かける。

気圧差で耳が籠《こ》もる。結衣はダイビングの要領で耳抜きした。

トイレのドアが開いた。峰芳が足ばやに近づく。ＣＡもつづいたものの、峰芳は戸口をふさぐように背を向けながら、なかの息子に手を差し伸《の》べた。ＣＡは当惑ぎみに引きさがった。

別のＣＡがエプロンをつけ、機内ワゴンを押しながら通路を進み、飲み物を配りだした。

峰芳はいまだトイレの戸口で背を向けている。なにか硬い物が割れるような音がした。不審に思ったのだろう、ＣＡがまた歩み寄った。

宮園が背後から身を乗りだした。「あのう、結衣さん。いいにくいんだが、ホテルでのできごとについて、まだ状況もすべてあきらかになっていないし、東京に戻ってからも警察の取り調べがあると思う。でも私がついてるから……」

ふいに前方で複数の悲鳴があがった。にわかに緊張が機内を包みこんだ。

黒磯の父、峰芳がCAの女性を羽交い締めにしている。こめかみに拳銃《けんじゅう》を突きつけていた。オートマチック式の軍用拳銃グロック17だとわかる。CAは恐怖に表情をひきつらせていた。

「動くな！」峰芳が声を張った。「全員静かに座ってろ。スマホに触るな。通報、録画、録音、いっさい禁止だ。違反したらその場で殺す」

男女の生徒がざわついた。なんだ、どうしたんだよ。それぞれに伸びあがっては、状況を目にしたとたんすくみあがる。結衣の隣りでも綿谷が同様の反応をしめした。

詩津香の母が腰を浮かせた。「黒磯さん。いったいなにをなさって……」

トイレの戸口から息子が現れた。頭には包帯を巻いたままだが、三角巾はとり払い、松葉杖《まつばづえ》も手にしていなかった。敏捷《びんしょう》な動きで飛びだしてくると、父親と同じ拳銃を両手で保持し、詩津香の母を狙った。

機内に悲鳴がこだまし、一転してパニックの様相を呈した。別のCAがあわてふためきながらいった。「やめてください！　乗客が怖がってます。どうか落ち着いて」

峰芳は興奮を抑制するかのように、冷静な声で人質にたずねた。「名前は？」

人質のＣＡが怯《おび》えながら応じた。「竹中《たけなか》です……」

「おまえは？」峰芳が通路にいるＣＡにも問いかけた。

「松浦《まつうら》です。あのう、こんなことはいますぐ……」

「まず場内アナウンスで乗客全員に知らせろ。当機はハイジャックされたとな。それからインターホンで機長にいえ。トランスポンダーで７５００の緊急信号を送れと」

「お客様。黒磯さん。どうか……」

「早くしろ。ハイジャック対策でコックピットのドアが絶対に開かないのは知ってる。ドアも銃弾を通さない。たとえ乗客が撃ち殺されても、乗っとり防止を第一とし、機長も副機長も姿を現さない。コックピットは死守される。だがドアを開ける以外の要求なら、あるていどききいれる余地もあるだろう」

松浦は表情を険しくした。「いっさいの要求をきいてはならないという原則もあります」

「いいのか？」峰芳の顔は息子に似てふてぶてしかった。「同僚の竹中が死ぬぞ」

峰芳が銃口を竹中に強く押しつける。竹中が目に涙を浮かべ、恐怖の呻きを発した。

結衣の背後の席で、宮園が甲高い声でささやいた。「なんてことだ。厄日だ。まさかこんなことが起きるなんて」

機内は冷酷さに凍りついていた。松浦は表情をこわばらせながら機首に向かい、壁の受話器をとりあげた。

場内アナウンスが響いた。「お客様にお知らせします。当機はただいまハイジャックされました……」

息子の黒磯升斗が通路を機体後方へと歩きだした。もう足をひきずってはいない。結衣のわきを通過するときだけ、慎重に身を退《ひ》き、しっかり拳銃を向けてきた。銃口が正円に見える。軍人並みの熟練を感じさせる。

そういうことだったか。結衣のなかですべてが腑《ふ》におちた。

12Fの席の山崎が、ぎくっとした顔でスマホを下ろす。升斗はその近くに立った。

「山崎」升斗が低い声でいった。「ふざけた真似すんな」

だが山崎は前かがみになってスマホを隠し、しきりに首を横に振った。

升斗は銃のグリップで山崎を殴った。鼻血が飛ぶのが見てとれた。周りからまた悲鳴があがった。山崎のスマホは升斗にひったくられた。

14Cの席の女子生徒、相羽《あいば》留美《るみ》が泣きながら立ちあがった。「黒磯君！　どうしたっていうの。なんでこんなことしてるの。これぜんぶ悪い冗談なんでしょ？　そんな銃、おもちゃでしょ。お願いだからもうやめて」

すると升斗は留美につかつかと歩み寄った。瞬時にムエタイのハイキックを留美の顔面に浴びせた。留美は口から血を噴きながら天井を仰ぎ、座席の谷間に尻餅《しりもち》をついた。

女子生徒らの悲痛な叫びがこだまする。すすり泣く声が機内のあちこちから漏れた。わずかに後方の席で、担任の岩田が両手を挙げながら立った。隣りで教頭の古屋も同じようにした。そろって怖《お》じ気づいた反応をしめしつつも、なんとか説得を試みる。岩田が声を震わせながらいった。「頼む。そんな物はしまってくれ。先生が悪かった。なあ、なにがどうなってるかわからないが、とにかく話をきくから」

「うるせえ！」升斗は怒鳴った。「日和見主義の三文教師ども。この場でぶっ殺してやる！」

升斗が拳銃を岩田に向けた。周りからいっせいに悲鳴があがった。生徒たちは逃げだす素振りをしめしたが、シートベルトに固定され、誰も席を離れられずにいる。古屋が岩田を盾にしようとした。岩田は抵抗し、じたばたと小競り合いが始まった。

父の峰芳が声を張りあげた。「静かにしろ！　ったく、これだから修学旅行生と一緒の飛行機は嫌いだ。息子に発砲させるな。機体に穴が開いたらみんな吸いだされるぞ。ＣＡ松浦。機長に伝えろ。針路変更、３－５－１だ」

男性CAが通路に歩みでた。「失礼……。東シナ海から黄海《こうかい》方面は、なにかと問題が」

「知ってるよ」峰芳は表情を変えなかった。「黄海上空で俺が合図したら、針路を0－3－5に変更だ」

「それでは、あの……」

「北朝鮮領空を侵犯する。撃墜されるかもな」

また恐怖の叫びが機内に反響した。だが升斗が威嚇すると、ひきつりがちな呻き声をいくつか残し、ふたたび静寂がひろがった。

男性CAが悲哀に満ちた顔で嘆いた。「自殺行為だ。できんよ」

「このまま飛ぶのもおまえらにとって自殺行為だ。軍用拳銃は強力でな。飛行に支障をあたえるのは難しくない。というより機体を傷つけずに乗客を射殺するほうが、よほど至難のわざといえる。機長らが頑としてコックピットに籠もろうが、いずれ墜落に向かう。それより俺のいうことをきいたほうがよくないか」

升斗が吐き捨てた。「親父。もう面倒はまっぴらだ。人質を減らしたほうが制圧を維持しやすい」

「だな」峰芳が冷やかにうなずいた。「三十秒でまず最初の犠牲者がでる」

「まて」男性ＣＡが焦燥をあらわにし、松浦を目でうながした。

松浦の震える手がふたたび受話器をとった。「機長。要求をお伝えします……」

状況はわかった。すべてはこのときのためか。結衣はシートベルトを外し、すばやく立ちあがった。

綿谷はあわてぎみに制止しようとした。「優莉さん。なにをする気だよ」

結衣は通路に立った。機体前方を見やる。峰芳がＣＡの竹中を盾にしながら、結衣を睨《にら》みつけてきた。次いで結衣は後方を振りかえった。数メートル先に立つ黒磯升斗と向かいあう。

升斗が油断なく拳銃を向けてきた。「座ってろ、優莉」

「目的はわたしでしょ。パグェの死に損ない」

驚きをともなう沈黙がキャビンにひろがった。升斗もぴくっと反応した。

近くの生徒のささやきがきこえた。「パグェ？　黒磯が？」

結衣は升斗にいった。「あんたのサイフ、小銭だらけ。レジで紙幣ばかり使って、細かいお金に無頓着。韓国人の男にありがちな特徴。外見だけのＫポップ気どりじゃなくて、ほんとに韓国人でしょ。最近になって転校してきたのは復讐のため」

沈黙があった。升斗は冷やかに見かえした。「俺たちの国が嫌いか？」

「ちがう。わたしはブリンクでバンタンで、バイモスのリュックを使ってる。嫌いなのはパグェだけ。理由は人殺し集団だから。どこの国の人間かは関係ない」

機体が断続的に揺れる。気流が激しくなったらしい。誰もが身を凍りつかせている。轟音《ごうおん》だけが通奏底音となって響きつづける。

「ああ」黒磯升斗が憤怒《ふんぬ》に満ちた目で睨みつけてきた。「そうとも。俺はパグェだ」

事前にわかっていたわけではない。結衣はついさっき気づいた。重傷を負ってまで結衣を追いこもうとする執念深さ。韓国籍なのを隠し日本在住、不良。パグェ以外に考えられない。

升斗はふいに声を張りあげた。「みんなよくきけ！　清墨学園の集団殺戮《さつりく》は優莉結衣のしわざだ。こいつが皆殺しにした。ここにいる全員が同じ目に遭う！」

宮園のうわずった嘆きがきこえてきた。周囲の誰もが慄然《りつぜん》としている。

結衣は感じたままを言葉にした。「ずいぶんでかい声」

「後方の席の奴らは、こっちのようすもよくわからねえだろうからな」

「勝手にスマホで実況中継してるかも」

「沖縄と九州のあいだはワイファイも利用不可になってる。だが警察に通報する奴はいるだろう。ハイジャックされたと伝わる」

拳銃《けんじゅう》は結衣に向けられたままだった。機体が徐々に傾いていく。左に旋回していた。ＣＡがみな青ざめている。生徒らはみなすくみあがった。針路が変更された。升斗が満足げに鼻を鳴らした。

　うろたえたところで始まらない。結衣は升斗を見つめた。「通り名はいいから本名を教えてよ」

「イム・イングク」

「数え年で十八歳なのに黄いろいバッジ？」

「スプキョク隊の精鋭だ」

「親の七光り」

「なんだと？」

　結衣は機体前方を振りかえった。黒磯峰芳が人質の陰に身を隠しながら、敵愾心《てきがいしん》をあらわに見かえした。

　この親にしてこの子ありか。似た境遇ゆえによくわかる。結衣はイムに向き直った。

「あんた、仲間に引きこんだ四人を使って、やたらわたしを挑発してたでしょ。わざとボコらせようとしてた」

「おまえのことだ。アリバイづくりに余念がないのは承知のうえだ。たとえ俺たちを叩《たた》きのめそうとも、停学にもならず、まんまと修学旅行に行くと予想してた」

「ようやくわかった。あんた修学旅行前に怪我を負いたかったのね。そのうえで出発当日は欠席しないつもりだった」

イムが表情を硬くした。意図を見抜かれている、そう感じたにちがいない。

いくつかの断片的な事実が、黒磯親子の目的を浮き彫りにする。現代のギプスはグラスファイバーが主流なのに、わざわざ石膏《せっこう》を指定した。一方、拳銃の形状というのは、ほぼ直角をなしている。

結衣はいった。「焼石膏粉末を固めたギプスはＸ線を通しにくい。造影剤の入ってない時代のグロックを、逆さにして足の内側に這《は》わせれば、スライドはインプラントのプレートに見える。銃身はスクリューに、マガジン内の薬莢《やっきょう》は髄内釘《ネイル》に、発射機構の部品は創外固定のピンやワイヤーと解釈される」

イムは言葉に詰まった。「なんでそれを……」

「半グレ集団ならどこでも思いつく。脚の骨を折られなくても、折れたことにしてギプスを装着する。あんたは最初からそのつもりだった」

受診から四十八時間を経過していない。フライト中に患部が腫れ、体液循環に影響がでることを懸念し、航空会社はイムのギプスに割れ目をいれたはずだ。よって壁にぶつければギプスは砕け散り、仕込んでおいた拳銃をとりだせる。

結衣はイムをまっすぐに見つめた。「行きの便に銃を持ちこんでハイジャックする計画だったのに、修学旅行の出発日までにわたしからボコられなかった。だからあんたは帰りの便に望みを託すことになった」

修学旅行の目的地は沖縄。拳銃を現地に郵送したら、空輸中に検査で発覚する危険がある。イングク親子にとっては現地調達するほうが早かった。パグェの指導者は田代槇人だ、権晟会という発注先がある。

イムは額に青筋を浮きあがらせた。「権晟会との取引を知ってたってのか」

「最初から知ってたわけじゃない。権晟会の蟹渕がバスに手を振ってた。わたしを見てるのかと思ったけど事実はちがった。前の席のあんたが、蟹渕とアイコンタクトしてた。あの辺りに幹線道路は一本しかなく、慢性的に渋滞する。事前に連絡をとりあったとき、釜塚と蟹渕が道沿いの騟原町四丁目で、終日仕事してるってきいたんでしょ」

パグェのイムは権晟会に拳銃を発注した。目的は帰りの便のハイジャックだった。そのため結衣に殴らせた。道理で鍛え抜いた肉体の持ち主にもかかわらず、まったく反撃しなかったわけだ。イムは耐えるしかなかった。ギプスや骨折治療用の金属を不自然としないレベルの重傷を負って、初めてイムは拳銃を機内に持ちこめる。

結衣はあえてからかうようにいった。「自分でクルマの前にでも飛びこめばよかったのに」

「おまえにボコられとく必要があった。負傷した俺はハイジャック犯の容疑者から外れる。暴力疑惑の残るおまえが、この旅客機を乗っとった。ハイジャックはおまえのしわざだ」

結衣はイムを見つめた。「あんたの顔は知らない。清墨学園にいなかったでしょ」

「復讐要員として上京した。父は敬愛する故カン・ヴァンス最高幹部のため仇討《あだう》ちを誓い、俺を推薦した。おまえを始末するためだけに、俺は芳窪高校に編入された」

「父親に利用されてるだけ」

「父を侮辱する気か」

「ギプスを石膏にさせたのも父親でしょ。あんたを道具としか思ってない。よく考えてよ。復讐のため親子そろって自殺するの？」

背後で黒磯峰芳が応じた。「撃墜などされんよ。領空に入ったら機長に指示するつもりだ。低空飛行でレーダーをかいくぐり、北緯三十八度三十九分、東経百二十五度四十七分に下りろと」

結衣は振り向きもせず、イムを見つめたままつぶやいた。「どこ？」

「軍用空港だ」峰芳の声が淡々と告げてきた。「北朝鮮国内、黄州《ホワンチュ》のな。ソン・イングクの名は朝鮮人民軍の高官にも通じてる。経済制裁により禁輸品となっていた物資の密輸に、多大な貢献をした協力者として」

「あー」結衣は軽い口調で応じた。「高校生の頭にもなんとなくわかる。近隣の国の半グレが援助してたわけ」

ソン・イングクと名乗ったイムの父親は、どこか自分に酔いしれたような声の響きでいった。「パグェ設立を支援した伊勢佐木町《いせざきちょう》の抗日運動団体は、もともと偉大なる大元帥様のお力で誕生した。日本に住むわが民族の若い世代を団結させるために」

話がやばくなってきた。ようするにパグェの発足には北朝鮮が関わっていたらしい。いまも北朝鮮の後押しがあるのかもしれなかった。だが結衣にはどうでもよかった。

「ただの半グレじゃん。むかしから新大久保《しんおおくぼ》の韓国人家族を食いものにして、強盗から殺人までやりたい放題だったくせに、なにが民族の団結なんだか」

「矢幡《やはた》総理にはおまえが武蔵小杉高校でやったことのすべてと、チュオニアン騒動に関し真実の公表を要求する。だが総理の対応がどうあれ、ここにいる乗員乗客の全員には、北朝鮮の収容所暮らしがまってる。飢餓と拷問の苦しみのなか、優莉結衣の前でひとりずつ処刑してやる」

機内に絶望の空気がひろがった。仁沢の母親が半狂乱になって奇声を発した。詩津香と舘原の母があわててなだめにかかる。

麻希の父が憤然といった。「黒磯さん。あんたら親子は、うちの子たちを利用したのか」

ソンは平然と応じた。「恨むなら優莉結衣を恨め。おまえの娘に重傷を負わせたのは結衣だ」

結衣はイムに目を向けたままつぶやいた。「あんたと父親も、わたしたちと一緒に収容所入り？」

機首のほうからソンの嘲《あざけ》る声がきこえた。「私も息子も特別待遇を受け、中国経由で日本に帰れる」

「いままで貢献したから？　でもそれって権晟会と同じ勘違いじゃなくて？　ラングフォード社が高飛びさせてくれるって信じてた権晟会と」

イムの顔に不安のいろがかすめた。「ラングフォード社だと？」

「そう。権晟会が窓口になってた銃器密輸ルートの本体」

「まさかおまえが連れ去られたっていう……」

「ラングフォード社の兵器試験場。権晟会のトップが逃げこんだけど殺された」

少なからず動揺がイムのなかに生じたのはあきらかだった。手にした拳銃《けんじゅう》が震えだしている。

「おいイム」ソンが声を張った。「惑わされるな！　優莉結衣はひところ市村凜《いちむらりん》に育てられた。権謀術は市村譲りだ」

結衣はソンを振りかえった。ソンが表情をこわばらせた。

だがソンなど眼中になかった。人質にとられている竹中を見つめ、結衣は静かに話しかけた。「そいつから離れなよ」

竹中が狼狽《ろうばい》をあらわにした。「でも……」

「だいじょうぶだって。撃たれても死にゃしない」

ソンが鼻を鳴らした。「人命を簡単に見捨てるのか。さすが優莉匡太の子だな」

鈍いにもほどがある。結衣はいった。「赤嶺駅コインロッカー。鍵《かぎ》は記念碑裏の鉢植えにいれてある」

親子そろって息を呑《の》む気配があった。ソンが目を剥《む》いた。「なぜそれを知ってる」

「あんたたちから発注を受けた釜塚と蟹渕が、販売元に納品を頼んだ。初期型グロック17二丁と弾。でも販売元が壊滅してるのに、けさ誰がコインロッカーにいれたと思う？」

張り詰めた空気が漂いだした。ソンが絶句している。父親の反応をまのあたりにし、イムはいっそう不安を募らせたようだ。

「まさか」ソンが片方の頰筋をひきつらせた。「おまえが……」

「司令棟の地下室。権晟会の九つの死体が、一丁ずつ握りしめてた」結衣は低くつぶやいた。「造影剤を含まない一九八五年製グロック17、ただし実弾が発射できない見本品。うち二丁をブレザーの両ポケットにいれて拝借してきた」

CAの竹中が意を決したように、ふいの肘鉄をソンに食らわせるや、羽交い締めから逃れた。ソンは痛そうに顔をしかめたものの、即座に体勢を立て直し、逃走する竹中の背に向けトリガーを引いた。竹中が悲鳴とともに立ちすくんだ。

だが銃声はきこえなかった。竹中は涙ぐみながら目を開けた。ソンが逆上したように周りに拳銃を向け、むやみに発砲を試みた。生徒たちは恐怖の反応をしめしたが、誰も撃たれなかった。虚《むな》しい金属音が響くばかりだった。

イムも結衣を銃撃しようと躍起になっていた。弾がでないと知りイムは歯ぎしりした。腹いせにグロックを振りかざし、近くの席の山崎をぶん殴った。

結衣はイムに突進しながら怒鳴った。「父親のほうはまかせた！」

男性ＣＡがソンに向かい駆けていく。結衣はイムに体当たりし、通路の床に押し倒した。だがイムは肘を内側に振り、結衣の頬を強打してきた。結衣は身体を浮きあがらせたが、その瞬間イムの足に腹を蹴《け》りこまれた。ふたりの位置は入れ替わり、イムが機首側に移った。結衣は機体後方へと転がった。少し遅れて痛みが襲ってくる。胃液が逆流し、結衣は激しく咳《せ》きこんだ。

イムは重傷を負っているはずが、もう起きあがろうとする。驚くべき強靭《きょうじん》さだった。パグェからひとりだけ選抜されただけのことはある。

結衣はイムとの間合いを詰めながら、周囲に大声で呼びかけた。「あったら貸して！　帽子、金属のボールペン、折りたたみ傘、尖《とが》った鍵、ＬＥＤライト、ブレザーの上着」

通路両脇の座席で、生徒らがいっせいに手荷物をまさぐった。機内に持ちこめない物を除けば、使えそうなのはそれぐらいになる。兵器試験場で庄市に呼びかけたときとちがい、イムは当然ながら日本語がわかる。どんなアイテムを要求したかバレている。裏をかくことはできないが、ほかに方法がない。

イムの片脚が猛然と蹴りを放ってくる。ムエタイとテコンドーの複合技に思える。結衣は姿勢を低くし後退した。片腕で蹴りは防御しきれない。顔をガードすればボディを蹴られる。

「優莉！」男子生徒のひとりが叫んだ。目の前に飛んできたのはペンライトだった。逆手にキャッチするや点灯し、イムの目に向けた。眩《まぶ》しさに顔をそむけたイムが、一瞬だけ結衣の動きを追えなくなった。結衣は滑りこむように足払いをかけ、イムを転倒させた。

　通路に次々とボールペンが投げこまれた。まずいと結衣は思った。上半身を起こしたイムにとっても、鋭利な武器が拾い放題になった。イムは金属のボールペンを左右の手に握り、結衣に襲いかかってきた。結衣もボールペンを握ったものの、リーチの長さではかなわない。イムが振りまわすボールペンの尖端《せんたん》が、容赦なく結衣の動脈を狙ってくる。通路を転がりながら必死に躱《かわ》すしかなかった。イムの狙いがいまひとつ定まらないのは、ペンライトの光の残像がちらついているからだろう。それもやがて回復する。

　仰向《あおむ》けになったとき、ほかのクラスの女子生徒が身を乗りだした。その手に帽子が握られている。「優莉さん！」

　結衣は帽子をひったくるや起きあがり、イムの顔に投げつけた。敵の視界を奪うのに有効だった。

「優莉さん」また名前を呼ばれた。今度はブレザーのジャケットが来た。イムが帽子をとり払うと同時に結衣は飛びかかった。ジャケットをイムにすっぽりとかぶせる。また一時的に周りが見えなくなったイムが、やけくそぎみに豪腕を振るった。結衣は躱しながらボールペンを振りあげ、大腿《だいたい》動脈に突き立てようとした。だがイムのこぶしが結衣の上腕をかすめたとき、思わぬ激痛が走った。裂けた袖《そで》に血が滲《し》みだしている。イムは鍵を握りこんでいた。誰かが通路に投げこんだ武器を、またしても先に使われた。結衣は後転しながら距離を置いた。

イムもすでにジャケットをかなぐり捨てていた。こぶしの人差し指と中指のあいだに突きださせた鍵で、結衣に斬りかかっては突きを放つ。結衣は太刀筋を見極め、上下左右に躱しつづけた。

なかなか結衣を仕留められず逆上したのか、イムが傍らの席の女子生徒につかみかかった。女子生徒が悲鳴をあげた。しかしこぶしが振り下ろされる前に、結衣はとっさに踏みこみ、ボールペンでイムの脇腹を刺した。苦痛の叫びがあがったものの、血液の噴出はなかった。じわりと出血しただけだ。イムは直前に身をよじっていた。ボールペンの尖端は腋窩《えきか》動脈をわずかに外れた。

結衣は胸部をイムに蹴られ、またも通路の床を転がった。痛みに耐えながら顔を起こす。イムが歯を食いしばりながら、脇の下のボールペンを抜いていた。

にわかに喧噪を耳にした。機首付近の通路で男子生徒たちが入り乱れている。男性ＣＡに加勢し、みなソンに襲いかかっていた。岩田と古屋も立ちあがり向かっていった。イムが混乱に気づいたらしく、そちらを振りかえった。

立ちあがった結衣に、近くの女子生徒が折りたたみ傘を差しだした。小さなフックがついている。結衣がそれを伸ばすと、金属音が響き渡ったせいで、イムが視線を戻した。

突進してきたイムのこぶしに、傘を勢いよく振り下ろす。満身の力をこめた打撃により、イムの手を開かせた。鍵が床に落下した。傘のフックにイムの上腕を引っかけ、手前に引っぱって重心を崩し、頭を低くさせる。結衣は傘を水平に振り、イムの延髄を強打した。ふらついたイムの目を傘の先で突く。ところがイムはまたも上体を伏せ、わずか数センチの差で眼球への直撃を免れた。

それでも額を割った。イムの顔は血だらけになり、ろくに目も開けられず、むやみに蹴りを放つばかりになった。イムのポケットからスマホが落下した。さっき山崎からとりあげたスマホだった。

結衣はスマホを拾って客席に投げた。「誰か持ってて！」

イムが体勢を立て直しつつある。結衣は伸びあがり頭上の荷物棚を開け、なかから持ち主不明のリュックをとりだした。かなりの重量があった。ショルダーハーネス二本を右腕にかけると、リュックが盾がわりになる。イムの強烈な蹴りを受けた。腕に痺《しび》れが走ったものの、かなりの勢いを吸収できた。イムの両足が床についた瞬間を見計らい、結衣はリュックをイムの向こうずねに投げつけた。重い中身の衝突を受け、イムが両膝《りょうひざ》をついた。すかさず結衣は飛びかかり、両太股《りょうふともも》でイムの胴体を挟んでねじ伏せにかかった。だがイムはリュックをつかみあげ、結衣の頬を殴りつけた。またふたりの位置が変わり、結衣は機首のほうに転がった。

めまいを堪《こら》えながら立ちあがったとき、イムも息を切らしかけていた。額が割れ、大量に流出する血が目に入り、しっかり開けていられないようだ。いまが致命傷をあたえるチャンスかもしれない。

ところがそのとき、イムの肩越しに、通路を近づいてくる男の姿が見えた。髪を短く刈った奥目の四十代、大きめの上着。機体の揺れが激しく、前進に難儀しているようだ。片手に握っているのは拳銃《けんじゅう》、シグ・ザウエルらしい。

男はふらつきながらも声を張りあげた。「動くな！　スカイマーシャルの十和田《とわだ》だ。通路にいる者はただちに床に伏せろ」

結衣ははっとした。スカイマーシャル、二〇〇四年以降の警乗制度に基づき、旅客機に乗りこむ武装私服警官だった。すべての機体にひとりずつ乗るわけではないが、この往復便に搭乗した理由は想像がつく。乗客名簿に優莉結衣が含まれていたからだろう。イングク親子のグロックが撃てないとは知らず、動くのが遅れたのか。だがよりによって、いまさらこんなときに。

イムの目も十和田をとらえた。眼光が鋭く光った。即座にイムは十和田に躍りかかった。

結衣は大声で呼びかけた。「油断しないで!」

遅かった。イムは跳躍すると、座席の背を蹴って勢いをつけ、瞬時に十和田の懐に飛びこんだ。押し倒すと同時に膝蹴りを食らわせ、手刀を首すじに打ちこむ。十和田が床にのび、イムは拳銃を手にした。

そのあいだに結衣は距離を詰めていた。結衣はイムに背中から抱きつき、両腕ごと抱えこみ、重心を後ろにかけ力ずくで反りかえらせた。かろうじて銃口を斜め上方に向かせる。イムが身体を左右にひねるたび、向きあった生徒たちが悲鳴をあげ、両手で頭を抱えて伏せた。イムはいっこうに銃を下方に向けられず、業を煮やしたらしい。銃声がつづけざまに耳をつんざいた。抱きついた結衣の身体にも発砲の反動が伝わった。

発射した弾丸は左舷の窓に次々と命中した。小さな穴と亀裂にとどまった、そう思えたのは一瞬だけだった。たちまち窓という窓がいっせいに砕け散った。

竜巻の渦中に飛びこんだも同然の阿鼻《あび》叫喚がひろがった。緊急気圧低下。猛烈に吹き荒れる強風のなか、ありとあらゆる物が吹雪のごとく宙を舞った。天井から無数の酸素マスクがいっせいに下りてきた。照明が消灯し急に暗くなった。着席していない生徒たちが空中に巻きあげられている。とりわけ機首近くでツンに群がっていた男子生徒らが、両手を振りかざしながら後方に飛ばされてきた。大半は着席している生徒らの伸ばした腕をつかみ、吹き流しのように全身を浮かせつつも、なんとか必死に留まっている。だがあぶれた数人が早くも割れた窓に吸いこまれようとしていた。

結衣は通路を駆けだそうとしたが、とたんに身体が浮きあがった。窓へと吸引される強烈な気流に乗ってしまったようだ。飛んできた男子生徒と空中で衝突した。結衣は男子生徒を抱き締めると、片脚を近くの座席に絡め、間一髪踏みとどまった。そこに次々と男子生徒たちがぶつかってくる。自分も含め、排水口に集中するゴミに似ていた。至近の席の生徒らが手を伸ばし、それぞれに空中の身体をつかんだ。全員が吸いだされる寸前でかろうじて堰《せ》きとめられている。

機首が下を向いているのがわかる。機体が急激に降下していく。高度が低くなれば気圧差は減少する。強風がおさまってきて、結衣は男子生徒らとともに通路の床に落下した。ずっと風になびいていた髪が、ばさりと顔にかかった。

「危ない！」女子生徒の声がした。

はっとして視線をあげると、機内ワゴンが猛スピードで通路を滑降してくる。まるで地下鉄がホームに入ってくるようだった。生徒たちがあわてふためきながら左右に避《よ》ける。結衣も急ぎ跳躍し、着席した生徒らの膝上に横たわった。機内ワゴンは結衣の脚をかすめ、機首のほうへと通過していった。ほどなく壁に衝突する音がした。

窓から吸いだされることはなくなった。だがいまだ嵐のような突風が断続的に吹きつける。結衣は身体を起こそうとした。ふいに背後から太い腕が結衣の首に絡みついた。

腕はしっかり結衣の顎《あご》の下に入っている。クリンチから逃れられない。異常ともいえる腕力が喉もとを絞めあげる。結衣の耳もとでイムの声が怒鳴った。「死ね優莉！」

ふだんなら首を絞められても、窒息までの一分間に対処法を考えられる。けれどもいまはひどく息苦しい。気圧のせいだった。酸素が不足している。意識が朦朧《もうろう》としてきた。身体に力が入らない。

突如として綿谷のわめき声が接近してきた。駆け寄ってくる綿谷の手には、トイレで拾ったとおぼしき松葉《まつば》杖《づえ》が握られていた。綿谷は近くの空席に飛び乗り、松葉杖を振りかざすや、イムの脳天を真上から強打した。

イムがさも痛そうな叫びを発した。なおも綿谷が歯を食いしばりながら打撃しつづける。血《ち》飛沫《しぶき》の舞うようすが、結衣の視界にぼんやりと映っていた。気を失いかけている自覚があった。どうにもできない。

やがてイムの腕による圧迫が緩んだ。結衣は脱力しきって床にくずおれた。

綿谷の声がきこえた。「優莉さん!」

身体がまた浮きあがる。気圧のせいか。いや誰かに抱きあげられている。綿谷のほか、岩田の顔も見えた。ほかのクラスの担任たち、それに大勢の生徒らがのぞきこんでいる。通路右側、三つ並んだ座席の中央に座らされた。綿谷が酸素マスクをつかみ、結衣の口もとにあてがった。

その瞬間、肺の奥まで空気が滲入《しんにゅう》してきた。結衣は痙攣《けいれん》しながら我にかえった。思わず目を見開く。

岩田が心底ほっとしたようにいった。「無事か。よかった」

全員の髪が風になびいている。綿谷はうっすらと涙を滲《にじ》ませていた。ほかの生徒たちも同様だった。みな結衣の手を握っている。結衣のなかになんともいえない感情がひろがった。こんなに大勢の目に見守られたことなんて、いままであっただろうか。

いきなり怒号が響き渡った。通路に黒い影が起きあがった。血みどろのイムだった。殺意に満ちた目が睨《にら》みつけてくる。生徒たちは悲鳴をあげながら周囲に散っていった。結衣は跳ね起きようとしたが、身体の反応が鈍い。とっさに動けない。

唐突にひとりの女子生徒が通路を駆けてきた。甲高い声を発しながらイムに抱きついた。女子生徒の顔は鼻血にまみれている。さっきイムに蹴《け》られた留美だとわかった。留美は振りかざしたボールペンをイムの首筋に突き立てた。

水道管に穴があいたように、血液が一気に噴出しだした。刺した留美が悲鳴をあげ、通路の床に尻餅《しりもち》をついた。イムは愕然《がくぜん》とした面持ちで、手で傷口を押さえようとしている。しかし止血にはほど遠い。動脈が完全に切断された。イムが通路をふらつきだした。うつむいた顔に表情の変化は見られない。だが床からなにかをとりあげた。シグ・ザウエルの拳銃だった。

結衣の全身に感覚が戻りつつあった。跳ね起きるやイムに足から突っこんでいき、胴体に蹴りを食らわせた。イムは左舷の割れた窓にぶつかった。

とたんに壁面に亀裂が走った。強度が失われていたらしい、周辺の壁が突如、数メートル四方にわたって吹き飛んだ。叫び声が一瞬だけきこえた。イムは拳銃をつかんだまま、空の彼方《かなた》に消え去っていった。

眩《まぶ》しい太陽光にさらされる。またしても気流が苛烈に渦巻きだした。窓側の席の女子生徒が、シートごと機外に放りだされようとしている。女子生徒は両手で空《くう》を掻《か》きむしり泣き叫んだ。結衣は瞬時に飛びつき、その腕をつかんだ。駆けつけたＣＡたちが手を伸ばし、救出しようと必死になっている。しかしシートは徐々に機外へと押しだされていく。はるか眼下に海原が見えた。みな開口部分に恐怖し、いま一歩踏みだせない。

ひとりの男が大胆に身を乗りだした。スカイマーシャルの十和田だった。女子生徒の両肩をつかみながら十和田が怒鳴った。「シートベルトを外せ！」

結衣は女子生徒の腕の下に潜りこみ、シートベルトのバックルをつかんだ。指が思うように動かず、なかなか外れない。頭上に悲鳴をきいた。女子生徒はシートごとずるずると機体から放りだされようとしている。

指先に力をこめたとたん、シートベルトのロックが解除された。とたんに女子生徒の身体が宙を舞った。結衣は抱きついたが、一緒に浮きあがる感覚をおぼえた。無数の手が結衣を引き留めようと胴体をつかむ。女子生徒に対しても同様だった。ふたりは少しずつ機内に引っぱりこまれ、やがてそろって通路の床に転がった。安堵《あんど》の声がいっせいに湧いた。

「イム！」父親ソンが悪態とともに吐き捨てた。「畜生《ジエンジャン》。使えん馬鹿息子が！」通路から生徒らがあわてて避難していく。ソンが血相を変え、急角度の傾斜を猛然と上ってきた。顔はやはり打撲痕《だぼくこん》と切り傷だらけだった。教頭の古屋が立ちふさがった。ソンは古屋の胸倉をつかみ、わきに放り投げた。

ソンが接近しながらまくしたてた。「イルボンの悪の権化め。おまえの細首なんか俺がねじ切っ……」

ふいにソンは前のめりにつんのめった。後ろに麻希の父が這《は》っている。ソンの両足首をつかんで引き倒した。

三人の母親たちが通路に躍りでた。それぞれ手にしたプラスチック製のトレイは、機内ワゴンから持ちだしたらしい。三人はトレイを縦にし、ソンの後頭部にさかんに打ち下ろした。

だがソンは仰向《あおむ》けになると、詩津香の母からトレイを奪った。それをひと振りし、婦人ふたりの顔面を殴り飛ばした。ひとり残ったのは、丸々と肥えた仁沢の母親だった。恐怖にすくみあがったが、落ちていたボールペンを拾い、振りかざしながらソンに向かっていった。

ソンが奇声を発した。「んあいっく！」

身体をくねらせた異様な動き。掌《しょう》が仁沢の母の三重顎《さんじゅうあご》を突きあげた。肥満体が宙を舞い、通路にいた生徒たちの群れを薙《な》ぎ倒した。

十和田がソンに飛びかかったが、一撃のもとに叩《たた》き伏せられた。殺気に満ちたソンの顔が結衣に向き直った。みな悲鳴とともに退避していく。結衣は全身に風を受けながら、ひとり通路に立ちつづけた。

「優莉結衣」ソンが怒れる修羅の形相で迫ってきた。「パグェの天敵。最凶の死神め」

結衣は悠然ときいた。「保護者会にでて釈明する気ある？」

「ほざいてろ！」ソンが一気に間合いを詰めてきた。手技《ソンジル》のビッジャンブッキで掌《しょう》を繰りだし、結衣の反撃を阻もうとしてくる。

それを理解できたのは、ネット動画でテッキョンを研究したからだった。自室で訓練も積んだ。結衣は腰を縦にうならせながら脚を振るった。迅速に跳躍するや上段回《トゥル》し蹴《ムチギ》りをソンに食らわせた。

打撃の痺《しび》れを結衣の脚に残し、ソンは左舷に吹き飛んでいった。目と口を大きく開いたソンの顔が一瞬だけ見えた。直後ソンは開口部分から機外に消えていった。

轟音《ごうおん》の多重奏がいつ果てるとも知らず響き渡る。断続的な揺れが襲い、強風が絶え間なく吹きつけてくる。あらゆる材質の破片が散乱した機内で、生徒や教師、保護者らがそこかしこにたたずむ。誰もが疲れきった顔で座席にしがみついていた。ノイズにまみれた機長のアナウンスがきこえた。だがあわてぎみのせいもあり、なにを喋《しゃべ》っているかさだかではない。スピーカーの音声には警告音らしきものが混在していた。プルアップと呼びかける人工音声がしきりに反復する。

ＣＡの竹中が声を張りあげた。「間もなく海上に不時着です。席についてシートベルトを締めてください！　なるべく右側の席へ。救命胴衣は座席の下です」

どよめきがひろがり、生徒たちがいっせいに動きだした。結衣は近くにいた綿谷をうながした。通路に倒れたままの女子生徒を、綿谷とともに助け起こす。幸い額を少し切っただけのようだ。周りに目を向ける。四人の保護者たちが我先にと着席していた。岩田やほかのクラスの担任らも、生徒たちの誘導に追われている。

結衣が前方に向かいかけたとき、座席の背にしがみつく高齢のスーツと鉢合わせした。

宮園は悲しげな顔で結衣を見つめてきた。「結衣さん。これがきみの本当の姿だったんだな」

なにもいえない。結衣は黙って視線を逸《そ》らした。

「きみが」宮園の目が潤みだしていた。「清墨学園を……。パグェのメンバーを殺したのか」

　生きるためだった。救われるべき小さな命もあった。抗《あらが》わなければすべてが失われていた。それが真実だ。けれども言いわけなどしたくない。結衣はただうなずいた。

　深くため息をついたものの、宮園の顔に微笑が浮かんだ。「いいんだ。そんなふうに育ったのは、きみのお父さんのせいかもしれん。しかしきみがここでやったことは、弁護士の私がいうのもなんだが、道を外れてるようには見えない」

　すなおな思いが結衣の口を衝《つ》いてでた。「人に裁かれる気はありません。でもそうなるときには、そうなるんでしょう」

「やむをえんだろう」宮園は同情に満ちたまなざしを向けてきた。「ＣＡを含め、ここにいる大勢がきいたからな。清墨学園を皆殺しにしたのはきみだと黒磯君がいった。一般乗客もスカイマーシャルも乗ってた。報告は避けられない。きみも今後の在学は難しいかもしれん。でも私はきみのために尽力する。できるだけのことをする。弁護士である以前に、ひとりの人間として」

　昂《たか》ぶる淡い気持ちを結衣は胸のなかにしまいこんだ。宮園を見かえす勇気がない。

視線は自然におちたままだった。

ＣＡの松浦が駆けてきた。「早く席へ！」縦揺れだけではない、横揺れまでもひどくなってきた。結衣はふらつく宮園に手を貸しながら、通路の傾斜を機首へと下っていった。左側のせいか10A、10B、10Cは空いている。麻希の父はさっき別の場所に着席するのを見た。宮園を座らせてから、結衣は綿谷の隣り9Ｃに滑りこんだ。

ときおり垂直落下のごとく身体が浮きあがる。そのたび周りで悲鳴が起きる。結衣はシートベルトを締めた。救命胴衣を引っぱりだし、頭からかぶる。もう膨らませてしまった生徒たちのあわてた声がきこえてくる。

轟音のなか、綿谷が声を張りあげた。「修学旅行、ＵＳＪに行けなくても、これで元をとった。フライングダイナソーよりすごい」

「頭を低くして」結衣は綿谷にいった。「枕ある？　抱きかかえたほうがいい」

「優莉さん」

「なに？」

「最後にもういちど手をつないでほしい」

ためらいなどなかった。結衣は綿谷の手を握り、互いに指を絡ませあった。繰りかえすたび自然に思えてくる、人とのつながりが。

　どこからかブザーがきこえた。わずかに顔をあげ、窓の外を眺める。海面はもう目前に迫っていた。機体が水平になっていく。

　ＣＡの声がマイクを通さず、いっせいに呼びかけてくる。「頭を下げて！　ヘッドダウン！　頭下げて！」

　直後、目の前で爆発が起きたように感じた。過去に経験したどの爆発よりも強烈な衝撃だった。壁面に縦横の亀裂が走り、機体が前後に圧縮され、蛇腹に潰《つぶ》れていくのがわかる。埃《ほこり》に似た鉄粉が舞い散り、濃度を増し噴煙と化す。耐えがたいノイズが反響しつづけた。床が波打ちだし、座席の配列が無造作に乱されていく。鉄骨らしき物体が頭上に倒れてきた。後頭部に打ちつける寸前、椅子の背にひっかかって止まった。慣性の法則か、身体が進行方向に突っ伏しそうになる。前の座席の背面に頭頂がめりこんだ。首筋に強烈な痛みが走る。

　辺りは真っ白でなにも見えなかった。だが声はきこえる。初めはくぐもっていたが、しだいにはっきりしてきた。ＣＡが怒鳴っている。「なにも持たず前の人につづいてください！　絶対に押さないように！」

　着水したのか。結衣は隣りに目を向けた。綿谷がうつぶせている。こめかみから血が流れていた。身じろぎひとつしない。

息を呑《の》んで結衣はその背を揺さぶった。「綿谷君！」

すると綿谷がむせながら上半身を起こした。結衣の視野が涙に揺らぎだした。シートベルトを外し、ゆっくりと立ちあがる。足腰に鈍重な痛みがあった。後ろの席に目を向ける。

「宮園さん」結衣はいった。

「ああ」宮園は大仰なほど顔をしかめ、唸《うな》るように応じた。「たまらん。この歳でやるこっちゃないよ」

心底ほっとしながら宮園を助け起こした。振りかえると綿谷が立ちあがっていた。通路を生徒たちがあわただしく前後へと逃走していく。

潮の香りがする。いつしか靴が水に浸《つか》っていた。海水が入りこんできている。機体の横っ腹に穴があいた以上、当然のことかもしれない。そういえば遊覧船のように絶えずぐらぐらと揺れていた。

ギャレーには壊れた座席が積み重なっていたが、その奥に女子生徒が閉じこめられているらしい。各クラスの担任教師らが座席の山を掘り起こし、がむしゃらに女子生徒を救出にかかる。

宮園が別の場所で身をかがめ、椅子の狭間《はざま》に倒れた女子生徒に手を貸す。結衣も綿谷とともに辺りを見てまわった。男性ＣＡやスカイマーシャルの十和田が同じように動きまわっていた。床に転がる生徒を見るたび、急いで助け起こしたが、みな意識はあった。

教師たちがギャレーから駆けだす。岩田は女子生徒をおんぶしながらいった。「優莉。もうみんな退避した。外にでろ」

きしむような不協和音とともに機体が大きく傾いた。たちまち全員が体勢を崩した。結衣も転倒しそうになった。

ＣＡが怒鳴った。「急いで！」

結衣は駆けだした。一歩踏みだすたび水飛沫《みずしぶき》があがる。脚に冷たいものを感じた。もう膝《ひざ》まで浸水している。

斜めになった機体のなかで、なおもＣＡらは通路に踏みとどまり必死に誘導する。震動がひどくなり、ドアから濁流が押し寄せてきた。結衣はたちまち胸まで海水に浸かったが、負けじと流れに抗い、じりじりとドアに迫っていった。ドアの外には別世界のような海原がひろがる。常軌を逸した眺めだと結衣は思った。黄いろいゴムボートが横付けされている。形状は直方体だった。緊急脱出用の滑り台が、水上に不時着した場合はゴムボートになる。救命胴衣の紐《ひも》を引っぱるや、結衣はゴムボートのなかに身を躍らせた。

綿谷や宮園のほか、大勢の生徒がゴムボートに同乗している。みなうずくまったままだった。ときおり顔をあげて結衣を見つめる。別のクラスの生徒ばかりのようだ。言葉も交わさず、また視線を逸《そ》らしあった。

機長と副機長の制服が、CAらとともに最後のゴムボートに乗るのを目にした。機体はもう半分ほどが海中に没している。じきに沈むだろう。

綿谷が疲弊しきったようにつぶやいた。「海が全然見られない修学旅行だったけど……」

「ええ」結衣は小さくうなずいた。「いまは嫌というほど見られる」

向かいに座った女子生徒と目が合った。血の気が引いている。見ず知らずの女子生徒だったが、結衣に両手を差し伸《の》べてきた。ためらいながら結衣も両手を伸ばし、女子生徒と手を握りあった。

すると周りの生徒たちがみな次々とそれに加わった。そのなかに綿谷もいた。どこかで見た写真のように、全員で輪になり、手と手を重ねあっている。どの顔も結衣を見つめていた。安堵《あんど》のいろや微笑がある。

闇に閉じこめられていたものが、光の下にさらされたような感覚が、結衣の胸を突いて生じた。修学旅行、無縁の絵空事と感じた青春の一ページ。たしかにいまここにある。

33

弥《や》藤《とう》貴《たか》典《のり》は夜中の零時をまち、江東《こうとう》区の雑居ビル四階、権晟会東京支部の事務所に踏みこんだ。

消灯した事務所内を眺めるまでもなく、惨状はあきらかだった。独特の酸《す》っぱいにおいが充満している。両手でシグ・ザウエルＰ３２０をかまえ、四方を警戒しながら油断なく進んでいく。

だが狭い事務所だけに、ほどなく脅威はないとわかった。ため息とともに銃を下ろす。

事務机が六つ突き合わされたシマに、六人の惨殺死体があった。みな角刈りや猪首の凄《すご》みある顔ぞろいだったが、侵入者はひるみもせず、全員の息の根をとめていた。ふたりは喉《のど》もとを掻《か》き切られ、ひとりは背にナイフを突き立てられている。あとの三人は銃で複数箇所を撃ち抜かれた、そんなありさまだった。

シマから独立したエグゼクティブデスクに目を向ける。五十過ぎの支部長がひとり突っ伏していた。剃《そ》りこみをいれ、ドルガバのスーツを着て貫禄《かんろく》たっぷりでも、殺《や》られるときは殺られる。

デスクにあふれた血液の量が半端ではない。弥藤は支部長の襟首をつかんで起こし、椅子の背にのけぞらせた。顔面から腹にかけ、容赦なくめった刺しにされている。

戸口に物音がした。弥藤はびくつかなかった。気配で誰なのか察しがついた。

「磨嶋《まじま》」弥藤はつぶやいた。「おまえが遅刻とはめずらしい」

長髪に小顔、痩身《そうしん》をトレンチコートに包んだ四十代半ばが入室してきた。磨嶋悠成《ゆうせい》は死体を順繰りに眺めていった。「背の低い奴に殺られてる。筋力のなさを技能とすばやさでカバーしてるな」

「凜香だろ」弥藤はデスクの引き出しを調べながら応じた。「あいつ、沖縄の本部に引き渡される前、ここに預けられてたからな」

「さんざんいたぶられたことへの返礼か」

「ああ。これで権晟会はひとり残らず全滅だ」

ふいに寒気をおぼえた。過去にいくつもの修羅場をかいくぐってきたが、こんな気分を味わうのは初めてだった。

引き出しにあるはずの顧客名簿がない。プリントアウトを綴《と》じたファイルばかりか、ＵＳＢメモリーまで持ち去られていた。

弥藤はいった。「ブツがない」

磨嶋が浮かない顔になった。「終わったな」

「ああ。終わった」

権晟会とラングフォード社による銃器密輸は、すでに世界じゅうでニュースになっている。米軍は世界百七十か国に約八百もの軍事基地を有するが、うちラングフォード社が関わっている六十八の施設で、銃器類の現地密売がおこなわれてきたとわかった。企業の株価は暴落、倒産は必至となった。日本ばかりか国際的な武器の闇市場が潰《つい》えたことになる。

問題は弥藤と磨嶋が身を置く半グレ集団だった。もし顧客名簿が警察の手に渡れば、遅かれ早かれ警察のガサいれを受ける。いや田代槇人の傘下にあるすべてのグループが摘発されるだろう。

現状でも大打撃といえる。尼崎《あまがさき》での暴力団抗争にM16が使われたように、日本の反社会勢力は米軍の横流し品に頼ってきた。注文を一手に引き受けていたのは権晟会だが、その先にある密輸グループがラングフォード社であることは、田代槇人ですら知らなかったようだ。いまや発注先ばかりか販売元まで、密輸密売ルート全体が壊滅してしまった。

今後は故障した銃器の部品交換もままならない。田代槇人傘下の半グレ集団は、軒並み弱体化を余儀なくされる。

弥藤はデスクに寄りかかった。「力での支配の終焉《しゅうえん》か。ベトナムマフィアの躍進もここまでだな」

「同じベトナム系のディエン・ファミリーにでも乗り換えるか」

「あんな弱小じゃどうにもならん」

「凜香は千葉の児童支援施設が保護してるとか。じきに地元の公立中学にも通いだす。捕まえて顧客名簿を回収するか？」

「それしかないか。いや、まて」弥藤はデスクの縁に目をとめた。猫の形に切り抜かれた付箋《ふせん》がある。いかにも女子中学生が好みそうなデザインだった。それを剝《は》がしとり、直筆の文面を眺める。

近づくんじゃねえよ変態痴漢ゴリラども　うろちょろしたら名簿をネットで公開し

てやるかんな

　弥藤はそれを指先に貼ったまま、黙って磨嶋に差しだした。

　磨嶋が付箋を見つめた。「こいつは厳しいな」

「ああ」弥藤は陰気につぶやいた。「もしほかの誰かに名簿を託してて、凜香の身になにかあれば公開するって手筈《てはず》なら、どうにもできん」

「結衣か？」

「さあな。そこまで仲直りしてるかどうかはわからん」

「十代は心変わりが早い」

「たしかにな」

「修学旅行ついでに国内反社の生命線を壊滅か」磨嶋が死体のひとつの顎《あご》を持ちあげた。喉《のど》の切り傷をたしかめながらいった。「世も末だな」

　癪《しゃく》に障ると弥藤は思った。田代槇人が優莉匡太を侮ったせいだ。奴の子供を甘く見すぎた。いまや結衣ばかりか凜香まで厄介な存在と化した。あの姉妹に手をだすべきではなかった。親から受け継いだ素質を自覚させず、宝の持ち腐れに終わらせればよかった。類《たぐ》い希《まれ》な才能を開花させてどうする。ただでさえ長男に苦しめられてばかりだというのに。

34

平屋一戸建てを改装した児童福祉施設、恩恵荘《おんけいそう》の食卓に、結衣はひとりたたずんでいた。

テレビには夕方のニュースが映っている。海上に浮かぶ旅客機の空撮だった。そういえばあのとき、ほどなくヘリが上空を旋回していた。マスコミはいつも救助より早く駆けつける。

キャスターの声がきこえた。「ハイジャック犯は黒磯峰芳、本名ソン・イングク容疑者四十六歳と、その長男十七歳とみられています。警察によりますと、親子はともに半グレ集団パグェのメンバーの可能性が高く、行方不明である現在も背後関係などの捜査を進めているとのことです。なお同機は、沖縄から修学旅行の帰りだった芳窪高校二年の生徒らが乗っており、ある女子生徒の積極的な行動により、乗客乗員全員が助かったとの証言が……」

結衣はリモコンを手にとり、テレビの画面を消した。炊飯器と加湿器の音だけが厳かに耳に届く。

証言だけでは警察もおいそれとは信じない。山崎のスマホに、ハイジャック直後の機内のようすが録画されていたからだろう。イムが山崎の手からスマホを没収した時点で、撮影は中断された。親子殺害の決定的な瞬間が映っていたら、報道もここまで穏やかだったはずがない。

とはいえ結衣がイムに放った重要なひとことを、周りにいた誰もがきいている。いまも自分の脳裏に響いてくるようだった。「目的はわたしでしょ。パグェの死に損ない」

芳窪高校二年という報道を受け、ネットではもう噂が飛び交っている。結衣自身はいっさい検索しなかったが、この施設に住む小三の春美《はるみ》が教えてくれた。

今回は機内で大勢が真実を見聞きした。機体後方の座席には通報した人間も多くいただろう。人の口には戸が立てられない。あくまで噂といいながら、ほぼ事実どおりの内容がＳＮＳに書きこまれていた。刑事にいたぶられる動画は芝居にすぎず、機内でパグェの親子ふたりを殺したばかりか、清墨学園を全滅させたのは優莉結衣。そんな文章も上がっているらしい。

生徒に教師、保護者、弁護士。特に秘密を漏らさないよう頼んだわけでもない。Ｃ

Aには司法への報告義務もあるだろうし、スカイマーシャルもいた。警察に伝わるのは時間の問題だった。

にもかかわらず、なぜか結衣のもとに刑事が訪ねてくる気配はない。公安の見張りも現れなかった。

奇妙な事態に思える。清墨学園事件のときと同じだ。
イムの首を刺した留美や、脳天を殴った綿谷が逮捕されたという話をきかない以上、機内でのことはひとまず不問になっているのかもしれない。ハイジャックに対する正当防衛、それも未成年者による所業だからか。だが清墨学園事件はちがう。ふつうに考えれば、いよいよ清墨学園事件への嫌疑が深まったとして、結衣は署に連行されるのが筋だ。

おぼろにひとつの仮説が浮かんできた。ひょっとしてそういうことか。いや、それ以外に考えられない。

スマホが短く鳴った。画面を一瞥《いちべつ》すると、ＳＭＳに注意を引かれた。田代美代子《みよこ》です。表示にはそうあった。

夕闇が目黒区大橋《おおはし》の住宅街を包んでいた。きょうはいちだんと冷えこんでいる。結衣は路地を歩き、近所の小ぶりな公園に着いた。

まだ誰もいない。結衣はスマホを操作した。ニュース記事の見出しに田代槇人の名が躍っている。

高校生バドミントン選手、田代勇次さんの父で実業家の田代槇人さん経営の数社が、権晟会とラングフォード社による銃器密輸密売の顧客だった疑いがあるとして、警視庁による家宅捜索がおこなわれた。記事にはそんなふうに綴られている。潔癖《けっぺき》を売りにしてきた親子の、おそらく初めてのスキャンダルにちがいない。

外国語訛《なま》りの強い婦人の声が告げてきた。「状況は最悪だと主人がいってます。武器が入手できなきゃどうしようもないと」

結衣は顔をあげた。公園の真んなかに、四十代とおぼしき女性が立っていた。会うのは初めてだが、テレビで観たことはあった。ジャガード織りの丸襟ジャケットに黒のロングスカート、低めのヒール。メイクが薄いのは、ベトナムの女性が化粧品は肌に悪いと信じているから、そうきいたことがある。

夫とともに帰化した元ベトナム籍、田代美代子が控えめにいった。「そんな木陰に隠れてないで、もっと近くにきて。狙撃の心配はありませんよ。スナイパーライフルも入荷できなくなったので」

結衣はゆっくり歩きだした。「新たに買えなくても、これまでの在庫があると思うけど」

「いえ。同じ銃を二度使ったら、弾の線条痕《せんじょうこん》で以前の犯行と結びつけられます。銃を使い捨てにしてきたからこそ足がつかなかった、主人はそういってます」

近くで見る美代子の顔には憔悴のいろが浮かんでいた。美代子は結衣を見つめてきた。「初めまして、結衣さん。最近いかがですか」

「なにが？」

「真相の一部が噂となって流布されています。あなたへの疑惑も再燃したでしょう」

問題はないと結衣は思った。むしろ過ごしやすくなったとさえ感じる。

公安にいたぶられるふりをした例の動画は、あまりに反響が大きすぎた。おかげで世間になめられてばかりだった。けれどもここ数日、旅客機の件が報じられて以降、また適度に恐れられるようになった。グレーからホワイトに近づき、再度グレーに戻った。優莉匡太の娘には、濁ったぐらいの水が適しているのかもしれない。

結衣はきいた。「用件は？」

「主人の社会的立場に暗雲が立ちこめています。このままでは勇次のオリンピック出場も危ぶまれるかもしれません」

「自業自得」

「そうね」美代子がため息をついた。「だから譲歩したい。あなたが今後も高校生活をつづけ、無事に卒業できるよう、わたしたちが支援します。その後の進学も就職も」

「代わりに干渉するなって？」

「わたしはただ、ことを穏便にすませたい」

「智沙子はどこ？」

絶句する反応がかえってきた。美代子の黒々とした目が見かえした。「誰ですって？」

「わたしの姉。同い年の長女。旦那は当然知ってるはず」

兄弟姉妹のなかで田代槇人に与《くみ》したのは凜香だけではない。ほかにも何人かいる、タキこと顆磯《つぶいそ》多木《たき》がそういった。

「……ああ」美代子はそれ以上とぼけなかった。「日比谷《ひびや》で映画を観た子ね。あなたの学校の制服も似合ってた」

清墨学園事件直後の夜、あのカフェテラスで田代槇人は結衣に、映画のチケットの半券を寄越《よこ》した。背格好の似た別の子に、結衣と同じ制服を着せ、映画を鑑賞させた。槇人はそのようにいった。

本来は豊《と》島《しま》区の清墨学園で、スプキョク隊が結衣を殺す前提で、犯行を隠蔽《いんぺい》するための偽装工作だった。被害者の結衣が同時刻に別の場所にいたとなれば、その後失踪《しっそう》しても清墨学園は関与を疑われない。ところが結衣は清墨学園のスプキョク隊を全員返り討ちにした。すると槇人は映画館の偽装工作について、結衣のアリバイに利用しろと勧めてきた。あのときから田代親子は結衣を仲間に引きこみたがっていた。

アリバイが絶対的な証拠と認められれば、科学捜査でミクロに検出されたデータより、ずっと重きを置かれる。より詳細な分析鑑定は不要として、予算が打ち切られる。アリバイのほうが優先するとの判例も多くある。

警察が結衣を訪ねてこないのは、もう結論がでているからだ。あの時間、優莉結衣は日比谷で映画を観ていた。信頼に足る複数の証言のみならず、物理的証拠もあるにちがいない。背格好が似ているていどの替え玉には無理な芸当だった。

美代子がたずねた。「なぜ智沙子さんに関心が？　凛香さんも妹でしょう」

「凛香とは似てない。智沙子とわたしは母親が同じ」

母が誰かは知らない。だがみなそれぞれ異なる腹から誕生した兄弟姉妹のなかにあって、結衣と智沙子は同じ母親が産んだ、父からそうきかされた。

智沙子を最後に見たのは九歳のころだ。銀座デパート事件の現場要員が、子連れを装うために智沙子を連れていき、それっきりになった。

十二歳の蒸し暑い日の午後、テレビのニュースが告げた。事件当時、銀座にいたと思われた智沙子は、赤石《あかいし》山脈の焼死者のなかに含まれていたと。いまでは優莉匡太の子供のうち、死んだ四人のひとりとされている。

眉唾《まゆつば》だと結衣は思った。智沙子はあの前日までたしかにオズヴァルドにいた。彼女はムササビスーツの訓練にでかけたことはなかった。ただ消息不明なのはたしかだった。別の理由で死んだのでは、年々そう思うようになっていた。

「ええ」美代子は視線をおとした。「たしかに智沙子さんは、主人のもとにいます」

結衣のなかに少なからず動揺があった。やはり智沙子だったのか。

美代子がつづけた。「さすがに防犯カメラは欺けないので、映らないよう行動させましたけど、映画館にいた十六人もの見知らぬ方々が証言しました。ワイドショーの取材映像で観たことのある優莉結衣にちがいないと。座席に残っていた毛髪と汗のＤＮＡ型もほぼ一致。そのレベルでなければ、主人も替え玉に採用しません。なにしろ本来は、スプキョク隊のアリバイを立証する決め手になるはずだったので」

智沙子に犯罪は無理だ。生まれつき病弱な身体だった。彼女が生きていようが死んでいようが、父の支配を逃れたことに、結衣はひそかに安堵していた。なのに半グレの抗争の場に引き戻したというのか。

「結衣さん」美代子が神妙に顔をあげた。あきらめに似た声の響きで、静かにつぶやいた。「どうやら主人を赦《ゆる》す気にはなれないようですね」

「最初からそうだった」結衣はいった。「赦すつもりなんてない」

35

夜の新丸子《しんまるこ》の街並みは、日没とともに降りだした雪のせいで、うっすら白く染まっていた。結衣はロングコートにマフラーを巻き、駅前の商店街を歩いていった。

西口改札をでて、住吉《すみよし》書房新丸子店の前を通り、ふたつのコンビニの狭間《はざま》を抜けていく。美容室アビントの角を左に折れ、保育園の角を右に折れる。かつての通学路だが、片時も忘れたことはなかった。

やがて住宅街の先に、武蔵小杉高校の校門が見えてきた。ふだんは閉鎖されているが、今宵は校庭に静かな賑《にぎ》わいがある。

降雪に白く覆われた校庭から、無数のランタンが浮上し、夜空へと舞いあがっていく。犠牲者の供養のための天燈《てんとう》上げだった。おぼろな光の群れが飛んでいくさまは、まさしく魂の昇天のように見える。群衆が無心に頭上を眺める。残された人々にこそ必要な行事かもしれない。少しは心の慰めになるだろうか。

校舎に明かりはない。黒く焼け焦げた外壁は、この暗がりのなかでも克明に見てとれる。一部は崩れかかっていた。ガラスの割れた窓がベニヤ板でふさいである。昇降口にも立入禁止の札がかけてあった。

祭壇は校庭にいくつか点在する。それぞれが離れた場所に位置し、キャンドルの光の集合体となって、ぼんやりと浮かびあがっている。遺族のさまざまな団体や、慰霊の目的ごとに、おのおの独立した祭壇を設けているときく。

今夜の催しは、高校事変被害者救済基金の呼びかけに端を発する。むろん広く寄付を募るためだが、基金のＣＭに出演する田代勇次は来ない、そう報じられている。彼のファンが押しかけ、厳粛な雰囲気が壊されるのを危惧《きぐ》したからだろう。マスコミもいっさい見あたらなかった。

結衣は祭壇のひとつに近づいた。そこには女性ばかりが集っている。すすり泣く若い声がマイクを通じ、静かにうったえた。「図書室で被害に遭った女子生徒の多くは、いまだに医療検査を受けています。心身ともに健康をとり戻すためには、長期にわたる通院が必要です。保険や助成金による治療費だけでは不充分です。すべての女子生徒の将来のため、どうかお気持ちだけでも……」

ほかの祭壇には、犠牲者の氏名一覧が掲げられているが、ここにはなかった。図書室で命を落とした女子生徒はいない。だが生存しながらも、なお苦しんでいる。大量の死者がでたほかの教室にくらべ、後まわしにされがちだからこそ、必死にうったえねばならない。

祭壇は満天の星のようなキャンドルの光と、寄付金の小銭を詰めたペットボトルやガラス瓶に彩られていた。たとえ少額ずつではあっても、あらゆる世代の人々が持ち寄ったとわかる。

基金の運営と管理は川崎《かわさき》市にまかせている、田代勇次はそういった。その言葉を信じるのなら、寄付金が田代槇人傘下の半グレ集団の資金源になることはない。だからこそここに来た。

有志のひとりらしき女子生徒が、祭壇に降り積もる雪をそっと拭《ふ》きとっていた。ダッフルコートの襟の下に、武蔵小杉高校の制服がのぞいている。もうほかの高校に編入されて久しいはずだが、今夜のために着てきたのだろう。ストレートの黒髪に、白い粉雪が絡みつく。女子生徒はかまわず、ひたすら作業をつづける。

その顔があがった。結衣を見つめると、かすかな驚きのいろを浮かべた。「優莉さん」

見覚えのある面立ちだった。明るく染めた髪や、濃いメイクと決別したせいか、すぐにはわからなかった。結衣と同じクラスだった真向定華《まむかいさだか》だった。

定華もあの日、図書室にいた。当時とは意識が異なるのはあきらかだった。定華は厳粛な雰囲気のなかに溶けこんでいる。

いや。結衣の意識も、あのころとはずいぶん変わった。

周りの女性たちも気づいたらしい、訝《いぶか》しげな反応がひろがる。みな無言で見つめてきた。女子生徒もいれば、その親の世代の婦人もいる。誰もが結衣を敬遠している。こんな反応も予想がついていた。

結衣は庄市から預かった物を祭壇に置いた。ディズニーのギフトカード、十枚綴《つづ》りが三組。キャンドルの傍らに横たえてすぐ、ミッキーマウスの笑顔に、早くも雪が積もりだした。

結衣は祭壇に背を向け、ひとり歩きだした。夜空に上っていく幾百もの天燈が目に映る。じっと見つめたりはしなかった。ただまっすぐ前だけを向いて歩いた。別離にも喪失にも、孤独にも慣れている。物心ついたときから、それらが人生のすべてだった。いまさら悲しみなんかおぼえない。

本書は書き下ろしです。

高《こう》校《こう》事《じ》変《へん》 VI

松《まつ》岡《おか》圭《けい》祐《すけ》

令和2年 3月25日　初版発行

発行者●郡司 聡

発行●株式会社KADOKAWA
〒102-8177　東京都千代田区富士見2-13-3
電話　0570-002-301(ナビダイヤル)

角川文庫 22089

印刷所●株式会社暁印刷
製本所●株式会社ビルディング・ブックセンター

表紙画●和田三造

●お問い合わせ
https://www.kadokawa.co.jp/ (「お問い合わせ」へお進みください)
※内容によっては、お答えできない場合があります。
※サポートは日本国内のみとさせていただきます。
※Japanese text only

ISBN 978-4-04-109313-9　C0193

◇◇◇

角川文庫発刊に際して

角川源義

第二次世界大戦の敗北は、軍事力の敗北であった以上に、私たちの若い文化力の敗退であった。私たちの文化が戦争に対して如何に無力であり、単なるあだ花に過ぎなかったかを、私たちは身を以て体験し痛感した。西洋近代文化の摂取にとって、明治以後八十年の歳月は決して短かすぎたとは言えない。にもかかわらず、近代文化の伝統を確立し、自由な批判と柔軟な良識に富む文化層として自らを形成することに私たちは失敗して来た。そしてこれは、各層への文化の普及滲透を任務とする出版人の責任でもあった。

一九四五年以来、私たちは再び振出しに戻り、第一歩から踏み出すことを余儀なくされた。これは大きな不幸ではあるが、反面、これまでの混沌・未熟・歪曲の中にあった我が国の文化に秩序と確たる基礎を齎らすためには絶好の機会でもある。角川書店は、このような祖国の文化的危機にあたり、微力をも顧みず再建の礎石たるべき抱負と決意とをもって出発したが、ここに創立以来の念願を果すべく角川文庫を発刊する。これまで刊行されたあらゆる全集叢書文庫類の長所と短所とを検討し、古今東西の不朽の典籍を、良心的編集のもとに、廉価に、そして書架にふさわしい美本として、多くのひとびとに提供しようとする。しかし私たちは徒らに百科全書的な知識のジレッタントを作ることを目的とせず、あくまで祖国の文化に秩序と再建への道を示し、この文庫を角川書店の栄ある事業として、今後永久に継続発展せしめ、学芸と教養との殿堂として大成せんことを期したい。多くの読書子の愛情ある忠言と支持とによって、この希望と抱負とを完遂せしめられんことを願う。

一九四九年五月三日

武蔵小杉高校は、一瞬にして戦場と化した——

なっ
何!
地震か!?
はあ
ピク
ガタ
結衣!!

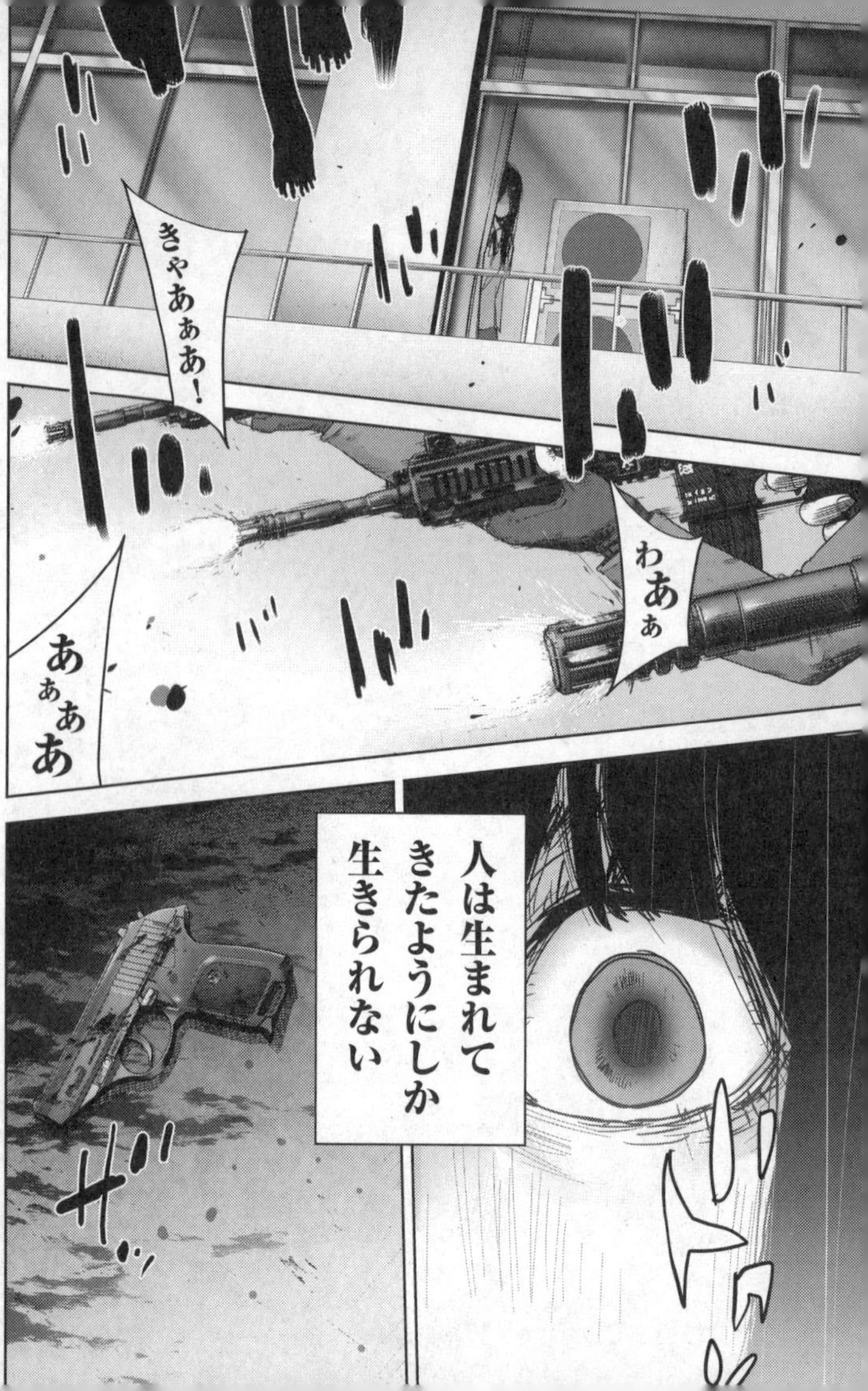
きゃあぁぁあ！
わあぁ
あぁああ
人は生まれてきたようにしか生きられない

どんな人も生きたようにしか死ねない
だったら私は

どう生きる？
ゴ
ゴ
ゴ
ゴ
ゴ
ゴ
好きです。
きれいな
武蔵小杉
ピチャ

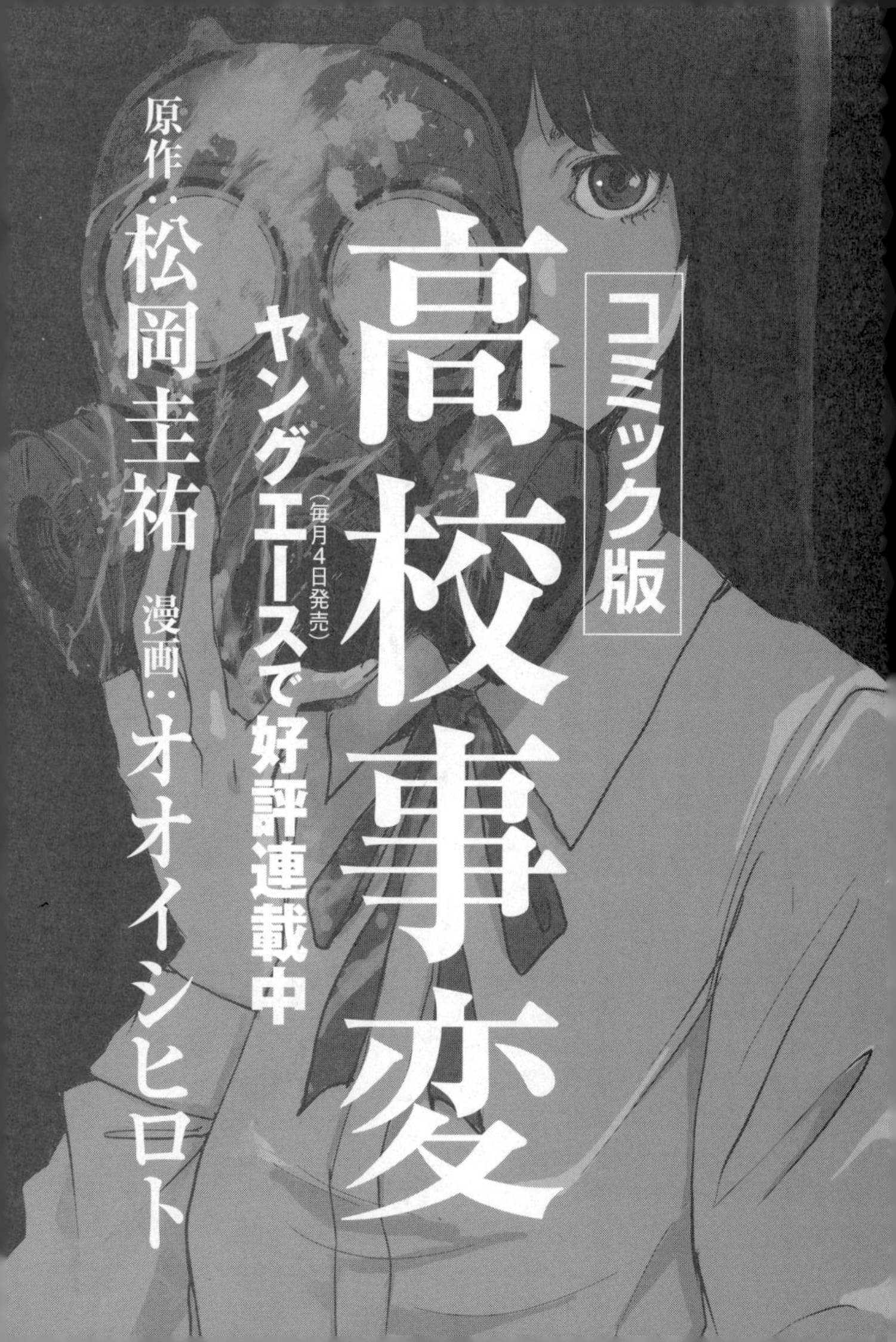
コミック版
高校事変
ヤングエース（毎月4日発売）で好評連載中
原作：松岡圭祐
漫画：オオイシヒロト

角川文庫ベストセラー

霊柩車No.4　松岡圭祐

事故現場の遺体の些細な痕跡から、殺人を見破った霊柩車ドライバーがいた。多くの遺体を運んだ経験から培われた観察眼で、残された手掛かりを捉え真実を看破する男の活躍を描く、大型エンタテインメント！

ジェームズ・ボンドは来ない　松岡圭祐

2003年、瀬戸内海の直島が登場する007を主人公とした小説が刊行された。島が映画の舞台になるかもしれない！　島民は熱狂し本格的な誘致活動につながっていくが……直島を揺るがした感動実話！

ヒトラーの試写室　松岡圭祐

第2次世界大戦下、円谷英二の下で特撮を担当していた柴田彰は戦意高揚映画の完成度を上げたいナチスに招聘されベルリンへ。だが宣伝大臣ゲッベルスは、柴田の技術で全世界を欺く陰謀を計画していた！

人造人間キカイダー The Novel　松岡圭祐

石ノ森章太郎のあの名作「人造人間キカイダー」を、大人気作家・松岡圭祐が完全小説化!!　読み応え十分の本格SF冒険小説の傑作が日本を震撼させる!!

蒼い瞳とニュアージュ 完全版　松岡圭祐

ギャル系のファッションに身を包み、飄々とした口調で大人を煙に巻く臨床心理士、一ノ瀬恵梨香の事件簿。都心を破壊しようとするベルティック・プラズマ爆弾の驚異を彼女は阻止することができるのか？

角川文庫ベストセラー

特等添乗員αの難事件　II　松岡圭祐

水平思考―ラテラル・シンキングの申し子、浅倉絢奈。今日も旅先でのトラブルを華麗に解決していたが……聡明な絢奈の唯一の弱点が明らかに！　香港へのツアー同行を前に輝きを取り戻せるか？

特等添乗員αの難事件　III　松岡圭祐

凜田莉子と双璧をなす閃きの小悪魔こと浅倉絢奈。水平思考の申し子は恋も仕事も順風満帆……のはずが今度は壱条家に大スキャンダルが発生!!　〝世間〟すべてが敵となった恋人の危機を絢奈は救えるか？

特等添乗員αの難事件　IV　松岡圭祐

ラテラル・シンキングで0円旅行を徹底する謎の韓国人美女、ミン・ミヨン。同じ思考を持つ添乗員の絢奈が挑むものの、新居探しに恋のライバル登場に大わらわ。ハワイを舞台に絢奈はアリバイを崩せるか？

特等添乗員αの難事件　V　松岡圭祐

〝閃きの小悪魔〟と観光業界に名を馳せる浅倉絢奈に1人のニートが恋をした。男は有力ヤクザが手を結ぶ一大シンジケート、そのトップの御曹司だった!!　金と暴力の罠を、職場で孤立した絢奈は破れるか？

クラシックシリーズ　千里眼完全版　全十二巻　松岡圭祐

戦うカウンセラー、岬美由紀の活躍の原点を描く『千里眼』シリーズが、大幅な加筆修正を得て角川文庫で生まれ変わった。完全書き下ろしの巻まである、究極のエディション。旧シリーズの完全版を手に入れろ!!